抹殺

柴田哲孝

光文社

抹殺

目次

装幀　泉沢光雄
装画　ヤマモトマサアキ

第一章　ジュバ・クライシス

二〇一六年七月　南スーダン――。

砂塵《さじん》が舞い上がる赤茶けた空に、巨大な墓標が聳《そび》えていた。

建築途中の九階建ての高層ビルだ。

いつのころからか、誰からともなく、このビルを〝トルコビル〟と呼ぶようになった。

由来は工事を請け負っているのがトルコの建設会社だからで、二階の窓から赤地に白の三日月と五芒星《ごぼうせい》を配したオスマン帝国旗が出されていた。

だが、ここ数日の戦闘で、旗は銃弾で穴だらけになっていた。

トルコビルの周囲には、土と煉瓦《れんが》でできた壁や低層の建物が大地に敷き詰められたように並んでいる。それらの建物の屋根の上には、翼開長三メートルにも及ぶアフリカハゲコウが屍肉《しにく》の臭いを嗅ぎつけて群れていた。

日本の自衛隊が宿営するUN（国連）トンピン地区の防塁の外には反政府軍派の避難民が保護を求めて集まり、無数の白いビニールテントやバラックがひしめいていた。

アフリカハゲコウの群れは、その避難民キャンプに目を付けているのだろう。

「暑いな……」

陸上自衛隊第七師団・第一一普通科連隊の風戸《かざと》亮司《りょうじ》三等陸曹は、独り言のように呟《つぶや》いた。

今日も気温は摂氏四〇度を超えただろう。いまも西に傾きかけた灼熱《しゃくねつ》の太陽が、89式小銃を握る腕を容赦なく炙《あぶ》っている。

まるでパームオイルを熱して溶かしたような風に吹かれていると、こうして監視塔の上で見張りをしていても、自分がコンロの上で串焼きにされる羊の肉になったような気分になる。

風戸は周囲を見渡しながら、西日に沈む市街地の方を振り返った。

赤銅色の街を碁盤の目のように区切る泥の道には、日本製や韓国製の中古車、無数の中国製のバイクが騒々しいエンジン音やクラクションを鳴らしながら絶え間なく行き来する。

その喧騒の中に、時折カラシニコフの銃声やRPOロケットランチャーの爆発音が交ざる。

市内のグデレ地区の方角には、何カ所か黒煙が上がっていた。

「だいじょうぶだ……。それほど近くない……」

風戸の傍らで、一緒に警備に就く村田《むらた》壮介《そうすけ》陸士長がいった。

そうだ、それほど近くない。それにこの南スーダンの首都ジュバでは、銃声が聞こえるのはそれほど珍しいことじゃない。

かつて一七世紀のヨーロッパの人々は、アフリカを畏怖の意を込めて〝暗黒大陸〟（ブラックアフリカ）と呼んだ。その言葉には文明から隔絶された未開の地であり、白人とはまったく異なる人種や部族が住んでいること。果てしなく広がる熱帯雨林には未知の猛獣たちが潜み、マラリアや黄熱病などの当時の医学では対処できない伝染病が蔓延《まんえん》していることなど、様々な意味が含まれていた。

あれから四世紀……。

だが、いくら熱帯雨林が開発され、国や街ができ、伝染病の恐怖が薄らいだとしても、この南スーダンに足を踏み入れればアフリカが〝暗黒大陸〟であったことを思い知らされるだろう。

ここではこうして自衛隊の迷彩服を着て国連のブルーのヘルメットを被《かぶ》っていても、まるで道化師のように無力だ。

西日の中から、二機のロシア製Ｍｉ－24〝ハインド〟攻撃ヘリの機影が編隊を組みながらこちらに向かってきた。

一瞬、89式小銃を握る風戸の手に汗が滲《にじ》んだ。

だが、政府軍の軍用ヘリはすぐ近くのトルコビルを回り込むように旋回し、風戸のいる監視塔を爆音と共に掠《かす》めながら、また西の空に飛び去っていった。

その時また、どこかでカラシニコフの銃声が鳴った。

「今度は、近いな……」

風戸の横で、村田がぼそりと呟いた。

国際平和協力法に基づき、日本政府が独立したばかりの南スーダン共和国に陸上自衛隊ＰＫＯ部隊（国際連合平和維持活動）の派遣を閣議決定したのは、まだ民主党政権下の二〇一一年一二月のことだった。

以来、翌二〇一二年一月より、陸上自衛隊は先遣部隊、施設部隊を順次南スーダンの首都ジュバに派遣。道路やインフラの補修、国連施設の造営や難民の保護など、ＵＮＭＩＳＳ（国連南スーダン共和国ミッション）の任務に従事してきた。

第一〇次南スーダン派遣施設隊がジュバに送り込まれたのは、二〇一六年六月――。

この〝第一〇次隊〟は、様々な意味でそれ以前のPKO部隊とは情況が変わってきていた。

三年前、二〇一三年七月に日本政府はジュバに在南スーダン大使館を設立。これにより両国の関係は、少なくとも表向きにはより親密になった。

だが、この年の一二月――。

ディンカ族のサルヴァ・キール大統領が統率する南スーダン政府軍とヌエル族のマシャール派（反政府軍）がジュバ市内で武力衝突。戦火は瞬く間に全土に飛び火し、南スーダンは独立以前の内戦状態に戻ろうとしていた。

戦火は収まることなく、およそ一万五〇〇〇人の避難民が国連施設に流入。各国のPKO部隊を取り巻く環境は、時を追うごとに悪化の一途を辿《たど》った。こうした治安悪化の中で第五次隊ではPKO部隊の全隊員に武器弾薬を携行させ、「正当防衛や緊急避難に該当する場合には、命を守るために撃て」と命令が下されていた。

武力衝突から半年後の二〇一四年五月、「南スーダン政府には文民を守る能力がない……」と判断した国連は、それまでのUNMISSの任務「国づくり支援」に「文民保護」を追加。この決定は必然的に自衛隊のPKO部隊にも、影響を及ぼすことになった。

さらに二〇一五年九月、日本政府（安倍政権）はそれまでの自衛隊法の改正を含めた『平和安全法制』を参議院本会議で可決、成立。翌二〇一六年三月二九日に施行された。

これにより自衛隊のPKO部隊は、海外の任地における「駆け付け警護」、「宿営地の共同防護」、「安全確保業務」――すなわち武器の使用――が法律上正式に認可されることになった。〝第一〇次隊〟は、正にその法改正後の第一陣として南スーダンに送られたPKO部隊だった。

その第一〇次隊に、他の派遣部隊とは離隔された奇妙な〝班〟――分隊――が存在した。
中島克巳《なかじまかつみ》一曹、風戸亮司三曹以下八名の第一一連隊第三小隊第五分隊である。他の隊員らは、彼らのことをただ〝五班〟と呼んでいた。

第一〇次南スーダンＰＫＯ部隊の編制は第一一普通科連隊を中心に、第七施設大隊、他にＰＫＯ初参加となる第七機甲師団隷下部隊、北部方面隊隷下部隊など約三五〇名。そのほとんどが北海道の部隊であり、隊員も八割近くは北海道の出身者だった。

だが、〝五班〟が第一一普通科連隊に編入されたのは、派遣のおよそ二カ月前の二〇一六年四月――。

八名はいずれも、千葉県船橋《ふなばし》市にある習志野《ならしの》駐屯地内の〝特殊作戦群〟――ＳＯＧ――の隊員だった。北海道の出身者ではない。

通称〝Ｓ〟――。

つまり、陸上自衛隊の特殊部隊である。

〝五班〟の隊員八名は、第一〇次ＰＫＯの直前になって習志野の特殊作戦群内で選抜、召集され、栃木県宇都宮駐屯地の中央即応集団――ＣＲＦ――に合流。さらに北海道に送られて第一一普通科連隊に編入され、ジュバに派遣された。

〝五班〟の隊員は、もちろんその理由をわかっていた。

第一〇次ＰＫＯの派遣中に「駆け付け警護」などの危険任務が発生した場合には、自分たちがそれを担うことになる――。

つまり、自衛隊の他の施設隊や文民職員、時には他国の隊員を護《まも》るために、自分たちが銃を手にして戦うということだ。

風戸は内戦状態に近いジュバで戦闘の矢面に立つことがどれだけ危険であるかも十分に理解していた。

実際に〝五班〟に召集された八名は全員が独身で家庭を持たず、両親を含む身寄りがほとんどない者ばかりだった。

そして第一〇次PKOに〝特殊作戦群〟の分隊が派遣されたことは、その後、何年にもわたって秘匿されることになる。


17《ヒトナナ》・27《ニーナナ》時——。

日本の宿営地に近い大統領府の方から、カラシニコフの連射音が聞こえた。

銃撃戦だ。その射撃音が、市内全域に広がっていく。

「いったい、どういうことなんだ……。明日は建国記念日で、いま大統領府ではキール大統領とマシャール副大統領が和平合意の会見を行なっているはずじゃないのか……」

風戸が、溜息をつく。

銃撃戦は、散発的なものではない。次第に、激しさを増していた。

その時、自衛隊PKO本部のスピーカーから、国連無線の放送が流れた。

——市街地の各所で政府軍と反政府勢力による銃撃戦が発生……政府軍と反政府勢力による銃撃戦が発生……。UNMISS職員は全員、国連施設内に退避せよ……国連施設内に退避せよ……。これよりUNMISSのセキュリティアラート・レベルを、通常よりもワンランク引き上げる——。

風戸はその放送を、冷静に聞いた。

だが、無意識のうちに、89式小銃を握る手にかすかに力がこもっていた。

17《ヒトナナ》・37《サンナナ》時——。

ひときわ激しい銃声と、爆発音が聞こえた。

近い……。

風戸は音が聞こえた方角を振り返った。

トンピン地区、日本隊宿営地のすぐ裏手から、濛々《もうもう》と黒煙が上がっていた。

大統領府のあたりだ。その中間地点には、日本大使館がある……。

黒煙は次第に膨れ上がり、夕刻の空を真っ黒に染めた。

風戸は通信機のマイクを手に取り、作戦室に報告を入れた。

「こちら監視塔……。監視塔……。大統領府の周辺で戦闘が起きている模様……戦闘が起きている模様……。大統領官邸の近くから、黒煙が上がっている……」

18《ヒトハチ》・00《マルマル》時——。

風戸と村田は監視塔での警備を撤収した。

銃声と爆発音が、少しずつトンピン地区に迫っていた。


事の発端は、南スーダン建国五周年記念の一週間前の出来事だった。

七月二日、反政府勢力のリエック・マシャール副大統領派の軍人の自宅に何者かが侵入。将校が射殺されるという事件が起きた。

犯人はわからなかった。だが、反政府勢力側からすれば、当然のことながら対立するサルヴァ・キール大統領派の政府軍の奴らの仕業だということになる。

以来、ジュバは異常な緊張状態が続いていた。警察や政府軍は厳戒態勢を敷いていたが、反政府勢力側との散発的な銃撃戦は絶えなかった。

そして七月七日――。

ジュバ市内で大規模な衝突が起きた。

夜二〇時ごろ、市内北西部グデレ地区の政府軍検問所に反政府勢力の将校が乗る車が侵入。これを政府軍兵士が制止したために口論、小競り合いが起き、銃撃戦に発展した。

その結果、少なくとも政府軍の兵士三人が死亡。反政府勢力の将校二人が重傷を負った。この銃撃戦の銃声は、トンピン地区の自衛隊宿営地にも聞こえてきた。

さらに建国記念日前日の七月八日夕刻、大統領府周辺で大規模な銃撃戦が勃発。この銃撃戦は市内の至る所に飛び火し、反政府勢力が駐屯するジュバ南西部のジェベル地区に向かって拡大していった。

一八時ごろには、JICA（国際協力機構）の日本人職員四人が乗る車輛《しゃりょう》が銃撃されるという事件も起きた。犯人は反政府勢力なのか、政府軍なのかもわからなかった。

市内の銃撃戦は、時と共に激しさを増した。

政府軍はこれに迫撃砲や重砲、装甲車や攻撃ヘリを投入。本格的な市街戦へと発展していった。

UNMISSなどの国連施設が密集するUNハウスは、反政府勢力の本拠地ジェベル地区から一キロも離れていないこともあって、政府軍対反政府勢力の市街戦の煽《あお》りをもろに受けた。頭上を銃弾や砲弾が飛び交い、その流れ弾が敷地内に着弾した。

UNハウスの周囲には、二万七〇〇〇人以上を収容する避難民キャンプが隣接していた。それらの避難民が戦火に怯《おび》えてパニックを起こし、国連施設に殺到。およそ五〇〇〇人がフェンスを乗り越えるなどしてUNハウス内に乱入した。

風戸と村田は次の警備を同じ班の石井貴則《いしいたかのり》陸士長、久保田洋介《くぼたようすけ》一等陸士と交代して宿舎のコンテナハウスに戻った。

銃を保管庫に戻し、自室に帰り、迷彩服を脱いでシャワーを浴びる。

風戸の体は、他の自衛隊員と比べて異様だ。人というよりも、まるで鋼《はがね》の繊維を纏《まと》った彫像のようだ。

いや、風戸だけではない。同僚の村田や他の六名の〝班〟の隊員も、みな同じような体をしている。習志野駐屯地のSOGに所属し、特殊部隊の隊員として訓練を受け、すべての課程に耐えて生き残った者はみなこのような肉体になるということだ。

風戸はシャワー室を出て、村田と連れ立って食堂のコンテナハウスに向かった。

他の隊員の夕食は一七時からなので、食堂は空《す》いていた。今夜の献立はエッグカレーとチーズサラダ、豆腐と挽肉のスープだった。トレーを空いている席に運び、黙々と食った。

自衛隊のPKO隊員にとって、この宿営地に並ぶ白いコンテナハウスの中は唯一のシェルターであり、サンクチュアリ――聖域――だ。

ここにはエアコンの冷たい風があり、温かく安全な食事があり、あのジュバの市街地のパームオイルを熱して溶かしたような臭いからも隔絶されている。

だが、こうして飯を食っていても、銃声や砲弾の炸裂音は絶え間なく聞こえてくる。

「近いな……」

風戸はカレーを食う手を止めて、耳を澄ました。

「目の前のトルコビルのあたりじゃないですか……」

村田が背後の壁を振り返りながら、呟く。

いくら宿営地のコンテナハウスがサンクチュアリだとはいっても、安全が保証されているわけではない。周囲は薄い鉄板一枚で守られているだけだ。カラシニコフの7・62ミリ弾が飛んでくれば簡単に貫通するし、砲弾が着弾すれば何人もの隊員が死ぬだろう。

日本政府は「南スーダンに紛争は存在しない……」といった。

その前提で自衛隊のPKO部隊はジュバに送り込まれてきた。

だが、ここは紛れもなく戦場だ……。


19《ヒトキュー》・00《マルマル》時——。

風戸と村田が食事を終え、トレーを手にして席を立った時だった。

頭上から、ヘリのエンジン音が聞こえた。

二人は急いでトレーを洗い場に戻し、コンテナハウスを飛び出して空を見上げた。

また政府軍のMｉ−24攻撃ヘリが二機、こちらに向かってきた。

ヘリは暗い空を煌々《こうこう》とスポットライトで照らし、ターボシャフト・エンジンの爆音を轟《とどろ》かせながら、宿営地の上を低空で旋回して飛び去っていった。


翌七月九日——。

市街地の銃撃戦も未明には止《や》み、南スーダン建国記念日のこの日、ジュバは静かな朝を迎えた。

日中も市内で散発的な銃撃戦は続いていたが、日本隊宿営地の外の避難民キャンプも落ち着きを取り戻していた。

夜になっても、ジュバは何事もなかったかのように静かだった。

政府軍と反政府勢力との衝突は、このまま小康状態が続くのか……。

だが、翌七月一〇日、早朝――。

国連のUNMISS司令部があるUNハウス内に数発の迫撃砲弾が撃ち込まれた。

UNハウスに宿営する中国歩兵大隊、エチオピア歩兵大隊、ネパール歩兵大隊など各国のPKO部隊は、蜂の巣を突《つつ》いたような大騒ぎとなった。戦火は瞬く間に飛び火し、ジュバ市内の全域に広がった。

11《ヒトヒト》・06《マルロク》時――。

少数民族の反政府武装組織〝ヌエルSPLA（スーダン人民解放戦線）〟が、UNトンピン地区に近いトルコビルを占拠したという情報が飛び込んできた。

これを追って政府軍の一個中隊もUNトンピン地区周辺に出動。反政府武装組織との間で激しい銃撃戦が始まった。周囲に集まっていたアフリカハゲコウの群れが、銃声や爆発音に驚き一斉に舞い上がり、東の空に飛び去っていった。

トルコビルは、このあたりで唯一の高層ビルだ。未完成だが、九階建ての上層階からは周囲のジュバ空港、UNトンピン地区の各国PKO部隊の宿営地、日本大使館、大統領府までが一望できた。

しかも軀体《くたい》は、頑丈な鉄筋コンクリートでできていた。いわば、要塞のような建物だった。

その七階にヌエルSPLAの兵士およそ二〇〇人が籠城。政府軍の頭上からカラシニコフやPKMマシンガンを撃ちまくり、手榴弾《しゅりゅうだん》を投げた。

これに対し政府軍およそ四〇〇人は、NSV重機関銃やRPOロケットランチャー、さらには一二〇ミリ迫撃砲まで持ち出して応戦した。だが、要塞のようなビルに立て籠もり頭上から攻撃するヌエルSPLAと、地上で応戦する政府軍とでは形勢は明らかだった。数と戦力で勝るはずの政府軍の方が、次第に消耗が激しくなった。

UNトンピンの日本隊宿営地は、攻防が繰り広げられるトルコビルから僅《わず》か一〇〇メートルしか離れていない。

日本隊の本部作戦室では、この戦闘の情況を監視カメラにより警衛していた。モニターには銃撃戦や迫撃砲の着弾、射殺されたり吹き飛ばされたりする兵士の姿がリアルタイムで映し出される。コンテナハウスの中に避難していても、銃声や爆発音が絶え間なく聞こえ、薄い鉄板の壁が揺れた。日本隊の宿営地は、警護部隊としてルワンダ歩兵大隊の一個小隊が警備に当っていた。だが、どこかで戦局が変われば、日本隊のみならずUNトンピンに宿営する各国のPKO部隊にも戦火が飛び火しかねないことは明らかだった。

実際に、日本隊のコンテナハウスにも何発か流れ弾が着弾した。

政府軍は戦局が不利と見ると、さらなる部隊をトルコビル周辺に派遣。Mi－24攻撃ヘリを出動させた。

自衛隊の作戦本部にもそのターボシャフト・エンジンの爆音が聞こえ、監視カメラのモニターにはヘリから発射された対戦車ミサイルがトルコビルに着弾、爆発し、火焔《かえん》と黒煙が上がる映像が映し出された。

トルコビルの周辺には、次第に政府軍の兵士や装甲車の数が多くなりはじめた。

気が付くとUNトンピンの日本隊の周囲も、完全に政府軍に包囲されていた。

中島克巳一曹以下の〝五班〟八名も、いまは監視塔の上の警備に立つこともなくコンテナハウスに避難していた。

風戸や村田は外の銃撃戦の様子に耳を傾けながら、黙って戦局を分析した。

他の隊員は激しい銃撃戦の音に動揺していたが、〝五班〟の八名は冷静だった。ＳＯＧの隊員として特殊な訓練を受けているので、銃声を聞いただけでその銃の種類、距離、方角、自分たちがどの程度〝危険〟な情況に置かれているのかがわかる。

風戸は監視塔の警備に出られないことが歯がゆかった。

少なくとも現況では、反政府勢力も政府軍も日本隊の宿営地に向けて故意に撃ってきてはいない。ＵＮトンピン地区で警備に立つルワンダ隊からも被害は報告されていない。自分たちが監視塔に立っても、狙撃されることはまずないだろう。

だが、流れ弾が当る偶然まで考えれば、自分が死ぬ可能性はゼロではない。

今回の第一〇次南スーダンＰＫＯ部隊の最大の任務が「一人の犠牲者も出さずに全員が帰国すること」であるとすれば、それを完遂できる保証はない……。

だが、戦局は刻一刻と悪化していった。

14《ヒトヨン》・20《ニーマル》時——。

ひときわ大きな爆発音が鳴り響き、風戸のいた勤務隊舎が大きく揺れた。他の隊員から、叫喚が上がった。

風戸は村田に声を掛け、コンテナハウスを出て監視塔に走った。この時点で警備任務は停止されていたが、まだ全面退避命令は出されていなかった。

監視塔に上がると、とんでもないものが見えた。政府軍のＴ－72戦車が二輛、トルコビルに一二五ミリ滑腔砲《かっくうほう》の巨大な砲身を向けていた。

風戸と村田の目の前で、戦車砲が火を噴いた。

轟音《ごうおん》が大気を揺らし、爆風が空間を歪《ゆが》めた。

砲弾はヌエルSPLAの本隊が籠城していたビル七階の窓に着弾し、壁と共に兵士の体が吹き飛んだ。

風戸は冷静にその光景を見ていた。

二発目、砲弾はやはり七階部分に着弾し、ビルの外壁に大穴を開けた。

これで、自分たちの置かれている情況を、正確に把握できたような気がした。

自衛隊の第一〇次PKO部隊はいま、戦場の真っ只中にいるのだ。

14《ヒトヨン》・50《ゴーマル》時――。

砲撃を受けてパニック状態に陥ったヌエルSPLAの兵士が、UNトンピン地区のキャンプを銃撃。これが日本隊の近くのバングラデシュ工兵隊の宿営地に着弾した。

宿舎や監視塔に被弾したバングラデシュ隊は、すみやかに応戦。トルコビルのヌエルSPLAに銃撃を加えた。これでUNトンピン地区のPKO部隊も、政府軍と反政府勢力との衝突に中立ではなくなった。

日本隊に「総員、屋内に退避せよ」と命令が出された。

一方、UNMISS本部のあるUNハウスは、早朝から激しい戦闘に巻き込まれていた。

反政府勢力だけでなく、政府軍が撃った銃弾や砲弾まで、UNハウスや避難民キャンプの頭上から降り注いだ。

UNMISSからの無線要請により、警備部隊の中国歩兵大隊が出動、UNハウスの前線に展開した。

中国隊は最初のうちこそ小重火器を用いて応戦した。だが、戦局が激しくなり負傷者が出ると、武器弾薬を捨てて任務を放棄。後方に逃げてしまった。

18《ヒトハチ》・39《サンキュー》時——。

中国隊に戦車を破壊された政府軍が報復した。

避難民キャンプの後方まで退避していた中国隊に、政府軍が撃った迫撃砲弾が着弾。これが兵員が避難していた08式歩兵戦闘車を直撃し、若い隊員二名が死亡した。

中国隊はこれ以外にも五人の負傷者を出していた。

19《ヒトキュー》・50《ゴーマル》時——。

UNMISS本部から国連無線を通じ、全PKO部隊と国連職員に向けてメッセージが発信された。

——全局に告ぐ……全局に告ぐ……。

現在……ジュバ南部において激しい戦闘が発生……。各人員の不必要な移動を禁止する……。各部署共に統制に従い……引き続きUNMISS本部からの情報に注意し……指揮監督者は統制下にある部下への情報伝達を徹底せよ——。

だが、このメッセージはSRSG（国連事務総長特別代表）のエレン・ロイの声ではなく、まったく別人の代読によるものだった。

この時、エレン・ロイは、UNMISS本部の持ち場を放棄し、ジュバで最も安全といわれるアメリカ大使館のシェルターの中に避難していた。

ジュバ全域が、混沌としていた。

反政府勢力だけでなく、政府軍までが混乱の中で暴走し、各地で略奪、暴行、虐殺、強姦《ごうかん》が横行した。

この日、反政府側のマシャール副大統領はイギリスのBBC放送に対し「南スーダンは完全に内戦状態に戻った」とするコメントを発表した。

21《ニーヒト》・00《マルマル》時——。

UNMISSのセクターサウス司令部より日本隊に通報があった。

——UNトンピン地区内に流入した避難民の中に、反政府勢力の高級幹部が紛れ込んでいるという情報がある。そのために政府軍が、キャンプと国連施設を攻撃する可能性がある——。

さらに一〇日深夜、セクターサウス司令部より日本隊に重大な要請があった。

——日本隊をUNトンピン地区のフォース・プロテクション（部隊防護）の予備隊として運用することを要請する——。

つまり国連は、「日本隊も銃を手にして戦え」といっているのだ。

日本の自衛隊も少しずつ、南スーダンの内戦に巻き込まれはじめていた。

七月一一日——。

この日も政府軍と反政府勢力によるトルコビルの攻防が続いた。

政府軍はUNトンピン地区に近いビルファムロードに展開し、T－72戦車、RPGロケット弾などで早朝からトルコビルを攻撃。ヌエルSPLAとの間で激しい戦闘となった。

その砲弾三発がUNトンピン地区内のルワンダ歩兵大隊の宿営地に着弾。内一発が司令部を直撃し、隊員二名が重傷を負った。

一方で政府軍兵士は周辺の民家を襲い、市民に暴行、略奪を繰り返した。もはや政府軍は南スーダンの正規の軍隊ではなく、単なる武装した暴徒にすぎなかった。

日本隊はさらに警戒レベルを上げ、各自がヘルメットやアーマー（防弾チョッキ）を着用。ヘスコ防壁（特殊土嚢《どのう》）に囲まれたシェルター棟の中に避難した。

だが、そこにも機関銃の射撃音や戦車砲、追撃砲の爆発音が絶え間なく聞こえてきた。

この銃撃戦は、いつ沈静化するのか。それとも、このまま完全に内戦へと移行するのか――。

だが、この日の午後、決定的な〝事件〟が起きた。


15《ヒトゴー》・00《マルマル》時――。

UNMISSの司令部があるUNハウスに近い〝テレイン・ホテル〟を、暴徒と化した武装集団が急襲した。

暴徒の数は、およそ一〇〇名――。

全員が政府軍の迷彩服を着用し、AK－47など正規の軍備で武装していた。

しかもその迷彩服には、虎の顔を象《かたど》った腕章が付いていた。

暴徒は全員が、サルヴァ・キール大統領直属の警護隊――南スーダン正規軍のエリート部隊の兵士だった。

この時、テレイン・ホテルには、NGO職員や各国のジャーナリストなど、七〇人以上の宿泊客がいた。ほとんどが、アメリカ人を中心とする欧米人だった。

暴徒と化した政府軍兵士は、白昼にホテルの扉の鍵を銃撃で破壊して乱入した。さらに各階の客室を回り、バスルームなどに隠れていた宿泊客を見つけ出して暴行。金品の略奪をはじめた。

「ドアを開けろ！　金を出せ！　持っているものをすべて出せ！」

ドアを開けなければ、容赦なくカラシニコフを乱射してドアを破壊され、銃で殴られて引きずり出された。

「我々はアメリカ人だ！　国連の職員だ！」

だが、政府軍の兵士たちは聞く耳を持たなかった。

「おれたちはアメリカ人が嫌いだ！　国連は糞だ！　これはアメリカ人とUNMISSが、俺たちの国にやったことと同じだ！」

アメリカ人の国連職員はそういわれて銃で足を撃たれ、持っていたドル紙幣や腕時計、スマートフォンをすべて奪い取られた。

宿泊客の中に、一人だけ現地の南スーダン人のジャーナリストがいた。この三二歳の若者は、ヌエル族の出身というだけで額や体に計六発の銃弾を撃ち込まれ、他の記者の目の前で惨殺された。

国連の女性職員も悲惨だった。

兵士たちは部屋に隠れて怯えている白人女性を見つけると狂喜した。

「クワィジャ（白人の女だ）！　クワィジャ！　クワィジャ！」

男たちは口々に叫びながら女性職員を引きずり出し、襲い掛かった。

「いまここで俺とファックするか。それともここにいる全員にレイプされて撃ち殺されるか。好きな方を選べ」

あるアメリカ人の女性職員はそう脅されて、仕方なくその兵士の相手をした。だが、その後、十数人の兵士に次々と犯された。

他の女性職員も、数十人の兵士にレイプされた。

ＵＮＭＩＳＳの本部には、〝事件〟が発生した直後からバスルームなどに隠れる外国人宿泊客などから助けを求める電話やメールがひっきりなしに入っていた。

本部はすぐさまホテルから一・六キロ離れたＵＮハウスに宿営するＰＫＯ即応部隊に救出を要請した。だが、本来その役を担うはずの中国隊、エチオピア隊、ネパール隊は、任務を放棄。出動を拒否した。


16《ヒトロク》・30《サンマル》時——。

ジュバのアメリカ大使館にも、ＵＮＭＩＳＳから出動要請が入った。

アメリカ大使館には、世界最強といわれる米海兵隊一個小隊が護衛に入っていた。もし〝テレイン・ホテル〟にアメリカ市民が監禁、暴行を受けているのなら、海兵隊の基本理念として救出する義務がある。

だが、駐南スーダンのケニー・オズモンドアメリカ大使は、即座にこのＵＮＭＩＳＳの要請を拒絶した。

冗談じゃない。もし海兵隊とサルヴァ・キール大統領の警護隊が交戦し、死者を出せば、アメリカは南スーダンにおける巨額の利権を失うことになる——。

テレイン・ホテルの宿泊客は、ＵＮＭＩＳＳに完全に見捨てられた。

この日、南スーダンの政府軍はジュバ市内の各地で制御不能に陥っていた。

銃を乱射しながら国連のＷＦＰ（世界食糧計画）の倉庫を襲撃し、食料を略奪。市街地でも略奪を繰り返しながら、ヌエル族への虐殺を繰り返した。

ＰＫＯ部隊として最低限度の武器しか持たない各隊は、手の打ちようがなかったのだ。

18《ヒトハチ》・00《マルマル》時――。

MSF（国境なき医師団）の長谷川麻衣子《はせがわまいこ》は、テレイン・ホテル一階の掃除用具入れの中に隠れていた。

カフェでコーヒーを飲んでいる時に銃声が聞こえ、ロビーの鉄の扉が破壊されたのが見えた。たまたまそこにいたオーストラリアNGO職員のアシュリン・ブレナンと共に、この掃除用具入れに飛び込んだ。

以来、三時間……。

この狭く暗い部屋の中はひどく暑く、臭かった。いまも暗がりに無数のゴキブリが這《は》っているのが見えた。

だが、考えられる限り、このホテルの中ではここが一番安全だった。

武装集団がホテルに乱入した直後に一度、扉を開けられた。だが、汚れたシーツに包まれて隠れていた二人に気付かず、掃除用具だけしか入っていないと思ったのか、また扉を閉めて立ち去った。

以来、ここは、誰にも開けられていない。

だが、こうして隠れていても、このホテルの中で何が起きているのかはわかる。

散発的な銃声……。

数十人の軍靴の足音と、現地のディンカ語の怒号……。

顔見知りの国連職員の絶叫……。

女性職員の悲鳴と、地獄の底から聞こえてくるような嗚咽《おえつ》……。

もしここに隠れているのが見つかれば、自分たちの身にも何が起こるのかは考えるまでもなかった。

アシュリンは先程から、自分のアイフォーンで関係機関にメールを打ち続けていた。いまはシーツに包《くる》まり、声を押し殺しながら電話で話している。

だが、しばらくすると溜息をつき、その電話を切った。

「どう……だった……？」

落胆するアシュリンに、麻衣子が訊《き》いた。

「だめ……。どうにもならないって……」

いまアシュリンが電話していたのは、通称〝オーストラリアハウス〟と呼ばれるオーストラリアの出張基地だった。オーストラリアは南スーダンにＰＫＯ部隊は派遣していないが、この出張基地に軍の連絡将校を五人、常駐させていた。

「そう……。仕方ないわね……」

ＵＮＭＩＳＳもダメ……アメリカ大使館もダメ……オーストラリアハウスもダメ……。

中国隊やネパール隊、エチオピア隊などＵＮハウスの軍事部門司令部は、最初から当てにならないといわれていた。

「でも、私の友達が、ひとつだけ可能性があるかもしれないって……」

アシュリンはオーストラリアの連絡将校の中に、友人がいるといっていた。

「もしそこに日本人がいるのなら、ＵＮトンピンの日本隊に連絡してみるといいって……」

確かに自衛隊のＰＫＯ部隊は、ＵＮトンピン地区に宿営している。だが日本隊は基本的に道路の補修などを行なう施設部隊だ。

「日本隊には無理……。満足な武器も持っていない……」

麻衣子がいった。

だが、アシュリンは首を横に振った。

「違う……。友人のサラがいっていた……。日本隊には、〝スペシャル・フォース〟（特殊部隊）がいるはずだって……。それに日本人の命が危険だとわかったら、日本隊は必ず救出に向かうって……」

確かに自衛隊の役割の中には〈――在外自国民の保護――〉という項目がある。だが、これは〈――主たる任務である武力攻撃の排除――〉に支障のない範囲で、という条件が付いているはずだ。

それに日本のＰＫＯ部隊に特殊部隊がいるなんて、聞いたことがない。

「日本隊には、無理だと思う……」

だが、アシュリンはあきらめない。

「お願い……。いまサラから日本隊の直通番号がメールで送られてきたから、ここに電話してみて……。日本人のマイコが連絡したら、何とかなるかもしれない……」

アシュリンがそういって、電話番号を麻衣子のアイフォーンに転送した。

「わかった。やってみるわ……」

麻衣子は番号をタップした。

日本隊の本部作戦室に一本の直通電話が掛かってきたのは、七月一一日の18《ヒトハチ》・30《サンマル》時だった。電話は日本語で、〝ハセガワ　マイコ〟と名告《なの》る女性は押し殺すような声で次のように語った。

――自分は国境なき医師団の職員で、いまＵＮハウスに近いテレイン・ホテルにいます……。

今日の午後三時ごろ、ホテルが政府軍の兵士と思われる武装集団に襲われました……。兵士たちは銃を乱射しながら、宿泊客たちに暴行、略奪、女性にはレイプを繰り返しています……。

私はいま、NGOのオーストラリア人女性職員と一階のレストランの裏の掃除用具入れの中に隠れています……。

でも、いずれは武装集団に見つかるだろうし、そうなったら自分たちもレイプされ、殺されるかもしれない――。

電話は当初オペレーターが対応していたが、途中で作戦室にいた第一〇次隊情報主査の大菅清二《おおすがせいじ》二等陸佐に代わった。

大菅は〝ハセガワ　マイコ〟と名告る女性に以下のことを訊いた。

ホテルの宿泊客は何人くらいいるのか。武装集団は何人くらいなのか。暴徒は本当に政府軍の兵士なのか。これまでに何人くらい殺されたのか――。

女性は「わからない……」と繰り返すだけだった。だが、こうして話している間にも、電話からは銃声と欧米人らしき英語の絶叫や悲鳴が聞こえてくる。

その後、「近くに誰かきた……」という声を最後に電話は切れた。

大菅はすぐに隊長の神戸政人《かんべまさと》一等陸佐に報告、対策を協議した。

だが、この時点で日本隊は、UNMISSの本部からテレイン・ホテルが武装勢力に襲撃されたという報告は受けていなかった。

〝ハセガワ　マイコ〟という女性からの報告は、事実なのか――。

日本隊作戦本部は、自分たちも政府軍と反政府勢力に包囲されている中で、確認作業に奔走した。

間もなくUNMISSの司令部と連絡がつき、テレイン・ホテルが暴徒と化した政府軍——しかもキール大統領直属の警護隊——に襲撃されているのは事実であることが判明した。

暴徒の数は八〇人から一〇〇人——。

監禁状態にある宿泊客の数はおよそ七〇人——。

宿泊客の中に、すでに死者が出ているという情報もある。しかも本来ならこのような事態に対応すべきUNハウス軍事部門の中国歩兵大隊、ネパール歩兵大隊、エチオピア歩兵大隊は、揃ってUNMISSの出動要請を拒否している。

「だからといって、我々日本隊が出動するわけにはいかんだろう……」

神戸一等陸佐の意見は、正論だった。

そもそも日本隊は、七月一〇日の夜にセクターサウス司令部から出された〈——UNトンピン地区のフォース・プロテクションの予備隊として運用したい——〉という要請を断っていた。

平和安全法の施行により、これまでの自己保存型（正当防衛）を超える武器の使用が容認されたのは、この年の三月二九日。だが、実際に海外における〝駆け付け警護〟などの任務が可能になるのは、同年の一一月二八日以降のことになる。第一〇次隊がPKO部隊として南スーダンに宿営していたこの時点では、まだ〝宿営地の共同防護〟さえ不可能な状態だった。

「しかし神戸さん、海外における国民の保護も自衛隊の重要任務のはずです」

大菅二等陸佐の主張も、もちろん間違ってはいない。だが、神戸が反論する。

「確かに国民保護等派遣は、ある条件下では認められている。しかし、それには内閣総理大臣の承認が必要だ。本国の統合幕僚監部に連絡を取って首相の許可を求めるか？」

「そんなことをしても許可が下りないに決まっています。それに、時間がない……」

その時、作戦室情報官の吹石《ふきいし》陸士長が二人に報告した。

「いま、当該の女性の確認が取れました。名前は長谷川麻衣子、名字は〝長〟い〝谷〟に三本〝川〟、名前は〝麻〟に〝衣〟、子供の〝子〟……。国籍、日本……。年齢二九歳……。職業は医師……。外務省によると当該の女性は確かにMSFのスタッフで、七月八日の時点でジュバのテレイン・ホテルに待機していると報告があったとのことです……」

神戸と大菅は顔を見合わせた。

間違いない。その女性だ。

「神戸さん、どうするんですか。その日本人女性を見殺しにするんですか」

「いや、我が隊が目の前にいて、それはできんだろう。しかし、日本のPKO部隊として、南スーダンの政府軍と表立って交戦することだけは避けなくてはならない。何か、いい方法はないものか……」

「私に、ひとつ考えがあります」

「何だ。いってみてくれ」

「〝五班〟を出動させましょう。彼らならば秘密裏に作戦行動を行ない、任務を完遂できるはずです」

「政府軍一〇〇人が占拠するホテルに潜入し、その長谷川麻衣子という女性を救出できるというのか。〝五班〟は、八人しかいないんだぞ」

「だいじょうぶです。作戦の内容によっては、五人もいれば十分でしょう。我が陸上自衛隊の特殊作戦群は、ある意味で世界最強の部隊ですから」

大菅がいった。

19《ヒトキュー》・50《ゴーマル》時――。

夜になって少しは静かになったが、日本隊宿営地には散発的に銃声や迫撃砲の音が聞こえていた。

だが、風戸亮司三等陸曹はスウェットの短パンとTシャツ一枚で宿舎の二段ベッドに横になり、私物のニンテンドー3DSでドラゴンクエストに夢中になっていた。

どうせ今夜は、うるさくて眠れそうもない。

それに戦場では、生きるも死ぬも往々にして時の運だ。シェルターで頭を抱えていても迫撃砲の直撃弾を喰らえば死ぬし、こうしてベッドでゲームをやっていても生きる時は生き残る。それなら、楽しまなくちゃ損だ。

ベッドの下段からも、村田壮介陸士長の別のゲームの音が聞こえてくる。

そこに、同じ〝五班〟の松浦義浩《まつうらよしひろ》一等陸士が飛び込んできた。

「風戸三曹殿、村田士長殿、〝本部〟より集合命令です。20《ニーマル》・00《マルマル》時までに装備着装で作戦室に集合願います」

松浦はすでに迷彩の戦闘服と戦闘靴を身に着けていた。上官である風戸や村田の名を階級付きで呼ぶのは、緊急事態が起きた証拠だ。

「わかった。すぐ行く」

風戸はニンテンドー3DSを放り出し、ベッドから飛び降りた。

装備を整えて作戦室に行くと、すでに作戦テーブルの周囲に隊長の神戸一等陸佐、大菅二等陸佐、他に第一〇次隊幹部の主だった者が全員顔を揃えていた。その中には〝五班〟班長の中島克巳一等陸曹の顔もあった。

迷彩服姿の風戸と村田が入っていくと、全員が無言で頷《うなず》いた。さらにそこに同じ〝五班〟の石井貴則陸士長、久保田洋介一等陸士、宇賀神健太郎《うがじんけんたろう》陸士長、岩田誠《いわたまこと》一等陸士、そして松浦義浩一等陸士の全員が集まった。

作戦テーブルの正面には、巨大なボードにすでに一万分の一のジュバ市内の地図が貼られていた。地図には何本もの赤、白、青、緑、黒などのピンが立てられている。その中に一本だけ、黄色のピンがあった。

「それでは私から情況を説明しよう……」

大菅二等陸佐が席を離れ、指示棒を手にして地図の前に立った。

「見ればわかると思うが赤いピンはこのUNトンピン地区の我々日本隊の宿営地、もう一本は日本大使館の位置だ。白はこの大きなものがUNMISSの本部、他は国連の施設……。青は各国のPKO部隊の宿営地……。緑の大きなピンが大統領府、他が政府軍の配置……。黒が反政府勢力の支配地域。そして問題はこの黄色のピンだが、ここに何があるかわかる者はいるか？」

UNハウスのUNMISSの本部から、東におよそ一・六キロの地点だ。

風戸が挙手をした。

「確か、国連職員などが利用するテレイン・ホテルという宿泊施設があったと思いますが」

南スーダンに入った六月一六日の直後、風戸は村田や他の部下と共に数回にわたりジュバ市内を視察して主な施設や地理などをすべて把握し、道順や裏道まで記憶した。それも特殊作戦群の隊員の任務であり、特殊技能のひとつだ。

その時にテレイン・ホテルの場所も確認しているし、建物の形状もおおまかに記憶している。

「そうだ。そのテレイン・ホテルだ……。今日の午後、ホテルに政府軍の正規部隊の兵士およそ一〇〇人が侵入し、宿泊客およそ七〇人を拘禁した。現在、暴行、略奪を行なっている。宿泊客はほとんどが欧米のNGO職員、国連職員などで、女性には集団で性的暴行も行なわれている。すでに、犠牲者も出ているという情報もある……」

「しかし、テレイン・ホテルはUNハウスに近いはずです。なぜ、軍事部門司令部が動かないんですか？」

村田が訊いた。

「いま入った情報によると、中国、ネパール、エチオピアの歩兵大隊はUNMISSの出動要請を拒否した。アメリカ大使館もだ。つまり、七〇人の宿泊客が救助される見込みはない……」

神戸が説明した。

〝五班〟の全員が、顔を見合わせた。

中国隊など軍事部門があてにならないことは最初から想定の範囲内だったが……。

「しかしこのような事例で、日本隊が〝駆け付け警護〟に当るのは不可能では……」

宇賀神がいった。

自衛隊に駆け付け警護が可能になるのは、次の一一次隊からのはずだが。

「宇賀神、君のいうとおりだ。だから我々は、〝駆け付け警護〟に向かうわけではない……」

班長の中島の説明に、〝五班〟の全員が首を傾《かし》げた。

「それなら、我々の任務は……」

風戸が訊いた。

「実は政府軍に拘禁されている宿泊客の中に、日本人が一人、含まれている……」

大菅が〝日本人〟というと、〝五班〟の全員がまた顔を見合わせた。

「日本人、ですか……」

「そうだ。名前は長谷川麻衣子、女性、MSF職員の二九歳……。18《ヒトハチ》・30《サンマル》時に当該の女性から直接作戦室に電話があり、救助を要請された。その時点では、ホテル一階の掃除用具入れの中に身を隠していた……」

「しかし、もし政府軍の兵士に発見されれば……」

風戸の言葉に、神戸が頷く。

「そうだな……。もし発見されればその日本人女性も兵士たちにレイプされ、最悪の場合には殺される可能性もあるということだ。この場合、我々はPKOの任務を優先するのか。もしくは自衛隊としての理念を重んじるべきなのか。我々が防衛すべき〝国〟とは、〝国民〟という意味も含む。そのことをよく考えてもらいたい……」

神戸の言葉を受けて、大菅が説明を引き継いだ。

「そういうことだ。よって我々は今回の事態を武力攻撃事態対処法第七九号、第一章第二条の二、我が国に対して〝武力攻撃が発生した事態又は武力攻撃が発生する明白な危険が切迫していると認められるに至った事態〟にあると判断した。つまり、緊急事態だ。よってその対応に関する判断は、現場の我々にまかせられるということだ」

風戸は大菅の回りくどい言い回しを聞いていて、これは通常任務ではないということを理解した。おそらく、今回の作戦は、本国の統合幕僚監部にも〝事後報告〟になるということだろう。

「いま説明のあったとおりだ」

班長の中島一等陸曹が他の〝五班〟の全員の顔を見渡した。

「我々はこれよりテレイン・ホテルに当該の日本人女性の救出に向かう。事前にいっておくが、今回の作戦は自衛隊として非公式な任務となる可能性がある……」

「武器の携帯はどうなりますか」

風戸の問いに、中島が頷く。

「小火器は携帯する。自衛権発動の三要件、すなわち敵による武力攻撃が発生した場合。これを排除するために他の適当な手段がないこと。必要最小限度の実力行使にとどまる範囲内で武器の使用を認める。他に質問は？」

だが、誰からも声は上がらなかった。

中島が続けた。

「では、人選に移る。今回の作戦は少数精鋭によって水面下で行なう。私は指揮のために、この作戦室に残る。残り七名の中から作戦実行班の五名の人員を募りたい。参加を希望する者はいるか？」

風戸がまず、無言で前に進み出た。

さらに村田、宇賀神、石井、久保田……。

七名全員の手が挙がった。


同時刻、テレイン・ホテル——。

大統領警護隊が暴徒と化したことを知った南スーダン政府は国家安全保障局の使者をテレイン・ホテルに送り、隊長以下の首謀者数人と交渉を続けていた。

だが、この交渉はきわめて馴《な》れ合い的なもので、国家安全保障局側に何ら強制力のあるものではなかった。

これに対して暴徒側は、人質の解放を説得する政府側に様々な要求を突き付けた。

まず、これまでの自分たちの行為について正当性を認め、今後一切、罪に問わないこと。

これまで奪った金品の所有権は、すべて自分たちの英雄的行為への報奨金として認めること。

UNMISSなどの国連機関、ならびにその職員、各国のPKO部隊を、即刻この南スーダンから退去させること──。

しかもその交渉の間も、人質への暴行と略奪、白人女性へのレイプは続いていた。結局、政府側は、暴徒側の要求をある程度は呑《の》まざるをえなかった。

そのころ、長谷川麻衣子とアシュリン・ブレナンは、まだ息を殺して掃除用具入れの中に潜んでいた。

麻衣子は扉の隙間から覗《のぞ》きながら、外の様子を窺《うかが》った。

一時間ほど前に暴徒の部隊とは別の人間が何人かホテルに入ってきた。以来、内部の様子に変化があった。少なくともこの一時間は銃声も止《や》み、ホテルの中が急に静かになった。だが、時折聞こえてくる言葉はすべてディンカ語なので、何が起きているのかわからない。

「どうしたの……。急に、静かになったけど……」

アシュリンが耳元で訊いた。

「わからない……。でも、誰かの泣き声が聞こえる……。時々、悲鳴も……。終わったわけじゃない……」

その時、近くで足音が聞こえた。

裸足《はだし》の足音……?

扉の隙間から外を覗くと、女の背中が見えた。女は周囲の様子を窺うと、後ろ手に扉を開き、掃除用具入れの中に体を滑り込ませた。

中に人がいることに気付き、女が悲鳴を上げた。

麻衣子が慌ててその口を手で押さえた。

「だいじょうぶ……私たちは、あなたの友達だから……」

女が、声を殺して泣いた。イタリアのNGO職員、ミア・テイラーだった。彼女はほとんど裸で、パニック発作を起こしていた。

麻衣子はアシュリンと二人でミアを抱き締めた。落ち着かせないと、ここにいるのが見つかってしまう……。

また、足音が聞こえてきた。今度は、軍靴を履いた兵士の足音だった。


00《マルマル》・00《マルマル》時――。

日付が七月一二日に変わった。

テレイン・ホテルでは、すでに人質の解放がはじまっていた。だが、UNトンピンの日本隊には、何の情報も入っていなかった。

作戦本部では現地の情況を知るために、先ほどから〝長谷川麻衣子〟という女性に連絡を取っていた。相手の身を危険にさらす可能性があるので、電話は使えない。仕方なく国際SMSで文字メッセージを送っているが、いまのところ返信はない。

その中で〝五班〟は出動の準備を整えていた。

邦人救出隊の隊長は風戸亮司三等陸曹が務める。副隊長に村田壮介陸士長。以下石井貴則陸士長、久保田洋介一等陸士、松浦義浩一等陸士の五名に決まった。

年齢も風戸が三六歳と年長で、特殊作戦群の隊員としてのキャリアも一番長い。他の四名の内三人は三十代だが、松浦のみ二六歳と若い。だが、今回の任務にはどうしても松浦の特異な身体能力が必要になる。

時間が切迫する中で、作戦は難航した。

目的は邦人拘束者の保護ならびに救出。前提条件として自衛隊法第九一条の二に準じ、明白な危険がある場合以外は武器を使用しない。すなわち、初弾を撃たない。その上で隊員全員が無事に帰還すること——。

失敗は絶対に許されない。小さなミスひとつが、邦人拘束者もしくは隊員の命にかかわることになる。

問題は、今回の任務は自衛隊として公に作戦行動を取れないということだった。

UNトンピン地区の日本隊宿営地からテレイン・ホテルまでは、直線距離でおよそ六・五キロメートル。地理の複雑なジュバの市街地を、安全な道路を選びながら目的地まで向かうとなると、おそらく片道一二キロ前後、往復で二五キロ前後は移動することになる。

五人の隊員が行動し、少なくとも二人の拘束者を連れ帰ることを考えると、最低でも二台の車輛が必要になる。だが、まさか日本隊が配備する、ドアに〝UN〟と書かれた白い高機動車や73式小型トラックを使うわけにはいかない。

そんな車が二台連なって深夜のジュバ市内を走っていれば、日本のPKO部隊の作戦行動であることを触れ回るようなものだ。それにUNMISSの部隊だとわかれば、この内戦下では政府軍と反政府勢力の両方から標的にされる恐れがある。

装備に関しても同じだ。自衛隊の迷彩服を着用して国連のブルーのヘルメットを被り、89式小銃を持っていれば、日本のPKO部隊であることは一目瞭然だ。秘密裏に行動することが不可能になる。

そこで日本隊の作戦本部は、南スーダンにも支社を置く〝G4S〟に協力を要請した。

〝G4S〟はイギリスに本社を置く世界最大の警備保障会社である。世界の一二五カ国に支社を置き、南スーダンのような低強度紛争地域でも活動する。ジュバでは主に現地法人や各国のNGO法人と契約し、広範囲に警備サービスを展開していた。

ジュバ市内ではここ数日の内戦下でも、ドアに〝G4S〟のロゴマークの入ったブルーのメルセデスのバンが普通に走っていた。もし〝G4S〟のバンを使い、同じブルーのユニフォームを着用していれば、深夜のジュバ市内で行動しても怪しまれないですむ。

一二日01《マルヒト》・20《ニーマル》時——。

〝G4S〟から〈——日本隊の要請を受諾する——〉という連絡が入った。

調整が難航したのは、〝G4S〟の方でもNGOとの契約があったからだ。本来、NGOの職員がジュバ市内で政府軍に拘束されるという事案が発生すれば、人質を救出するのは〝G4S〟の担当になる。

だが、〝G4S〟はあくまでも警備会社であり、政府軍の一個小隊を相手に戦うほどの武器は装備していない。それにもし政府軍と銃撃戦にでもなれば、南スーダンのビジネスから撤退しなくてはならなくなる。

そこに日本隊の作戦本部から、非公式に協力の要請があった。

これは〝G4S〟からしても、願ってもない話だったろう。

〝G4S〟は車輛二台と装備の提供を受諾すると同時に、条件としてドライバー兼ガイド役を二名とメディカルスタッフ一名、計三名の同行を申し出てきた。これは日本隊としてもメリットのある話だった。

連絡から二時間後の03《マルサン》・20《ニーマル》時――。

G4Sのバン二台が日本隊宿営地に到着した。予想以上に時間が掛かったのは、ジュバ市内の警戒が厳しく、至る所で政府軍の検問に引っ掛かったからだという。

風戸たち五人の作戦班は、すみやかに自衛隊の迷彩服をG4Sのロゴの入ったブルーの制服に着替えた。どれもサイズが大きすぎたし、自分たちが自衛隊の隊員ではなくなったような奇妙な気分になる。

気になったのは、G4Sが用意したヘルメットとアーマーだった。どちらもミルスペック（米軍MIL規格）を満たしたものだが、自衛隊の装備品と比較すると同等の性能を有しているようには見えなかった。

風戸は、自分が身に着けたアーマーを確かめ、不安を感じた。

拳銃弾ならまだしも、これで政府軍が使うAK－47アサルトライフルの7・62ミリ弾が止まるのか……。

だが、いまはそんなことをいっている場合ではない。

銃弾はG4Sが用意した米国製の223レミントン弾を使う。これは万が一、日本隊側に武器の使用があった場合に、現場に残した空薬莢《からやっきょう》から自衛隊の関与が発覚することを防ぐためだ。

だが、主力武器としては使い慣れた、日本製の89式自動小銃を使用する。89式小銃は米軍などが使うM4カービンと同じ5・56ミリ口径、ライフリングも六条右回転なので、現場に発射弾を残しても区別がつかない。

同じ理由でサイドアームも自衛隊が配備するSIG P220、銃弾はレミントン社製の9×19ミリNATO弾を装備する。

03《マルサン》・50《ゴーマル》時——。

風戸以下五人の作戦班とG4Sの三人は、二台のメルセデスのバンに分乗して日本隊の宿営地を出発した。

この時点ですでに、事件発生から一二時間以上が経過していた。

長谷川麻衣子という邦人からは、前日の18《ヒトハチ》・30《サンマル》時に救助を求める電話があって以来、連絡が取れていない。

二台のバンはUNトンピン地区の内部をトルコビルの逆側に迂回《うかい》し、日本大使館や大統領府に近い南側のゲートから外に出た。

道路に出ると、すぐに政府軍の検問があった。

ロシア製のトラックの陰から迷彩服を着た兵士が一〇人ほど現れ、二台のバンを止めた。カラシニコフを持った男が運転席の窓から車内を覗き込む。

G4Sの〃レオ〃と呼ばれるドライバーの男は、その政府軍の兵士とディンカ語を交えて親しげに話している。しばらくして〃レオ〃がアメリカ製のタバコを一箱差し出し、やっと二台のバンが通された。

その間、およそ一〇分……。

「何を話してたんだ?」

風戸が後ろの席から英語で訊いた。

「WFPの食糧倉庫に警備に行くといった。そうしたら、中には何も残っていないといっていた」

「我々のことは？」

「中国人の新しい社員だといっておいた。奴らは東洋人を見ればすべて中国人だと思っている……」

それからも至る所で政府軍の兵士を見掛けた。

街灯のない街角や路傍に、迷彩服を着た男たちがカラシニコフを持って立っている。闇の中で、白い双眸《そうぼう》だけが異様に光っている。

車は、ほとんど走っていない。時折、見掛けるのは、政府軍のトラックや装甲車ばかりだった。散発的に銃声や迫撃砲の爆発音が聞こえ、夜明け間近の暗い空が閃光に白く染まった。

二台のバンは、ジュバの闇の中を迷走した。

近道をあえて逸《そ》れて、時には目的地の逆方向に走る。

「なぜ遠回りをするのか……」

風戸が訊く。

「この先は反政府軍の支配地域だ……」

レオが煩わしそうにそう答える。

政府軍の検問にもぶつかった。一度は通過するのにかなり高額のドルを要求され、その交渉に三〇分近くを費やした。こうして時間だけが、無駄に過ぎていった。

気が付くと暗黒の闇に包まれたジュバの街に、夜が明けはじめた。

05《マルゴー》・20《ニーマル》時——。

直線距離で僅か六・五キロしかない移動に一時間半もかかり、やっとホテルの建物が見えてきた。

Ｇ４Ｓの二台のブルーのバンが、ゆっくりとテレイン・ホテルの周囲を回る。

ホテルは三階建てで、外塀はない。あらためて見ると、かなり大きな建物だった。

周囲には所々に政府軍の兵士の歩哨《ほしょう》が立っている。どうやらまだ、ホテルは政府軍の小隊に占拠されているようだ。

歩哨の兵士の中には壁に寄り掛かって座っている者もいるし、地面に寝ころんで眠っている者もいる。目の前をＧ４Ｓのバンが通ると訝《いぶか》しげにこちらを見る者もいるが、銃を手にして止めようとする者はいない。

ホテルの正面玄関に二人……植え込みの中に二人……駐車場のトラックの周辺に四人から五人……建物の裏に三人……。屋上や二階の窓にスナイパーの姿はない……。

死角はあるが、もしバンが怪しい動きをすれば即、歩哨たちが駆け寄ってくるだろう。

「ホテルの周囲には車を停《と》められない。ワンブロック離れた所に着ける。あとは徒歩でホテルに向かってもらうしかない……」

レオがそういって、アイフォーンでもう一台のドライバーに連絡を入れた。

二台のバンはテレイン・ホテルの前を離れ、ワンブロック先の路地を左折した。距離はおよそ九〇メートル。土壁に囲まれた狭い道に五〇メートルほど入ったところで、バンが停まった。

二台のバンからＧ４Ｓのブルーの服を着た五人の自衛隊員が降りた。

全員の時計の時刻を合わせる。

この時、05《マルゴー》・27《ニーナナ》時——。

風戸が手信号だけで他の四人に指示を出す。

——全員、装弾を確認。

これからファイルフォーメイションでホテルに向かう。

先頭は風戸、二番手に松浦、各自一〇メートルの距離を取り、最後尾に村田。

ランデブーポイントはホテル裏手の東側。あのあたりが最も敵の警戒レベルが低い。

いまから五分後に現地に集合する——。

全員が89式小銃に初弾をチャージし、安全装置を掛け、風戸を先頭に夜明けの街に散開した。

ディンカ族らしき老人が一人、呆然《ぼうぜん》とその様子を見守っていた。


05《マルゴー》・32《サンニー》時——。

ホテル東のランデブーポイントに全員が集合した。

五人とも物陰に潜み、風景に同化しているので、周囲からはほとんど視認できない。

風戸は土壁の陰から、ホテルの様子を探った。

一階の窓には明かりが灯《とも》っているが、二階の客室はほとんど人の気配がない。窓から明かりが見えるのは、東から二番目の部屋だけだ。

歩哨は西側の壁に二人。南側の壁の裏口あたりに二人と、東側の角に二人……。

裏口の近くにいる二人はポーチの長椅子で眠っているようだ。

屋上に、人影は見えない……。

いくら警戒が甘いとはいっても、一階から侵入するのは難しいだろう。窓に格子も入っている。

二階にも、窓が開いている部屋はない。

だが、二階のバルコニーから侵入して中庭に下りた方が安全だ。

風戸は近くの物陰に潜む松浦に、手信号で指示を出した。

松浦が手信号を返し、素早く動く。

手にしていた89式小銃を肩に掛けながら影のように道路を横切り、目の前のホテルの壁に取り付く。そのまま窓枠に指先を掛け、蜘蛛《くも》のように垂直の壁面を上りはじめた。

そうだ、これが松浦の特技だ。

個人でフリークライミングの競技にも出場する松浦は、どんな建造物でも素手で上る技術を持っている。

風戸は89式小銃を構え、周囲の動きに気を配る。だが、一〇メートルほど先で眠っている政府軍の歩哨も、松浦にはまったく気付いていない。

壁面に取り付いてから僅か数秒後……。

松浦が二階のバルコニーに立って手を振った。部屋のドアが開き、松浦の姿がその中に消えた。

それから僅か一分後、再びバルコニーに松浦の姿が現れ、クライミングロープを地上に垂らした。

風戸が手信号で周囲の隊員に指示を送る。

——行け！——

村田、石井、久保田の三人が次々とクライミングロープに飛び付き、二階のバルコニーに消えた。

最後に風戸がロープを上り、全員がホテルの部屋に入った。

部屋はベッドが乱れ、開いたスーツケースや着替えが床に散乱していた。

この部屋にも宿泊客がいたらしい。服や身の回りの物からすると、おそらく女性だ。だが、バスルームやクローゼット、ベッドの下にもいまは誰もいない。

風戸が無言で指示を出す。

——この部屋を基地にしよう。

おれは松浦と組んで、一階を偵察する。掃除用具入れを探す。当該の女性を発見したら、スマホの国際SMSで連絡を入れる。

久保田は一人でこの部屋に残れ。何か起きれば連絡すること。

村田は石井と組んで、二階を偵察しろ。

一〇分後にこの部屋に集合。解散——。

全員が無言で行動を開始した。


風戸は松浦と二人で、西側の非常階段を下りた。

誰もいない。ホテルの中は、不気味なほど静かだった。

一階に下り、非常口から中庭に出た。ここにも歩哨はいない。

二人で壁際の陰に沿って移動しながら、レストランに向かう。

手前に、通路の入口があった。

風戸と松浦は通路の両側の壁際に立ち、89式小銃の銃口を下に向けて身を隠しながら、カッティングパイ（壁の角で体を防御しながら前方の様子を確認する方法）で奥の様子を探る。銃のセレクターは〝ア（安全装置）・タ（単発）・レ（連発）・3（三点バースト）〟の内の〝3〟に合わせてある。

だが、通路の奥に人の気配はない。ただ、煉瓦張りの床に点々と布切れのようなものが散乱している。

風戸は手信号で松浦に合図を送り、銃を構えながら通路の奥へと進んだ。床に落ちていた〝布切れのようなもの〟は、女物の服や下着だった。

間もなく左手に〝Janitorial storage〟(掃除用具室)と書かれたドアがあった。

ここだ……。

風戸は松浦と共にドアの両側に立った。

合図を送る。ドアを開け、中に銃を向ける。

確かにここが、〝掃除用具室〟だった。だが、中には掃除用具や汚れたシーツの山があるだけで、誰もいない。

ドアの裏に、オレンジ色の口紅のようなもので何かが書かれていた。日本語だ。

〈――助けて　ハセガワ――〉

遅かったか……。


村田は石井と二人で、二階の東南の角の部屋の前にいた。

外から、明かりが見えた部屋だ。他の部屋よりも、間口が広い。中に、誰かがいる。

ドアの外に人の声が漏れてくる。

ディンカ語らしき男たちの話し声に、女のすすり泣く気配……。

男はおそらく三人から四人。どうする、踏み込むか?

だが、〝長谷川麻衣子〟という当該の日本人女性がこの部屋にいるのかどうかは確認できない。

それに突入すれば、銃撃戦になる恐れがある……。

そこに風戸からメールが入った。

〈――掃除用具室を発見。誰もいない――〉

村田はすぐにメールを返信した。

風戸は村田からのメールを読んだ。

〈――207号室に人。敵数人。他に女の声――〉

風戸は松浦に合図を送り、即座に行動した。

通路を進み、ロビーへ。ソファーには政府軍の兵士が三人酔い潰れて寝ていたが、こちらには気付かない。

二人は気配を殺し、レセプションの脇の階段を上った。

二階に上がると、廊下の角の部屋の前に壁を背にして村田と石井が立っていた。

風戸と松浦が足音を立てずに二人に歩み寄る。

村田が手信号で情況を説明する。

――敵は三人から四人。女も複数いる――。

確かにディンカ語の男の話し声と、笑い声が漏れてきた。

その時、女の声が聞こえた。

——や……めて——。

日本語だ！

風戸は三人に指示を出した。

——村田と石井は廊下の両側を見張れ。おれと松浦が突入する。その間にメールで久保田もここに呼び寄せろ——。

時間に猶予はない。

全員、ただちに行動した。

村田と石井が、ドアの両側に散開する。

村田がドアノブを回した。鍵は、掛かっていない。

ドアがゆっくりと開いた。僅かに、軋《きし》み音が鳴った。だが、躊躇《ちゅうちょ》している余地はない。

風戸が89式小銃を構え、先頭で部屋に突入した。一瞬で室内の情況を把握する。

広さはおよそ五〇平方メートル、左側の窓際にベッドが二つと、手前に応接セットがひとつ……。

奥のベッドに裸の男が二人と女が二人……。

応接セットのソファーに男が二人と、女が一人……。

四人の男が一斉にこちらを見た。

「Don't move!（動くな！）」

風戸が男たちに銃を向けた。

三人がレイプを中断し、手を上げた。

だが、一人が動いた。ベッドに立て掛けてあったカラシニコフを手に取り、こちらに向けた。

だが、初弾は撃てない……。

光景が、スローモーションのように動いた。

風戸は89式小銃を抱えたまま、ベッドの背後に飛んだ。

轟音と共に、男の銃が火を噴いた。

銃弾が連続して、後ろから駆け込む松浦の体を突き抜けるのを見た。

――松浦！――

声にならない叫びを発した。

風戸の思考が遮断された。

反射的に、体だけが反応した。

ベッドの陰からころげ出ながら、銃を持つ男を撃った。

三点バーストで発射された三発が腹、胸、顔に着弾し、裸の男が血飛沫《ちしぶき》と共に吹き飛んだ。

女たちの悲鳴、男たちの絶叫！

入口から、村田と石井が突入した。

風戸は逃げ惑う残り三人の男たちを、89式小銃の照準器で追った。

数十発の銃声と共に、血飛沫が上がった。

翌七月一三日――。
ロイター、AP、AFPなどの世界の通信社は、一斉に南スーダンで起きたこの凄惨な事件を報じた。
〈――7月11日、南スーダンの主都ジュバで反政府勢力と交戦中の政府軍が、欧米人が多く滞在するホテルを襲撃。女性を含むNGO職員などおよそ20人に対して数時間にわたり殺戮《さつりく》、レイプ、暴行、強奪、処刑など残虐の限りを尽くした。だが、国連PKO部隊の宿営地は現場から1・6キロしか離れていない近隣にあったにもかかわらず、中国、ネパール、エチオピアの各歩兵大隊は出動を拒否。アメリカ大使館も介入を見送った。最終的には南スーダン政府軍の治安部隊が鎮圧にあたり、翌12日の早朝に民間警備会社G4Sによって最後の女性三人がホテルより救出された──〉

一連のニュースに日本のPKO部隊──自衛隊──の関与については一切触れられていなかった。また、日本のメディアもこの事件について何も報道することはなかった。

極秘の作戦で殉職した松浦義浩一等陸士は、事件からおよそ五カ月後の二〇一六年一二月、PKO第一〇次隊の帰国後に〝自殺〟として処理された。

日本政府はテレイン・ホテルでの事件を含め、二〇一六年七月七日から一二日にかけて、主都ジュバで発生した武力衝突を一切公式には認めなかった。

当時の内閣官房長官が以下のような談話を発表し、幕が引かれた。

──南スーダンで活動中の陸上自衛隊員に異常がないことを確認している。自衛隊の活動地域でPKO協力法における武力紛争が発生したとは考えていない──。

後にこの一連の出来事は、自衛隊PKO部隊の日報隠蔽問題にまで発展し、当時の防衛大臣が辞任にまで追い込まれる騒ぎとなった。

だが、二〇一六年七月に起きた〝ジュバ・クライシス〟（ジュバの危機）の事実は、その後も日本政府によって秘匿され続けた。

第二章　漂　流

1

二〇二三年四月、日本——。

夜明け前の海は、まだ暗く沈んでいた。

右手前方の東の空が、刻々とマゼンタに染まっていく。

やがて、暗い海も、夜明けの光を受けて少しずつ輝きを帯びはじめる。

駿河《するが》湾は、今日も静かだった。南からの海流と、西からの穏やかな風が運ぶうねりがぶつかり、陸に沿って潮目を作っていた。

老漁師、塚本正次郎《つかもとまさじろう》は、持ち船の第二青海丸を操船しながら前方に続く潮目に沿ってシラス用のパラシュート網を曳《ひ》いていた。

二六フィート、四六馬力の古く小さな船だ。いまも塚本は、一人でこの第二青海丸を操船していた。

駿河湾の奥、富士川《ふじかわ》の冷たい水が入るこのあたりは、シラスの好漁場だ。近年は富士川の雨畑《あめはた》ダムから流れ出る懸濁物《けんだくぶつ》の影響でサクラエビは不漁が続いているが、潮の良い日ならシラスはそこそこ網に入る。いまの時代、妻と二人年金だけでは生活していけないが、こうして漁に出れば多少の食《く》い扶持《ぶち》にはなる。

富士川の河口のあたりまで来ると、沖合に何隻かの漁船が操業しているのが見えた。田子《たご》の浦《うら》漁港から下ってきたシラス一艘曳網《いっそうびきあみ》漁《りょう》の船だ。みんな塚本と同じ潮目を狙って網を流している。

塚本はここで一度潮目から外れ、船を停めた。網を巻き上げると、二キロほどのシラスが入っていた。朝一番としては、まあまあの量だ。

シラスを籠に空け、その場で大量の氷で締める。

塚本は腰を伸ばしてひと息入れ、タバコに火を付けた。

スロットルを開き、舵《かじ》を取舵に切って船の向きを変えた。正面に巨大な霊峰富士が、朝日を浴びて赤く聳えていた。

塚本は再び、パラシュート網を海に流した。操舵輪を握りながら魚探の画面を見ると、先程と同じ潮目に魚群の影が映っていた。

シラスだ。それも、かなり大きな魚群だ。

この分だと西倉沢《にしくらさわ》漁港に戻る帰路に、あと四〜五キロは獲《と》れそうだ。

塚本はそんなことを思いながら、網を魚群の真ん中に通すように舵を取った。

魚群を抜けて、塚本は網を回収した。思ったとおり、三キロ近いシラスが入っていた。それを籠に空けて、氷で締める。

日が高くなり、シラスの群れが海の深場に沈む前にもうひと流ししよう。次はいまの群れに戻るか、それとも先に進むか。そんなことを考えている時に、異変に気が付いた。

海鳥が騒がしい……。

塚本は網を解《ほど》く手を休めて、高い空を見上げた。頭上に二〇羽ほどの海鳥が、かん高い声で鳴きながら舞っていた。

おかしい、辺りに餌になるような魚群の気配はないし、ナブラも立っていない……。

塚本は手で朝日を遮りながら、周囲を見渡した。

その時、左舷の五〇メートルほど先の海面に、何かが浮いているのが見えた。海鳥の群れは、その真上に集まっている。

塚本はスロットルと舵を操りながら、ゆっくりと浮遊物に向かった。風下側から近付いたために、臭いでそれが何かがわかった。

船の右舷を、浮遊物に寄せた。

やはり、流れ仏だった。

漁師は昔から、海で水死体に出会うと〝浦繁昌〟といって縁起が良いとする風習がある。流れ仏を右舷から船に載せて連れ帰り、左舷から陸に降ろす仕来《しきた》りもある。

だが、最近はそんなことはしない。

塚本は流れ仏に手を合わせ、無線で清水《しみず》海上保安部に連絡を入れた。

「ああ……西倉沢漁港の第二青海丸だがね……。いまシラス漁をしとったんじゃが、海で流れ仏さんを見つけたじゃんね……」

塚本は自分の船の位置を教えて無線を切った。

タバコに火を付け、流れ仏を見守りながら、海上保安部の船を待った。


海上保安庁第三管区の清水海上保安部に通報が入ったのは、四月二四日午前六時二五分だった。

巡視艇〝みほかぜ〟は、すみやかに現場海域に急行した。

死体はすでに腐敗が進み、ガスが溜まっていた。死後三日といったところか。

このような死体が第三管区で発見されるのは、それほど珍しいことではない。

だが、船長の望月要《もちづきかなめ》三等海上保安正は、死体の収容を指揮しながら異様なことに気が付いた。

この死体には、頭がない……。

両手も、手首から先がなくなっている……。

腐敗が進んだ水死体は体にガスが溜まって水に浮き、頭部や手が自然に落ちてしまうことはある。

実際にこの死体も体表が灰白色に溶けはじめ、カニやフナムシ、魚などの食害を受けている。

だが、医学的にはまだ〝膨張期〟の段階であり、いわゆる〝腐乱期〟には入っていない。頭部や手が自然脱落するには、まだ早すぎるような気がした。

望月は、甲板に上がった死体の首や手首の付け根を確認した。

やはり、思ったとおりだ。腐敗した筋肉組織から露出した骨に、切断されたような傷がある……。

つまりこの死体は、ただの〝水死体〟ではないということだ。

死体は清水海上保安部のある清水区の日《ひ》の出埠頭《でふとう》に陸揚げされた後、所轄の清水警察署に引き渡された。

これに刑事課の鈴木《すずき》忠世士《ただよし》警部補、大石正伸《おおいしまさのぶ》巡査部長、清水警察署水上交番の巡査など五人が立ち会った。

この時点で、すでに午前一一時を過ぎていた。

鈴木は、ついていないな……と思った。

水死体であれ何であれ、腐乱死体は何度見ても嫌なものだ。これで今日は、昼飯が喉を通らなくなる……。

死体は浜松医科大学《はままついか》に運ばれ、午後四時から司法解剖が行なわれた。

執刀は池谷直実《いけたになおみ》博士、他助手二名。これに清水署の鈴木と大石、海上保安部の望月らが立ち会った。

これで、晩飯も食えなくなる……。

死体は全裸の状態で、男性。生前の推定身長はおよそ一七五センチ、体重七〇キログラム。発見場所の現在の水温がおよそ一八度ほどなので、死後三日から四日と判定された。

肺や胃の中に海水は入っていなかったので、溺死体ではないことが判明した。第四頸椎《けいつい》と両手首の舟状骨《しゅうじょうこつ》、月状骨《げつじょうこつ》などにはノコギリで切られたような傷が残っていた。他に、肋骨や鎖骨など、八カ所に骨折の跡があった。

「外傷が多いな……。自動車事故か、もしくは暴行を受けたのか……」

メスを持つ手を動かしながら、池谷が呟く。

「死因はわかりますか?」

鈴木が訊いた。

「いや、わからないな――。しかし、これだけ損傷があれば、外傷性ショックということも有り得るね……」

今日が、四月二四日……。

死後三日から四日だとすると、この男は四月二〇日から二一日にかけて地上、もしくは船上で何者かに暴行を受けて殺されたことになる。

そうだ。〝事故〟じゃない。これは〝殺人〟だ……。

そして裸にされて、駿河湾のどこかで海に投げ込まれた。

頭部と両手を切断した理由も、明らかだ。歯の治療痕や指紋から、死体の身元を特定されないようにするためだ。

そこまでやるならなぜ、死体を土に埋めなかったんだ……？

「おや、何だろうな、これは……」

ちょうど胸のあたりにメスを入れていた池谷が、首を傾げた。

鈴木がメンタームを塗り込んだハンカチで口と鼻を押さえ、池谷の手元を覗き込んだ。

切り開かれた食道の中に、何かがあった。それを助手の一人がピンセットで取り出し、ステンレスのトレイの上に置いた。

厚紙のようなものを丸めたものらしい。

かなり大きい。拷問でも受けて、無理矢理に喉の奥に押し込まれたのか。それとも、殺される直前に自分で呑み込んだのか……。

助手の一人がそれをピンセットで開いた。中に、アルファベットと数字のようなものが書いてあった。

〈――G１０５８４××――〉

ボールペンのようなもので書かれたのだろう。文字は乱れていたが、確かにそう読めた。

「何だ、この数字は……」

鈴木は、大石や海上保安部の望月と顔を見合わせた。

大石も、首を傾げている。だが、望月だけは何か思い当ることがあるかのように小さく頷いた。

「これは、もしかしたら……。〝自衛隊〟じゃないですかね……」

望月がいった。

「自衛隊?」

鈴木がまた、大石と顔を見合わせた。

「そうです。海保は海上自衛隊の人間と付き合いがあるんで、よくこんな数字を見掛けるんですよ……」

「この数字に、どんな意味があるんですか?」

大石が訊いた。

「最初のアルファベットは〝グラウンド〟の〝G〟、つまり陸上自衛隊です。次の数字の〝1〟は固定。続く二桁の数字は採用区分番号で、〝05〟は確か高等工科学校生徒。それ以降の四桁の数字は、個人番号だったかと思いますが……」

「つまり、認識番号ですか?」

「そうです……」

この死体は、自分が何者なのかを名告ろうとしているのだ。

2

四月二九日、未明——。

太平洋岸の国道四五号線を、一台のジープが走っていた。

ジープは午前〇時に宮城県気仙沼《けせんぬま》市を通過し、いまは南三陸町《みなみさんりくちょう》のあたりをひたすら南下していた。

古いジープだった。色は艶消しのサンドベージュに塗られ、ボンネットには奇妙なイラストが描かれていた。

一見して普通の三菱《みつびし》ジープのようだが、ホイールベースが少し長い。もし車に詳しい者が見れば、かつて自衛隊で使われていた旧73式小型トラックであることがわかるだろう。

運転しているのは、元陸上自衛隊三等陸曹の風戸亮司だった。

他には、誰も乗っていない。四分の一トン積みの小さな荷台には、生活用具とキャンプ用具一式が載っている。それとこのジープが、いまの風戸のすべてだった。

風戸が陸上自衛隊を除隊したのが、二〇一七年四月——。

第一〇次南スーダンPKO派遣から帰国して僅か三カ月後、風戸は一度も習志野駐屯地のSOG（特殊作戦群）に戻ることなく、北海道の第一一普通科連隊に籍を置いたまま陸自を除隊した。

表向きの除隊の理由は、任期満了となっていた。だが、そもそも自衛隊生徒という制度で陸自に入隊した風戸は任期自衛官ではないし、階級も三曹だった。それが当時三六歳で任期満了というのは、本来なら有り得ない話だ。

本当の除隊の理由は、何だったのか……。

あの二〇一六年七月一一日から一二日にかけて、ジュバで起きた例の〝事件〟にすべてが集約されていることは、否定のしようがない。

風戸はあの日、同じ班の四人と共に非公式の任務で出動し、その隊長を務めた。

南スーダン政府軍に占拠されたジュバのテレイン・ホテルから、拘束されている邦人女性を救出するという任務だった。

その現場で、想定外の銃撃戦が発生。当該の邦人女性と他外国人女性二人を救出する過程で政府軍の兵士三人を射殺。さらに部下の松浦義浩を死亡させてしまった。

〝G4S〟の協力で女性三人の脱出と、松浦の遺体の回収には成功した。最終的に南スーダン政府軍兵士の死は反政府軍の襲撃によるものとされ、外国人女性三人も「民間警備会社が救出――」と報道されただけだった。自衛隊の関与は一切発覚することなく、殉職した松浦も後に〝自殺〟で片付けられた。

あの非公式の任務は、いまも〝なかった〟ことになっている。

だからだろう、隊長だった風戸も、表立って責任を追及されることはなかった。だが、その一方で、当時の〝五班〟のメンバーは毎日のように上層部に呼び出しを受け、査問会議並みの追及を受けた。

〝辞めろ〟とはいわれなかったが、除隊しなければならない空気だったことは確かだ。

結局、第一〇次派遣隊が帰国してから一年の内に、当時の〝五班〟の隊員のほとんどが陸自を除隊した。

風戸は、思う。

ちょうど七年前のあの〝事件〟の直後に南スーダンPKOにおける〝自衛隊日報問題〟が持ち上がった。

防衛省は「派遣部隊の日報はすでに廃棄した」としてこれを頑《かたく》なに隠蔽。だが二〇一七年一月に日報の一部の存在が確認され、政府は翌二月にこれを公表。そして風戸が陸自を除隊した三カ月後の同年七月二八日、当時の森田明子《もりたあきこ》防衛大臣が自衛隊による日報のデータ削除を認め、引責辞任した。

自衛隊はなぜそこまでして、南スーダン派遣部隊の日報を隠蔽したのか。

それは単にジュバ・クライシスと呼ばれる内戦並みの戦闘が起きたからではなかった。

ジュバで〝五班〟が関係した、あの〝事件〟があったからではないのか——。

風戸は自衛隊を辞めても、未練があったのだろう。除隊後も土地勘のない北海道に残り、建設会社で働きながら、即応予備自衛官（普段はそれぞれの職業に従事しながら召集命令を受けて任務にあたる非常勤の自衛官）の籍を残していた。こんな古いジープを解体屋で見付けてきて、手間を掛けてナンバーを取り、こうして乗っているのもそのためだ。

だが、いま風戸は、生活のすべてを捨てた。会社を辞め、長年住んだアパートも解約し、持ち運べない家具もすべて処分した。

今後は二度と、北海道に帰ることはないだろう……。

風戸は、未明の国道をひた走る。

古い4DR5型インタークーラー・ターボ・ディーゼルエンジンは、正確な鼓動を刻み続ける。

もう、長いこと走り続けていた。

一昨日の未明に札幌を発《た》ち、道南を一気に縦走。函館《はこだて》九時三〇分発のフェリーで青森県の大間《おおま》に渡り、その後も高速には乗らず下の道を仮眠程度でひたすらに走り続けていた。

南三陸町から石巻《いしのまき》、東松島《ひがしまつしま》を抜け、午前〇時ごろに仙台を通過。途中の二四時間営業のガソリンスタンドでジープのタンクとジェリ缶に軽油を補給し、さらにひた走る。

道はいつの間にか、国道六号線に変わっていた。

間もなく相馬《そうま》市、南相馬《みなみそうま》市、浪江町《なみえまち》を通過する。そして双葉町《ふたばまち》に入って間もなく、前方左手の太平洋岸に、闇に聳える福島第一原発の巨大な廃墟が見えてきた。

このあたりは風戸にとっても、記憶に残る場所だ。

いまを去ること一二年前の二〇一一年三月一一日、一四時四六分一八・一秒、東北地方太平洋沖地震（東日本大震災）発生——。

マグニチュード9・0、最大震度7の超巨大地震が東北地方の太平洋岸を破壊。最大遡上高四〇・一メートルというすさまじい津波が岩手、宮城、福島、茨城、千葉各県の沿岸部を襲い、死者一万九七五九人、行方不明者二五五三人という被害を出した。

地震発生の約五〇分後、遡上高一四メートルから一五メートルという巨大津波が福島第一原発を直撃。原発は全電源喪失に陥り、炉心溶融（メルトダウン）が発生。ヨウ素換算値で九〇京ベクレルというチェルノブイリ原子力発電所事故（一九八六年四月）に匹敵する人類史上最大——レベル7——の原発事故を引き起こした。

あの時は一号機から三号機まで、いつ〝爆発〟してもおかしくない情況だった。実際に、原子炉建屋内では何度も水素爆発が起き、放射性物質の大量放出を繰り返していた。

もし原子炉本体が核爆発を起こしていれば、福島第一原発から半径一〇〇キロは焼土と化していただろう。首都東京を含む半径四〇〇キロは被曝し、向こう一〇〇年は人が住めないほど深刻な事態になっていたかもしれない。

その〝日本の危機〟を、命を賭して救ったのは一部の原発の職員と、無名の自衛隊員だった……。

あの時、風戸もまた一自衛官として福島第一原発の〝現場〟にいた。炉心から二〇キロ圏内の警戒区域内で瓦礫《がれき》や車輛、鉄骨の排除などの復旧作業と、二次的なテロを警戒する警備に従事した。

あの時は生まれて初めて、現実的な〝死〟を覚悟した。

目の前に聳える瓦礫の塔はいつ崩れ落ちて核爆発が起きるかわからなかったし、大気中の目に見えない毒がどれだけ自分の体を蝕《むしば》んでいるのかも知りようがなかった。

風戸は結局、部隊の仲間と共に廃炉作業員の限界線量と同じ年間五〇ミリシーベルトを被曝するまで現地に止《とど》まった。

だが、何も残らなかった。同じ自衛隊の中央特殊武器防護隊のヘリコプターによる原子炉への放水は注目されたが、風戸らの特殊作戦群の任務は記録からも削除された。

風戸は、ジープを駆り続ける。

午前四時ごろに茨城県に入り、水戸市の手前で夜が明けはじめた。さらに土浦《つちうら》市、牛久《うしく》市を通過して千葉県に入り、最初の目的地の船橋市に着いた。

陸上自衛隊習志野駐屯地の赤煉瓦門の前で、ジープの速度を緩めた。

左の門柱に〈――第一空挺団――〉の文字。鉄の門扉は、開いていた。中の警備ボックスの前には、顔を知らない隊員が二人立っていた。

習志野駐屯地を見るのは、二〇一六年四月にあの南スーダンPKO第一〇次派遣隊に参加するためにこの門を出て以来、七年振りだ。

だが、何も変わっていない。何の感慨もなかった。

警備ボックスの前に立つ隊員が、73式小型トラックに乗る風戸を訝しげに見ている。そうでなくても、門に設置してある防犯カメラに疑わしい映像を残したくはない。

風戸は心の中で習志野駐屯地に決別を告げ、ジープのアクセルを踏んだ。

国道一四号線に出て、東京方面に向かった。

今日は土曜日なので、この時間から都心を抜けてもそれほど渋滞しないだろう。だが、さすがに疲れていたし、腹も減っていた。

途中で浦安《うらやす》方面に向かい、コンビニを見つけて、駐車場にジープを駐めた。

店内に入り、籠をひとつ手にして握り飯や野菜ジュース、ペットボトルのお茶を放り込む。最後にマガジンラックから朝刊を一部取り、レジに向かった。

店を出て、再びジープに乗った。

国道を外れ、埋立地の工業地帯の広い道に出て、路肩のトラックの間にジープを駐めた。

野菜ジュースを飲み、握り飯を貪り、それをお茶で胃袋に流し込む。食いながら、買ったばかりの朝刊を広げた。

〈――入管法改正案、衆院通過へ――〉
〈――日銀、緩和検証へ　政策は維持――〉
〈――「天下り規制趣旨に反する」ポスト要求ＯＢ、現役から人事情報も――〉

一面は興味のない記事ばかりだった。

風戸は握り飯を頰張りながら、新聞を捲《めく》った。ロシアのウクライナ侵攻に関しても、大きな動きはない。

さらに頁を捲る。

社会面を開いた瞬間に、とんでもない見出しが目に飛び込んできた。

〈——駿河湾の遺体　元自衛隊員か——〉

何だって？

〈——静岡県警察によると、今月24日に駿河湾の富士川河口沖で発見された男性の遺体は、元陸上自衛隊員の久保田洋介さん（36）であることがわかった。久保田さんは6年前まで第11普通科連隊に所属し、2016年には南スーダンPKO部隊に派遣されたこともある——〉

久保田が、死んだ……。

今月になって、三人目だ……。

四月二〇日、当時の〝五班〟の岩田誠が北海道恵庭《えにわ》市の国道でトラックに轢《ひ》き逃げされ、死亡した。翌日の四月二一日には、石井貴則が出身地の埼玉県朝霞《あさか》市の路上で何者かに刃物で刺され、死んだ。いずれも、犯人はわかっていない。

いや、ジュバで殉職した松浦を含めれば、この七年で四人目だ……。

あの二〇一六年六月、ジュバに送られた南スーダンPKO第一〇次隊の〝五班〟八人の内、すでに半分が死んだことになる。

そんなことが、有り得るのか……。

いや、偶然のわけがない。

ジュバで殉職した松浦はともかく、岩田も、石井も、そして今回の久保田も〝殺された〟ことは明らかだ。事実、風戸も、この一週間に何度か身の危険を感じたことがあった。

風戸はさらに、新聞を捲った。

二面に、探していた記事があった。

〈――スーダンの邦人輸送、自衛隊が任務終結へ
防衛省は28日、戦闘が激化したアフリカ北東部のスーダンから在留邦人を退避させる活動にあたっている自衛隊が、任務を終結したと発表した。外務省によると隣国のジブチに退避した邦人らはすでに民間のチャーター機で現地を出発しており、29日早朝に羽田空港に到着する予定――〉

やはり今日、着くのか。

まさか、これが……？

そんなことが有り得るだろうか。だが、他には考えられない……。

その時、ジェットエンジンの爆音でジープの幌《ほろ》が揺れた。

風戸はジープを降り、空を見上げた。

東京湾上空を巨大な旅客機が、対岸の羽田《はねだ》空港に向けて高度を下げていった。

3

前日にジブチ共和国を離陸した政府チャーター機JL892便は、ゆっくりと高度を下げはじめた。

間もなく雲が割れて、眼下に日本の大地が見えた。

雲間から差し込む朝日に輝く東京湾の水面……。

湾岸に弓状に連なる千葉県船橋市周辺の工業地帯……。

空に向かって聳えるスカイツリーと東京タワー、そして都心に林立する摩天楼……。

白い機体に〝JAPAN AIRLINES〟と書かれたボーイング787－9型機は巨大な翼をゆったりと揺らしながら、東京の風景を遊覧するかのように上空を旋回する。

長谷川麻衣子は機内から窓に頬を寄せ、眼下の風景に見惚《みと》れていた。

私は、日本に帰ってきた……。

懐かしい故国の風景を眺めているうちに、涙が溢《あふ》れてきた。

この七年間、本当にいろいろなことがあった。

無理を承知でMSF（国境なき医師団）に参加した決意……。

派遣された南スーダンのジュバでいきなり遭遇した凄絶な洗礼……。

自分のために失われた命と、生涯背負うことになる贖罪《しょくざい》……。

身を裂かれるような、辛《つら》い別れ……。

南スーダンから隣国のスーダンに逃れてからも毎日のように経験した数多くの死……。

幾度となく自らの死をも覚悟した、残酷な内戦……。

人はなぜ殺し合い、弱者からすべてを奪おうとするのだろう……。

だが、自分はいまもMSFのスタッフとして働いた日々を後悔はしていない……。

JL892便はエンジンの出力を絞りながら、さらに高度を下げていった。東京湾の輝く水面が次第に視界に迫り、波間に浮く漁船がすぐ近くに見えた。

やがて眼下の風景が、海から滑走路——日本の大地——に変わった。直後、車輪が滑走路に着地するショックが伝わり、機体が数回バウンドした。

着陸した瞬間、内戦状態にあったスーダンからこの政府チャーター機で退避した四八人の邦人から、〝バンザイ……〟の声が上がった。

チャーター機を降りて空港に入ると、ロビーには無数の報道陣が待ち構えていた。

麻衣子は手にしていたターバンで顔を隠しながら、他の邦人らと共にカメラの前を歩いた。

何人かの帰国者の代表が、記者たちに囲まれた。麻衣子はその隙を突いて喧騒を逃れ、物陰に隠れてサファリジャケットのポケットから古い型のアイフォーンを取り出した。

間もなく午前七時になる。〝あの人〟はもう、起きているだろう。

アイフォーンの連絡先リストの中から相手の携帯番号を探し、電話をかけた。

呼び出し音が三回鳴ったところで、電話が繋《つな》がった。

「お早うございます。麻衣子です……」

——ああ……久し振りだな——。

素っ気ない声が返ってきた。

「いま、日本に戻りました……」

麻衣子がいった。

——知ってるよ……。テレビでニュースを見ていた——。

「長いこと、心配をおかけしました。申し訳ありません……」

——別に、謝ることはない。心配などしていない——。

相手は、頑《かたく》なに冷淡だった。だが、麻衣子は続けた。

「今日、これからそちらに向かってもよろしいですか？」

——こちらに？　なぜ？——

麻衣子は一度、息を大きく吸った。

「あの子に、会いたいんです……」

しばらく、沈黙の間があった。

——いまさら、会ってどうする——。

相手の男が、突き放すようにいった。

「お願いします……。ひと目だけでもいいんです……」

——会わせるわけにはいかない——。

「お願い……。遠くから、見るだけでもいいから……」

長い沈黙の後で、溜息が聞こえてきた。

——勝手にすればいい——。

相手が怒ったようにそういって、一方的に電話が切れた。

麻衣子はアイフォーンをジャケットのポケットに仕舞い、ターバンで涙を拭った。

他の邦人や外務省の担当者の目を逃れ、小さなスーツケースをひとつ持って空港の外に向かった。

4

風戸が運転する古いジープは、一路西へと走り続けた。

国道三五七号線から湾岸線に乗った。

台場《だいば》から長い海底トンネルを抜け、大井町《おおいまち》の埋立地から京浜大橋《けいひんおおはし》を渡って羽田空港に向かった。

周囲の広大な滑走路には無数の旅客機や貨物機が羽を休めていた。いまも上空から巨大な怪鳥の影が頭上を掠めて舞い降り、その直後には別の旅客機が轟音と共に空に飛び立っていった。

風戸はジープのステアリングを握りながら、その光景をぼんやりと眺めた。

航空機が空を飛び交う光景に、二〇一六年の夏にジュバのUNトンピン地区の周囲で見たアフリカハゲコウの群れがオーバーラップした。

ジェット機のエンジン音が南スーダン政府軍のMi－24〝ハインド〟攻撃ヘリに聞こえ、走り抜ける大型ダンプの排気音はカラシニコフの銃声に変わった。

AK－47の銃弾を受けて吹き飛ぶ松浦義浩の姿が、脳裏を過《よぎ》った。

風戸は、その想《おも》いを打ち消した。気が付くと、ステアリングを握る手と背中にびっしょりと汗が滲んでいた。

湾岸線を空港中央《くうこうちゅうおう》ICで降りた。

空港の中で少し道に迷いながら、第二ターミナルの到着ロビーの前に出た。乗客を待つリムジンバスやタクシー、送迎用のマイクロバスの間にジープを停めて、エンジンを切った。

確固とした目的があったわけではなかった。ただ、彼女が今日もし政府チャーター機で帰国するのだとしたら、ひと目だけでもその姿を見たかった。それだけだ。

本当にこの第二ターミナルに政府チャーター機が着くのかどうかも、風戸は知らなかった。ここには長く車を停めていられない。どこか駐車場にジープを入れて、ロビーの中で探した方がいいかもしれない……。

そう思った時だった。ロビーの扉が開き、ガルグレーのサファリジャケットを着た背の高い女が一人、出てきた。

間違いない。彼女だ。

やはり長谷川麻衣子は、今日の政府チャーター機で帰国したのだ……。

彼女は首に、白いターバンを巻いていた。小さなスーツケースをひとつ引いて横断歩道を渡ると、待っていたタクシーに乗り、走り去った。

風戸は追おうかどうか、迷った。

だが、長谷川麻衣子と対峙《たいじ》したとしても、何を話すのか？

何も言葉が思い浮かばなかった。

いまはいい。だが、やがて彼女と自分の運命がもう一度、交錯する日が来るだろう。

彼女の乗ったタクシーが視界から消え、しばらくしてから風戸はジープのエンジンをかけた。


風戸は旅を続けた。

空港中央ＩＣから首都高湾岸線に戻り、ひたすら南下する。

多摩川の河口を渡って神奈川県に入り、川崎浮島《うきしま》を通過。さらに大師運河《だいしうんが》の河口を渡って東扇島《ひがしおうぎしま》、扇島《おうぎしま》を通過する。

このあたりでゴールデンウィーク初日の渋滞がひどくなった。ジープは車列に連なりながら鶴見《つるみ》つばさ橋を渡り、大黒《だいこく》ふ頭を通過。さらに全長八六〇メートル、幅四〇・二メートル、塔高一七五メートルの巨大な横浜ベイブリッジを渡った。

朝日に輝く眼下の港湾の見晴らしと、前方の横浜の街並みが美しかった。だが、いまは、その風景がモノクロームのように沈んで見えた。

風戸は横浜に入り、最初の本牧《ほんもく》ふ頭ICで首都高を出た。そのまま北西方面に直進して本牧埠頭A突堤を出ると、山下《やました》公園のマリンタワーの前でジープを停めた。

カーゴパンツのポケットからアイフォーンを出し、電話をかけた。

呼び出し音が一回鳴ったところで、相手が出た。

「風戸だ。いま、横浜に着いた……」

――長旅、お疲れ様でした。いま、どこにおられますか――。

電話口から、懐かしい声が聞こえてきた。

「いま、山下公園とかいう海辺の公園の前に車を停めている。目の前に、タワーのようなものがある」

千葉県で生まれ、中卒で自衛隊生徒として陸上自衛隊に入隊した風戸は、横浜にほとんど土地勘がない。

――わかりました、マリンタワーですね。そうしたら、どこか駐車場を探して車を入れて、山下公園の中で待っていてください。〝氷川丸《ひかわまる》〟という船が係留されています。その前で、三〇分後に――。

「了解……」

電話を切った。

氷川丸は、かつて日本郵船が所有運用した一万二〇〇〇トン級の客船だった。竣工は一九三〇年。太平洋戦争中の一九四一年には大日本帝国海軍に徴用され、特設病院船として南太平洋で運用された。戦後は引き揚げ船としても使われた。

だが、国内航路からシアトル航路へと復帰した後の一九六〇年に三〇年の航海を終えて引退。現在は横浜の山下公園前に海上の博物館として係留されている。

風戸はベンチに座り、その巨大で優雅な船体をぼんやりと眺めていた。

休日ということもあり、船の前には親子連れや若いカップルが絶え間なく行き来し、スマホで写真を撮っている。

船と埠頭を繋ぐ何本もの太い鎖には無数のカモメが、のんびりと羽を休めていた。

風戸は、思う。

たとえ船であれ、こうして功労が認められて大切にされれば幸せだ……。

その時、背後に気配を感じた。

そう、〝気配〟だ。自衛隊の〝特戦群〟で訓練を受けていたころから、そんなことも当然になっている。

ベンチから立ち、振り返った。公園の中を、朝日を背に受けて男が一人、歩いてくる。

身長一八五センチの長身。だが肩幅が広く、無駄な肉は付いていない。

カーゴパンツにタクティカルブーツを履き、頭にワッチキャップ、左肩にリュックを背負っている。

シルエットだけで、誰だかわかった。

南スーダンPKO第一〇次隊〝五班〟の部下、宇賀神健太郎元陸士長だった。

二人は無言で右の親指を絡めるように手を握り、体をぶつけるように抱き合った。

「元気だったか……」

七年振りに会うというのに、そんな月並みな言葉しか出てこなかった。

「もちろんです。風戸さんも、元気そうだ……」

お互いに、相手の様子を窺う。

宇賀神も、風戸と同じだ。あのころよりも顔つきに少し年齢を重ねただけで、体型や衣服の下の筋肉はほとんど変わらない。つまり、自衛隊を除隊して六年以上が経《た》ったいまも、いずれまた戦う日に備えて能力を維持しているということだ。

ベンチに座って、話した。

宇賀神は髭《ひげ》を生やしていたが、それ以外の時間の空白は瞬く間に消えた。

「あれから、どうしてたんだ?」

風戸が訊いた。

この六年間、宇賀神とはほとんど連絡を取り合っていなかった。

「自衛隊を辞めてから、いろいろありましたよ。まあ、何とか生きてきたというところですか……」

宇賀神は自衛隊を除隊後、故郷の横浜に戻り、退官一時金(退職金)を元手に友人と共にショットバーを始めた。

だが、素人商売などうまくいくはずもなく、一年足らずで店を潰した。その後は運送会社のドライバーやヤクザの用心棒まがいのことをやって、これまで何とか生きてきたという。

「だけどお前はあの〝事件〟の当事者じゃなかったんだから、何も除隊することはなかったろう」

風戸がいった。

宇賀神はあのジュバの邦人救出作戦の五人のメンバーには入っていなかった。だが、宇賀神は苦笑して首を横に振った。

「そうはいきませんよ。あの時は作戦に参加したか否かにかかわらず、〝五班〟のメンバーは全員、隊にはいられない空気だったから……」

「そうだったな……」

確かに、宇賀神のいうとおりだ。

〝五班〟の八人全員に対して、誰の責任で松浦が死んだのか、誰が南スーダン政府軍の兵士三人を射殺したのか。まるで隊員同士で犯人探しをやらされたような状態だった。最終的にはすべて風戸が被ったのだが、隊員のほとんどが陸自には残れないような雰囲気であったことは確かだった。

「結局、あの八人の中で誰と誰が隊に残ったんですか?」

宇賀神が訊いた。

「班長の中島一等陸曹と、村田陸士長だ。しかし、村田もその後に除隊しているはずなので、いま残っているのは中島さんだけのはずだ……」

班長の中島克巳一等陸曹はPKOから帰国後に習志野駐屯地の〝特戦群〟に戻り、いまは三等陸尉にまで昇進したはずだ。

それだけではない。あのジュバの〝作戦〟を指揮した第一〇次隊隊長の神戸政人一等陸佐、情報主査の大菅清二二等陸佐の二人もそれぞれ昇進した。特に神戸は将来の陸上幕僚長の候補の一人といわれるほどに出世している。

〝作戦〟の責任者が何の罪にも問われず、現場の末端の自分たちが切り捨てられる。それが、組織というものなのか――。

「そういえば先日、あの〝五班〟の石井君が死んだそうですね。確か、埼玉県の朝霞市で刃物で刺されて。知ってましたか？」

この平和な休日の公園の風景には、相応《ふさわ》しくない会話だった。

「ああ、知ってるよ。それに、岩田誠もだ。石井が殺《や》られる前に、恵庭市の国道でトラックに轢き殺された……」

「岩田もですか。まさか……」

宇賀神は、驚いていた。

無理もない。北海道の交通事故のニュースなど、本州の神奈川県にはほとんど流れないだろう。

「犯人は、どちらもわかっていない。それに、これだ……」

風戸はカーゴパンツのポケットから今朝の朝刊を抜き、社会面を開いて宇賀神に見せた。

宇賀神が朝刊を受け取り、風戸がペンで囲った記事を読む。

文字を目で追ううちに、宇賀神の表情が怒りで震えはじめた。

「何てこった……。久保田まで……。あいつ、いい奴だったのに……」

そうだ。いい奴だった。

久保田だけじゃない。石井も、岩田も、ジュバで死んだ松浦も、皆いい奴だった……。

「しかし、おかしいと思わないか」

風戸がいった。

「何がですか」

宇賀神が風戸を睨《にら》んだ。

仲間を殺されたことが、よほど悔しいのだろう。

「まず、ひとつ。松浦は別として、あとの三人が殺されたことは明らかだ。四日間で三人だぞ。これが偶然のわけがない……」

「そうですね。偶然ではない……」

「それに、三人が殺られたとしたら……。いったい誰が殺ったんだ。三人とも、元〝特戦群〟の隊員なんだぞ……」

「確かに……。石井は俺が知る限り、最高の隊員の一人でした。あいつが、もし酒に酔っていたとしても、素人のヤクザ程度に簡単に刺し殺されるわけがない……」

もし我々、元〝特戦群〟の隊員を殺すなら、相手も同程度以上の特殊部隊の訓練を積んだ者でなくては無理だ。

「宇賀神、お前はどうだ。最近、身に危険を感じたことはなかったか？」

「俺はだいじょうぶですよ。命を狙われたって、そう簡単に殺られはしない。それにいま、俺はほとんど住所不定の生活をしてますからね」

「そうか。それならいいんだ……」

「風戸さんは、あったんですか？」

宇賀神が訊いた。

「まあな。思い過ごしかもしれないが……」

いや、思い過ごしなどではなかった。

一度は当時勤務していた会社の帰り道に、いつも抜け道に使っていた農道をジープで走っている時に狙われた。

正面から走ってきた大型ダンプが突然、こちらにハンドルを切って向かってきた。激突する寸前にかわして畑の中を突っ切って逃げたが、あれは完全に故意だった。風戸は瞬間にナンバーを記憶し、警察に届け出た。だが、後にその大型ダンプには盗難届が出されていたことがわかった。

他にも何度か、アパートや会社の周辺で何者かに見張られているような気配を感じたことがあった。北海道を発つ時にこのジープを調べたら、GPS発信機が付けられていた。

「そういうわけだ。宇賀神、お前も気をつけた方がいい」

「わかりました。でも、俺なら、殺られる前に殺ります……」

宇賀神のいったことは、正論だ。

――殺られる前に相手を殺れ――。

陸自の〝特戦群〟では常に、そう教えられてきた。

話を終えても、宇賀神は風戸についてきた。

車を置いたところまで、送るという。

中華街の立体駐車場に入り、風戸のサンドベージュに塗られたジープの前に立つと、宇賀神は軽く口笛を鳴らした。

「すげぇ……。旧型の73式小型トラックじゃないですか……。どこで手に入れたんすか?」

「北海道の解体屋で払い下げを見つけたんだ。もう一台、古いJ24のナンバー付きを見つけてボディーとエンジンを載せ替えて、車検を取った……」

「風戸さんらしいな……。昔から車が好きでしたからね……」

宇賀神がそういいながらジープの前に回り込み、ボンネットを開けてエンジンを覗き込む。そしてまた、軽く口笛を吹いた。

「しかもこれ、インタークーラー付きのJ25Aじゃないですか！」

「さすがだ。よくわかったな。73式小型トラックの中じゃ、こいつが一番、パワーもトルクもある……」

一〇年以上前に陸自にいた者なら誰でも知っている。旧型の73式小型トラックの最終型が、自衛隊史上最高のミリタリー・ビークルだった。

「よし、決めた！」

宇賀神がジープのボンネットを閉じ、フードキャッチフックを掛けた。

「決めたって、何をだ……？」

風戸が首を傾げる。

「自分も風戸さんと一緒に行きます」

「俺と一緒に行くって、いまの生活や仕事はどうするんだ？」

「一度、破産した人間に生活なんてありませんよ。いまは宿無しみたいなもんだし、財産はこれひとつだけだ。止めても無駄ですからね」

宇賀神がそういって、肩に担いでいたリュックをジープの荷台に放り込んだ。

「わかった。それならこいつを運転していってくれ。俺は少し眠る」

風戸は宇賀神にキーを投げ、ジープの助手席に乗った。

「了解！」

宇賀神がジープの運転席に座り、エンジンをかけた。

5

同時刻、東京都新宿区市谷本村町《いちがやほんむらちょう》、防衛省庁舎――。

元南スーダンPKO第一〇次隊情報主査――現北部方面隊情報部隊長――の大菅清二一等陸佐は、A棟一四階の長いリノリウムの床の廊下を歩いていた。

東京は、久し振りだった。今朝一番の便で新千歳《しんちとせ》空港から羽田に着き、またこの用が終われば午後の便で札幌の北部方面隊に戻らなくてはならない。

しばらくして大菅は、ドアの前に立った。

ちょうど目の高さに〈――神戸政人陸将補――〉と書かれていることを確認し、制服の乱れがないかを確認してドアをノックした。

――入ってよし――。

部屋の中から神戸の声が聞こえた。

「失礼します」

大菅はドアノブを引いて部屋に入り、体を正面に向けて型どおりに敬礼した。

「まあ、堅苦しい挨拶はいい。そこに座ってくれ」

神戸が楢材《ならざい》の重厚なデスクの椅子から立ち、窓際の応接セットに移った。

大菅も向かいのソファーに座った。

「神戸さん、陸将補への昇進、おめでとうございます」

神戸が陸将補に上がってもう一年にはなるが、以来、会うのはこれが初めてだ。

「そんなことは、どうでもいい。それよりも、風戸が姿を消したって?」

神戸がいきなり、本題に入った。

「はい、そうなんです……。我々も監視は付けていたのですが、見事に裏をかかれました……」

大菅は、かいつまんで説明した。

この二週間ほど、〝別班〟(陸上自衛隊の非公然秘密情報部隊)に風戸亮司を見張らせていた。私物の73式小型トラックにもGPS発信機を取り付けていたのだが、一昨日の未明、車と共に忽然《こつぜん》と姿を消した。

「風戸が住んでいた札幌市内のアパートは前日に解約されて、GPS発信機も取り外して駐車場に置いてありました。急に動くような気配がなかったとはいえ、風戸に完全に出し抜かれたようです……」

大菅の話を聞きながら、神戸が溜息をついた。

「しかし、〝別班〟にやらせてるなら風戸のクレジットカードや携帯の利用履歴から行動を追えるだろう」

「それが……。この一週間に三回にわたって五〇万円ずつ、計一五〇万円を自分の口座からキャッシュカードで引き出しているのですが、それ以外には何も。風戸名義のクレジットカードは一切使われていませんし、車のETCカードも昨日の段階では使用履歴が出てきていません。それに、風戸の携帯はアイフォーンなので、設定次第では位置情報を追跡できません……」

神戸がまた、溜息をついた。

「困ったものだな……。風戸ほどの能力のある者が本気で身の危険を感じ、自分の痕跡を消そうと思ったら、いくら〝別班〟でも追跡するのは簡単ではないということか……」

「そういうことだと思います……」

「他に、当時の〝五班〟で生存しているのは？」

神戸が訊いた。

「はい。班長の中島克巳三等陸尉と、村田壮介元陸士長、宇賀神健太郎元陸士長の三人です。風戸を入れて、四人……」

「中島はいい。彼は現役の自衛隊員だ。コントロールが利く」

「はい……」

「問題はあとの三人だ。村田と宇賀神の所在はわかっているのか？」

「いえ、それが……。宇賀神は出生地の横浜に戻っているという情報がありますが、未確認です。村田に関しては、まったく所在が摑《つか》めておりません……」

「まずいな……。まさか風戸は、村田や宇賀神と連絡を取り合っているんじゃないだろうな……。もしあの三人が合流でもしたら、まずいことになるぞ……」

「もしそうなれば、何が起こるかわかりませんね……。予測不能です……」

大菅がそういって、今度は自分が溜息をついた。

6

ジープの振動と、4DR5インタークーラー・ターボ・ディーゼルエンジンの轟音で目を覚ました。

風戸はリクライニングの利かない助手席で、体を伸ばし、あくびをした。

周囲を見ると、どこか高速道路を走っているところだった。

「目が覚めましたか。風戸さん、二時間近く寝てましたよ。しかしよく、このうるさいジープの助手席で眠れますね」

運転席でステアリングを握る宇賀神が、エンジン音に負けない大声でいった。

「あたり前だ、俺は元自衛隊だぞ……。いま、どこを走ってる……？」

風戸が訊いた。

「東名高速の大井松田《おおいまつだ》インターを過ぎたあたりです。やっと渋滞が途ぎれて、間もなく新東名に入ります……」

「ETCカードは？」

「だいじょうぶです。自分が持ってた闇金流れのカードを入れてあるので、足は付きません」

「そうか……。新東名に入ったら、最初のサービスエリアに入ってくれ……。腹が減った……」

風戸がそういって、また、大きなあくびをした。


新東名高速道路に分岐して最初の駿河湾沼津サービスエリアに入り、宇賀神が混雑するパーキングスペースにジープを駐めた。

二人でフードコートの列に並んで蕎麦と丼物のセットの昼食を摂《と》り、ジープに給油した。

「さて、これからどこに行くんですか？」

宇賀神はこの73式小型トラックがよほど気に入ったのか、運転を代わろうとしない。

「西に向かう。その前に、寄るところがある」

風戸はジープが高速の本線に戻る前に、アイフォーンで検索した番号に電話をかけた。

電話が繋がり、男の声が聞こえてきた。

――はい、清水警察署です――。

「すみません、今朝の新聞を読んで電話しました。駿河湾で発見された元自衛隊員の件について、担当の方に取り次いでもらえませんか……」

――あなたは、どなたですか？　担当者に、どのようなご用件でしょうか？――。

「私は、死んだ久保田洋介の元自衛隊の同僚です。用件は、情報提供です……」

――わかりました……。少々、お待ちください――。

電話の音声が、保留の音楽に変わった。


刑事課の大石巡査部長は、内線から回ってきた電話を取った。

最初は悪戯《いたずら》電話かと思ったが、どうやら本当らしい。かけてきた携帯の番号も、ディスプレイに表示されている。

どうしたいのかを確認すると、いま清水署に向かっているという。この手の電話はもちろん警戒すべきだが、断る手はない。先方はまだ名告れないというが、むしろ歓迎すべきだ。

大石は電話を切り、すぐに今回の〝事件〟の捜査担当主任、鈴木忠世士警部補の携帯に電話をかけた。鈴木はゴールデンウィークで休みを取っていたが、すぐに電話に出た。

「お休みのところ、すみません。実はいま、例の駿河湾の仏さんに関して、情報提供者という男から電話が入りまして……」

――情報提供者だって……？　どういうことだ？――。

「今日の朝刊を見て、電話してきたようです。男は〝被害者〟の元同僚で、陸上自衛隊の関係者のようです。いま、こちらに向かっているといっていましたが……」

――わかった。すぐに署の方に行く。先方が早く着いたら待たせておいてくれ――。

電話が切れた。


午後二時四〇分――。

風戸は宇賀神と共に、清水警察署に着いた。

正面の駐車場に車を入れ、四階建ての古い庁舎に向かう。

階段を上っていくと、門の警備に立つ警察官が二人を怪訝そうに見ていた。乗ってきた73式小型トラックもそうだが、体格や見た目の雰囲気で普通ではないことがわかるのだろう。

受付で刑事課の大石に約束があると告げると、すぐにエレベーターで二人の刑事が下りてきた。一人が先程電話で話した大石、もう一人が担当の鈴木と名告った。どうやら少し年配の鈴木という刑事の方が、この事件の責任者のようだ。

エレベーターで三階に上がり、小さな応接室に通された。風戸と宇賀神の右上にスピーカーがあり、その中に録画カメラが隠されていることはすぐにわかった。

まず、型どおりに名前と身元を確認された。

別に隠す必要はない。風戸と宇賀神が運転免許証を提示し、元陸上自衛隊の習志野駐屯地、特殊作戦群に所属していたと告げると、鈴木と大石は驚いたような顔をした。

「ということは、あなた方の〝友人〟の久保田さんも〝特殊部隊〟の隊員だったということなのかね?」

鈴木が訊いた。

〝特殊部隊〟といういい方が正しいかどうかはわからないが、風戸は「そうだ……」と答えた。どうやら鈴木と大石は、久保田の経歴を除隊当時の第一普通科連隊出身と認識していたようで、〝特戦群〟の隊員だったことは知らなかったようだ。

風戸が続けた。

「俺たちは久保田がなぜ事件に巻き込まれたのかはわからない。お互いにもう六年以上も前に陸自を除隊しているし、最近はまったく連絡も取っていなかったからね」

「それなら、〝情報〟というのは……」

「ひとつは久保田が〝特戦群〟の隊員だったこと。そしてもうひとつは、いくら除隊してから六年以上経ったとしても、元〝特戦群〟の隊員がそう簡単に殺されて海に投げ込まれたりはしないということだ」

風戸がいった。

「ひとつ、訊いていいですか。久保田は、どんな殺され方をしたんですか？」

宇賀神がいうと、鈴木と大石が顔を見合わせた。

「そんなこと、本当はいえないんだけれどね……。まあ、あなたたちもこういう事には素人でもないわけだし、〝被害者〟の身内のようなものでもあるわけだから、まあいいか……。大石、教えてやってくれ……」

「はい……」

大石という若い方の刑事が自分のタブレットを開き、説明した。

解剖所見によると、遺体は駿河湾沖で発見された四月二四日の時点ですでに死後三日から四日。

肺や胃の中に海水が入っていなかったことから溺死ではなかったと思われるが、死因は不明。ただ、全身に生活反応がある傷が二〇カ所以上、腕や足の指、鎖骨、肋骨などに八カ所の骨折が見つかったことから、交通事故、もしくは暴行――拷問――による外傷性ショックが死因である可能性がある。

さらに遺体には、頭部と両手首がなかった。第四頸椎と両手首の骨には、ノコギリで切られたような切断痕が残っていた。この切断痕には、生活反応がなかった。つまり頭部と両手首は、死後切断されたことになる。

「なぜ、死後に頭部と両手首を？」

風戸が訊いた。

「おそらく、遺体の身元を特定されないためでしょうね」

大石が答える。

「それならなぜ、久保田の身元がわかったんだ？」

「遺体の喉の奥から、こんなものが出てきたんですよ……」

大石がタブレットを操作して画像を表示し、風戸と宇賀神に見せた。

画面いっぱいに、折目のついた紙片のようなものが映っていた。

何か、数字のようなものが書いてある。

〈――G１０５８４××――〉

風戸は、宇賀神と顔を見合わせた。

これは、久保田の認識番号だ……。

「この数字を、防衛省に照会した。回答が来るまでに三日もかかったけどね。それで遺体の身元が判明したんだ……」

風戸は鈴木の説明を聞きながら、歪んだ数字の羅列を見つめた。

〝特戦群〟では、自分が戦場で捕虜になり、確実に処刑されるとわかった時には最後の最後に認識標を呑み込めと教えられる。遺体が腐敗し、土や水の中で白骨化しても、身元が特定できるように。

久保田は、それをやったのだ……。

おそらく久保田は何者かに拉致され、拷問を受けて殺された。遺体の頭部と両手首から先を切り落とされて、駿河湾のどこかに遺棄された……。

「遺体が発見された場所と時間はわかりますか？」

問題は、久保田が遺棄された場所だ。

「ここですね……。ちょうど、駿河湾の富士川の河口から、南南東におよそ一・五キロの地点です。日時は、清水海上保安部の記録だと四月二四日の午前六時二五分……。発見者は、地元の漁師ですね……」

大石がタブレットで駿河湾の海図を開き、説明する。

風戸は黙って、その説明を聞いていた。

だが、この海図を基に潮流を計算すれば、久保田の遺体がいつどこで投棄されたのか、だいたいはわかるはずだ……。

「他に何か訊きたいことは？」

鈴木がいった。

「いや、特にない……」

風戸が答え、宇賀神も首を横に振った。

「それじゃ次は、こちらから訊こう。あなたたち二人は、亡くなった久保田さんと陸自の同じ部隊の同僚だった。そうですね？」

「そうだ。先程もいったとおり、我々は習志野駐屯地の特殊作戦群の隊員だった」

風戸の説明に、宇賀神が頷く。

「そこがわからないんだな……。亡くなった久保田さんの経歴を照会しても、北海道の第一一普通科連隊を六年前に除隊したという記録があるだけで、〝特殊作戦群〟の名はまったく出てこない……」

「第一一普通科連隊は、我々が二〇一六年に南スーダンＰＫＯに派遣された時に応急的に編入された部隊だ。正式な所属部隊ではない……」

風戸の説明に鈴木が首を傾げ、大石に小声で何かを指示した。

大石がタブレットで何かを調べ、それを鈴木に耳打ちする。

「おかしいな……。風戸さんがいう、〝特殊作戦群〟とやらが南スーダンＰＫＯに派遣されたという記録は、一切出てこないんだけどね……」

鈴木が首を傾げる。

「南スーダンＰＫＯの日報隠蔽問題と同じだよ。俺たちの記録は、抹消された。理由は、防衛省に訊けばいい」

風戸がいった。

「久保田さんの交友関係については。犯人について、心当りはないかな」

「まったく。何しろ久保田とは、六年前の同じころに除隊してから、ほとんど連絡も取っていなかった。群馬県だか栃木県だかの郷里に帰ったとは聞いていたが、なぜその久保田が駿河湾などで見つかったのか、まったくわからない。宇賀神、お前はどうだ？」

「自分もです。五年ほど前に一度、横浜の自分がやっていたバーに訪ねてきてくれたことはありましたが、会ったのも話したのもその時が最後でした……」

宇賀神も、首を傾げる。

「ただ、気になることがひとつ……」

「気になること？」

風戸はいおうかどうか、迷った。だが、相手の反応を見るために、あえて探りを入れてみることにした。

「実は、この一〇日間で、俺たちの仲間が他に二人殺されている……」

「何だって⁉」

やはり、鈴木と大石が驚いた顔をした。

少なくとも清水署のこの二人は、岩田と石井の件は知らなかったようだ。


二時間以上にもわたる聴取を終え、風戸と宇賀神は二人の刑事と共に庁舎の地下に向かった。

リノリウムの暗い廊下を歩き、〝安置室〟と書かれたドアの前に立つ。大石がドアを開けると、中から腐臭を含む冷気が流れ出てきた。

「これを鼻の下に塗るかい？」

鈴木がメンタームのスティックを差し出した。

「いや、俺と宇賀神はだいじょうぶだ」

〝特戦群〟では、戦場でパニックにならないために腐臭に慣れる訓練も受けている。

大石が明かりのスイッチを入れ、冷蔵庫のように冷たい部屋に入った。

正面に、ステンレス製の引出しが四つ並んでいた。

鈴木がメンタームを塗った鼻をハンカチで押さえながら、その中のひとつを引いた。

車輪の付いたステンレスの長いトレイの上に、頭と両手のない、全裸の死体が横たわっていた。

「いくら親しい人間でも難しいだろうが、これが久保田洋介さんかどうか、あなたたちに判別できるかな……」

この凍った腐肉の塊があの久保田だといわれても、実感が湧かなかった。

だが、いかにも頑健そうな骨格と、腐った皮膚の下の鍛え上げられた筋肉に、かつての久保田洋介の面影がかすかに残っていた。

「おそらく、久保田だ……。間違いないと思う……」

風戸が、自分を納得させるように声を絞り出した。

「この足の指を見てくれ。何本かの指の骨が折れているか、潰されている。おそらく、切断された手の指もそうだったんだろう……。なぜ、こんなことをしたのか……」

鈴木が、説明する。

その時、風戸の傍らで嗚咽が聞こえた。

振り返ると、宇賀神が大きな体を震わせ、歯を食いしばりながら泣いていた。

風戸は宇賀神の背中に腕を回し、震える肩を何度か叩いた。

「……久保田は、いい奴だった……。あんなに優しくて、仲間思いの奴は他にいなかった……。それなのに、なぜこんなに酷《ひど》いことをしたんだ……。絶対に、許さねえ……。仇《かたき》を取ってやる……」

宇賀神は周囲に刑事がいるのもかまわずに、怒りをぶちまけた。

だが、誰も宇賀神を止める術《すべ》はなく、ただ黙って聞き流すしかなかった。

清水署を出るころには、すでに陽《ひ》は西に傾きはじめていた。

「この先は俺が運転していこう」

風戸がいうと、宇賀神は項垂《うなだ》れて歩きながら素直に車のキーを渡した。

ジープに乗り、風戸がエンジンをかけた。

「風戸さん……」

助手席の宇賀神がいった。

「何だ?」

「仇、取りますよね……」

風戸は少し考え、こういった。

「そのつもりだ」

相手はわからない。

だが、このまま手をこまねいていたら、いずれ自分たちも殺られることは確かだろう。

——殺られる前に殺れ——。

〝特戦群〟では常にそう教えられてきた。

「そうこなくっちゃ!」

宇賀神がやっと明るい声を出した。

「その前に、やることがある」

「何をです?」

宇賀神が訊いた。

「これから、村田壮介に会いにいく」

風戸がジープのギアを入れた。

7

長谷川麻衣子は夕刻の空に聳える巨大な塔を見上げた。

ザ・セントラルタワー・浜松——。

静岡県浜松市では、三本の指に入る二八階建ての高級高層マンションだ。

今日、ここに来るのはもう三度目だった。

最初は日本に帰国して羽田空港からタクシーで東京駅、新幹線で浜松駅へと乗り継いで、午後一時ごろに。二度目は、その二時間後に。三度目はさらにその二時間後の、午後五時に……。

麻衣子はエントランスに入り、広いロビーの正面のオートロック自動ドアの前に立った。だが、キーは持っていない。モニター付きインターホンに向かい、〝2704〟の部屋番号と〝呼〟のボタンを押した。

部屋を呼び出すチャイムの音……。

だが、誰も出ない。

麻衣子はインターホンのモニターのレンズを見つめた。もし人がいるなら、部屋のモニターに私が映っているはずだ。

留守にしているのか。それとも、居るのに出ないのか……。

麻衣子は仕方なく、管理人室に向かった。本当は自分を知っている管理人がいるかもしれないので、管理人室には顔を出したくないのだけれども……。

カウンターの前に立ち、ベルを鳴らした。

「はい……何でしょう……」

奥から、制服を着た初老の男が出てきた。知らない顔だった。

「すみません、2704号室の長谷川の身内の者なんですが、今日は留守にするといってましたか？」

麻衣子が訊いた。

「ああ、長谷川さんですね。確か、今日からゴールデンウィークなので、ご家族で一週間ほど別荘の方で過ごされるとか……」

管理人は〝親子〟ではなく〝ご家族〟といった。

もしかしたらあの人は、再婚したのだろうか……。

「そうですか。もう一度、連絡を取ってみます。ありがとうございます……」

麻衣子は礼をいって、マンションの出口に向かった。

七年前に離婚した、元夫の長谷川隆史《たかし》……。

自分が家庭のことも顧みずに二歳の娘を日本に残してMSFに参加し、南スーダンであんな〝事件〟に巻き込まれたのだから、あの人に離婚されても仕方がなかった。

彼はまだ若いし、浜松医大のエリート医師なのだから、再婚するのも自然なことだとは思う。でも、間もなく九歳になる娘、陽万里《ひまり》に新しい母親ができたのかと思うと、心の中で処理しきれないまでにショックだった。

麻衣子は歩きながら、もう一度隆史に電話をかけた。だが、やはり電話は繋がらなかった。

別に、陽万里を取り戻そうというわけじゃない。

ひと目でいい、離れた場所からたった一度でもいいから会いたかった。それだけだったのに……。

一週間も、ここで帰りを待つわけにはいかない。

だが、マンションの管理人が、ヒントをくれた。今日からゴールデンウィークの間は、家族で別荘の方で過ごすとか……。

麻衣子は元夫が別荘を持っていることを知らなかった。だが、結婚していたころに、長谷川の父が浜名湖《はまなこ》のリゾート地の中に土地を持っていると聞いたことがあった。一度、ドライブがてらその土地を見に行ったこともあった。

もしかしたらあの土地に、別荘を建てたのだろうか……。

麻衣子は歩きながらアイフォーンを手にし、浜松医大に勤めていたころの友人、佐橋由美子《さはしゆみこ》の連絡先を探した。

あった、これだ……。

番号をタップし、電話をかけた。

電話から突然、由美子の声が溢れ出てきた。

――やだ、麻衣子？　麻衣子よね。日本なの？　やっぱり今日の飛行機で帰ってきたのね？　そうじゃないかと思ってたの。元気なの？　でも、無事で良かった。私、もう麻衣子に会えないんじゃないかと思って。いまどこにいるの？　東京？　浜松に帰ってきたの？――

麻衣子はアイフォーンを少し耳から遠ざけながら、少し大きな声を出した。

「由美子、待って。私は無事よ。ちょっと訊きたいことがあって電話をしたの」

――訊きたいことって？――

「あなたはまだ、浜松医大病院にいるの？」

麻衣子と由美子は浜松医大の同期で、卒業後もインターンとして同じ職場に勤めていた。

――いるわよ。どうして？――

「それなら、病院で長谷川隆史に会うわよね」

――同じ整形外科だから、会うけど――。

「あの人、もしかして再婚したの？」

麻衣子が訊いた。

――知ってたのね……。そう、長谷川さんは、再婚したわ。相手は――。

「いいの。相手のことは興味ない。それよりも、陽万里のことは聞いてないかしら。元気にしてるのか……」

――ええ、元気よ。この前、イオンモールでご家族一緒のところを見掛けたけど、すっかり大きくなって……美人だし――。

〝美人〟といっても、陽万里はまだ九歳にもなっていない。

「もうひとつ、訊いていいかしら。長谷川は最近、どこかに別荘を持ったとかいってなかったかしら……？」

――別荘、知ってるわよ。お父さんが建てた浜名湖の別荘でしょう。去年の夏、私たち夫婦も呼ばれて行ったし――。

やはり、浜名湖のあの土地だ。

「ありがとう。今日のことは、誰にもいわないで。またゆっくり電話するから」

――麻衣子、待って――。

だが、麻衣子はそこで電話を切った。

浜名湖の別荘なら、ここからそう遠くないはずだ。車で一時間もかからない……。

麻衣子はショルダーバッグの中から運転免許証を出し、有効期限を確認した。四年前に一時帰国した時に更新しておいたので、来年の五月まで有効期限が残っていた。

浜松駅まで戻る途中にトヨタレンタカーがあったので、麻衣子はそこに飛び込んだ。

ゴールデンウィークの初日ということもあってか、手頃な小型車はほとんど貸し出されていた。残っているのはバンやトラックなどの商用車や、ワゴン車、大型のSUVだけだった。

麻衣子はその中から、ヴォクシーというワゴン車を選んだ。

スーダンでは毎日ランドクルーザーを運転していたので、大きさはちょうどいい。料金は小型車よりも高くなるが、その分リアシートを倒せば仮眠もできる。どうせゴールデンウィークでホテルは取れそうもないし、この車ならば宿泊費も節約できる。

麻衣子は長年MSFで活動していたので、車の中で寝ることには慣れていた。野宿することも、気にならない。

レンタカーのヴォクシーは、シルバーという目立たない色だった。

麻衣子は小さなスーツケースひとつを荷台に放り込み、まだ新車の匂いがする運転席に座った。

ナビを浜名湖の大崎《おおさき》に合わせ、夜の街に走り出した。

男たちは、息を潜めていた。

人数は、五人──。

先程から、路上に停めた別の車の中で、長谷川麻衣子の行動の一部始終を監視していた。

トヨタレンタカーから、麻衣子が運転するミニバンが出てきた。

男たちが乗った車は路肩を離れ、距離を置いてその後を追った。

8

遠くの闇から、清流のせせらぎが聞こえてくる。

時折、目の前の焚火《たきび》の中に、薪の爆《は》ぜる火の粉が飛んだ。

風戸亮司は炎を見つめながら、両手で包み込むマグカップの冷たい焼酎の水割りを口に含んだ。

闇の中には、炎に照らされた宇賀神健太郎と村田壮介元陸士長の顔が浮かんでいた。

「それにしても風戸さん、よくここがわかりましたね……」

村田がそういって、苦笑した。

「お前、昔よく話してたじゃないか。自衛隊を辞めたら、誰も訪ねてこないような山奥の村で静かに暮らしたいって……」

この愛知県の北設楽郡《きたしたらぐん》にある豊根村《とよね》も、村田の話の中によく出てきた村のひとつだった。

北は長野県下伊那郡《しもいな》にまたがる標高一四一六メートルの茶臼山《ちゃうすやま》を見上げ、東は天竜川《てんりゅうがわ》を県境として静岡県に接している。面積およそ一五六平方キロの九割以上を森林に覆われ、人口は一〇〇〇人にも満たない。村内に郵便局以外の民間金融機関すら存在しない自治体で、地域の空家情報などを県外にも公開し、移住を支援する気風のある村としても知られていた。

「そうでしたか……。俺、風戸さんにそんなこと話してましたっけ……。四年前に退官して一時は郷里の千葉に戻ったんですが、いくつか村を当ってみたらここに安い借家が見つかったもので……。まあ、東北や新潟を当ればそんな村はいくらでもあるんですが、俺は寒いのは苦手なものですから……」

村田は北海道の第一一連隊にいた時から、もう寒い場所には住みたくないと思っていたという。だが、南スーダンPKOの第一〇次隊から帰国した後も、習志野駐屯地の〝特戦群〟には戻してもらえなかった。だから四年前に自衛隊を辞め、郷里の千葉県四街道《よつかいどう》市からこの愛知県豊根村へと漂流するように移り住んできた。

村田はいま、焚火の背後に見える古い家に一人で住んでいる。別荘として借りているので、住民票は千葉県四街道市にそのまま置いてある。だから誰も、自衛隊も含めて、村田の行方を追えなかった。

だが、風戸は、過去の会話の記憶を頼りに〝愛知県北設楽郡豊根村・村田壮介様〟という宛名で試しに手紙を出してみた。その手紙に、元同僚の岩田誠と石井貴則が殺されたことを書いた。

おそらく手紙は宛先不明で戻ってくると思っていたのだが、その四日後に携帯の番号に村田から連絡があった。

村田が焚火に薪をくべながら訊いた。

「ところで岩田や石井、それに久保田まで、なぜ殺されたんですか？」

「わからない。まあ、当り前に考えれば、例の七年前のジュバの一件に関連しているということだろう……」

風戸が答える。

その横で、宇賀神が無言で焼酎を飲んでいる。

「しかし、この一〇日間ほどで三人というのは、どう考えてもおかしい。もしジュバの一件が理由なら、第一〇次隊の〝日報隠蔽問題〟が騒ぎになった二〇一六年の年末から翌年にかけて我々は一人ずつ消されてもおかしくなかった……」

村田がいうのは、もっともだ。

あのころ風戸たち〝五班〟の隊員は、あのテレイン・ホテルでの銃撃戦の査問を受けながら、誰もが命の危険を感じていた。

「実は今日、ある出来事があった……」

「何です？」

「あの時、俺たちが助けたMSFの日本人の女、覚えてるか」

「覚えてます。長谷川麻衣子でしょう。それが何か？」

「あの長谷川麻衣子が今朝、政府チャーター機でジブチから帰国した。そこから逆算すると、彼女のスーダン退避が決まったのは二週間ほど前なのかもしれない……」

「そういうことか……」村田が腕を組んで頷き、そしていった。「あの長谷川麻衣子という女、どこかキナ臭いと思っていた……」

「どういうことだ？」

風戸が訊いた。

「だって、そうでしょう。あの日、俺たちがテレイン・ホテルに突入した時、部屋には人質の女が三人いた。しかし、長谷川麻衣子だけは、あの事件の後も身元が報道されなかった……」

確かに村田のいうとおりだ。

あの時ホテルの部屋には、長谷川麻衣子の他にオーストラリア人とイタリア人の女性NGO職員がいた。海外のメディア――ロイターやAP――はこの二人の女性NGO職員の身元を本名で報道したが、長谷川麻衣子に関してだけは日本人であることさえ明かされなかった。

「日本の外務省か……もしくは、彼女が所属するMSFがメディアに圧力をかけたのかもしれない……」

「何のために？　もしそうだとしても、彼女の身元が報道されては不都合な理由があったということでしょう」

村田がそういって、自分のマグカップに一升瓶から焼酎を注いだ。

「風戸さん、村田さん、ひとつ聞いていいですか？」

それまでほとんど話さなかった宇賀神が、口をはさんだ。

「何だ。いってみろ」

風戸がいった。

「七年前のあの日……二〇一六年七月一二日の未明から朝にかけて……いったい何が起きたんですか？　俺はあの時、日本隊の宿営地に残った三人の内の一人だったんです。松浦が銃撃を受けて死んだことと、長谷川麻衣子という邦人女性が救出されてジュバの日本大使館に保護されたこと以外、俺はそのテレイン・ホテルで何があったのか、ほとんど何も知らないんです……」

宇賀神がそういうのも、無理はなかった。

あの任務が完了した七月一二日以降、第一〇次隊の〝五班〟は事実上解体された。一人ひとりに監視が付けられて、自由に話すこともできなかった。

連日行なわれた査問に関しても一人ずつ、もしくは二人一組で行なわれ、それ以外には班内にも箝口令《かんこうれい》が敷かれたような状態だった。だから作戦に帯同しなかった宇賀神がテレイン・ホテルで何が起きたのかを知らないのは、むしろ当然だった。

それなのに、なぜ宇賀神と同じように作戦に参加しなかった岩田誠まで殺されたのか……。

風戸は、ふと頭に浮かんだ疑問を打ち消した。

「そういえば村田とも、あれ以来一度もジュバのことを話したことはなかったな」

「そうですね。部隊内で顔を合わす機会もほとんどなかったから……」

村田が、頷く。

「ちょうどいい。あの日、ジュバのテレイン・ホテルで何が起きたのか……。記憶を辿って検証してみるか……」

風戸がそういって、手の中の焼酎を口に含んだ。


二〇一六年七月一二日、南スーダンの首都ジュバ――。

前日に市内のテレイン・ホテルに南スーダン政府軍が侵入。宿泊客の中にハセガワ・マイコという日本人女性がいることが判明した。

これに対し、陸上自衛隊PKO作戦本部は、本国の日本政府に確認を取らずに救出作戦を計画。

〝特戦群〟から第一〇次隊に派遣された〝五班〟がこの作戦を敢行した。

作戦実行部隊は風戸亮司三等陸曹を隊長に、村田副隊長、以下石井、久保田、松浦の計五名。イギリスの民間警備保障会社〝G4S〟に協力を要請して03《マルサン》・50《ゴーマル》時に日本隊の宿営地を出発した。

〝G4S〟の車は僅か数キロの距離におよそ一時間半もかかり、ジュバ市内を迷走しながらテレイン・ホテルに向かった。

風戸は、この時点で完全に夜が明けていたことを覚えている。

「ひとつ、訊いていいですか。確かテレイン・ホテルというのはUNハウスの近くでしたよね……」

宇賀神がいった。

「そうだ。UNハウスから一・六キロしか離れていない」

「俺もあのころUNハウスまでは車で何度か行きましたが、せいぜい一五分か二〇分のはずです。なぜ、そんな距離に、一時間半もかかったんです？」

これに、村田が答えた。

「市内のあちこちで政府軍の検問があった。それを通過するのに〝G4S〟のドライバーがいちいち交渉し、反政府勢力の支配地域は迂回して進んだ……」

風戸が頷く。

だが、心のどこかに、わだかまりがあった。

あの時、G4Sの〝レオ〟というドライバーは政府軍の兵士とディンカ語で話していた。交渉とはいっても、会話の内容はまったくわからなかった。

それに、あの直線距離で僅か六・五キロの間に反政府勢力――マシャール派――の支配地域があったとしても、本当にあれだけ迂回を繰り返す必要があったのか……。

話を続けた。

第一〇次隊当時の風戸の日誌によると、05《マルゴー》・20《ニーマル》時にテレイン・ホテル着――。

Ｇ４Ｓのバン二台をワンブロック離れた路地で待たせ、風戸以下〝五班〟五名の隊員だけでテレイン・ホテルに向かった。

05《マルゴー》・30《サンマル》時ごろにホテル東のランデブーポイントに集合。その数分後にはホテルに侵入し、内部を捜索した。

そのおよそ一〇分後――。

村田と石井が二階の東南の角部屋に被害者女性が政府軍兵士数人に監禁、暴行を受けているのを発見。連絡を受けて風戸と松浦も村田たちと合流した。

その数分後、風戸と松浦が89式小銃の安全装置を外して部屋に突入した。

部屋に中にいたのは当該の邦人女性を含む女三人と、政府軍兵士が四人。最初に政府軍兵士の一人がカラシニコフを発砲し、松浦を射殺。風戸と後から突入した村田らがそれに応戦し、政府軍兵士四人を制圧し、内三人を射殺した。

「なるほど……。まあ、俺が聞いていたとおりではあるんですが……。その銃撃戦が起きた時、久保田はどこにいたんですか……？」

宇賀神が訊いた。

「久保田は我々が最初に侵入した二階の部屋に待機させていた。それを、メールで呼んだ。そうだったな」

風戸が村田に話を向けた。

「そうです。しかし久保田は、銃撃戦に間に合わなかった。後から倒れていた松浦を見て、呆然としていたのを覚えてます」

「しかし……それにしてもなぜ……あの作戦に松浦を使ったんですか……。あいつは班の中でも一番若かったし、経験も少なかったはずだ……」

宇賀神が辛辣な視線を風戸に向けた。

「松浦を実行部隊に選抜したのは、俺だ。あいつは班内で一番、身軽だった。あのホテルに侵入するためには、どうしても松浦の能力が必要だった……」

風戸はジュバに派遣されて何度か市内を巡回した時、日本人のNGO職員らもよく使う宿泊施設としてテレイン・ホテルもチェックしていた。その時、一階の外側の窓にはすべて防犯用の格子が入っていることを確認していた。

もし、二階の客室のバルコニーから侵入するとなれば、どうしてもフリークライミングの競技にも出場するほどの松浦の身体能力が必要だった。

「しかし、敵が籠城している部屋に、松浦を突入させる必要はなかった……」

静かに話しているが、宇賀神は明らかに怒っていた。

「確かに、そうだ。あの時は、俺が最初に突入した。たまたま松浦とコンビを組んでいたので、二番手から行かせた。あれは完全に、俺のミスだった……」

風戸は、自分のミスを認めた。

松浦を死なせたことに関しては、この七年間、仲間にもいえぬ深い悔恨があった。

銃撃戦は、一瞬で終わった。

気が付くと五〇平米ほどの部屋に銃弾が胸と頭部を貫通した松浦と、裸の四人の政府軍兵士が血の海の中に倒れていた。

同じように裸の女たちが、兵士の血飛沫を浴びて泣き叫んでいた。

その女たちの中で、たった一人冷静だったのが長谷川麻衣子だった。

彼女は自分が医師であると申し出て、体に血まみれのシーツを巻いただけで心停止していた松浦の蘇生に当った。結果として松浦は助からなかったが、風戸は長谷川麻衣子に対して恩のようなものを感じていることも確かだった。

「ひとつ、確認しておいていいですか」

宇賀神が二人の顔を見た。

「何だ」

「最初に、敵の政府軍の兵士が発砲した。その弾が松浦に当って、死んだ……」

「そうだ……」

「その時、風戸さんはどうしてたんですか？」

宇賀神に訊かれ、風戸は少し考えた。

「ベッドの陰に、飛んだ……」

「なぜ、撃たなかったんですか。風戸さんが先に撃てば、松浦は死なずにすんだ……」

あの〝事件〟の後、風戸は何度も同じことを自問した。

「無理をいうな……。あの作戦だけでなく、自衛隊には絶対的な掟《おきて》があるだろう。こちらからは、撃てない……」

自衛隊には、あらゆる場面で先制攻撃は許されないという不文律がある。もしこちらから先に撃てば〝自衛〟ではなくなり、拡大解釈として「日本が戦争を仕掛けた……」ことになりかねない。

「そうなのかな……。でも俺たちは、〝特戦群〟の訓練で常に〝殺られる前に殺れ〟とも教えられてきた。もし俺だったら、銃を向けられた時点で先に撃っていたかもしれません……」

宇賀神のいったことが正論なのか、それとも自分の判断が正しかったのか。

「あの場合は、仕方なかったんだ……」

だが、いまでも心にしこりのように残るのは、あの時は別の方法があったのではないかという答の存在しない永遠の疑問だ。

「もうひとつ、いいですか……」

「何だ」

「あの時、政府軍の兵士を撃ったのは誰だったんですか？」

宇賀神に訊かれ、風戸と村田は顔を見合わせた。

後の査問の場でも、最も問題となったのはその点だった。

誰が南スーダン政府軍の兵士を射殺したのか……。

「最初に松浦を撃った男は、間違いなく俺が殺した……。89式小銃を三点バーストで撃って、三弾ともその男に着弾した……」

風戸はその時の光景が、スローモーションのように頭に焼き付いている。

ベッドを盾にしながら、男に向けてトリガーを引いた。三点バーストで撃った銃弾が腹、胸、顔に命中し、男の黒い体が血を噴き出しながら背後の壁に叩き付けられた。

風戸が焼酎を口に含み、続けた。

「他の三人にも、銃を向けて撃った。全弾が敵に当ったわけではないが、少なくとも三発から五発は着弾しているはずだ」

最初の男を射殺した直後、残る三人は狭い部屋の中で逃げ惑った。中には銃を手にして反撃しようとする兵士もいたし、女を盾にしようとする者もいた。

気が付くと、風戸の89式小銃の二〇発入の弾倉は空になっていた。

「村田さんは、どうしてたんですか？」

宇賀神が村田に話を向けた。

「俺も、松浦が撃たれるのを見て突入した……。少なくともこちらに銃を向けた男とバルコニーに逃げようとした男の二人には着弾を確認している。石井と二人で査問を受けたことがあるし、あいつも最後尾から突入して確実に一人は射殺したといっていた……」

おそらく、ほんの十数秒間に、双方合わせて五〇発から六〇発は撃っていただろう。そのような激しい銃撃戦の中では個々の確認戦果（誰が何人殺したか）を証明することは不可能に近い。

二〇一六年の〝事件〟当時、度重なる査問を経ても明らかにはならなかった。

それよりも、あの銃撃戦の中で、三人の人質女性に犠牲者を出さなかったことが奇跡だった。

「風戸さんと村田さんは、自衛隊員として、〝特戦群〟の隊員として何も間違ったことはしていない……」

宇賀神が手の中のマグカップに視線を落としながら、呟いた。

いいたいことはわかる。

危険な任務を命令されれば隊に犠牲者が出ることは止むを得ないことだし、〝先に撃たない〟という鉄則も厳守した。その上で〝敵〟を殺すのは不可避な結果にすぎない。

それなのに、なぜ〝五班〟は責任を問われて排斥され、あの作戦そのものが抹消されたのか……。

もしこのようなことが起こり得るなら、自衛隊員の存在理由そのものを否定されたことになる。

「でも、奇妙ですよね……」

宇賀神がいった。

「奇妙って、何がだ？」

風戸が問い返す。

「だってそうでしょう。その狭い客室の中で、何十発も撃ちまくる銃撃戦が起きた。当然、銃声はホテル中に鳴り響いたはずです。それなのに、他の政府軍の兵士は銃撃戦に気付かなかったんですか。風戸さんたちは、どうやってホテルを脱出して宿営地に帰還したんですか？」

風戸は当時の記憶を呼び起こした。

あの時、風戸は銃撃を受けた松浦を長谷川麻衣子と村田にまかせて、アイフォーンでG4Sの〝レオ〟というドライバーに連絡を入れた。その会話の中で、隊員が一人心肺停止であることと、邦人を含む女性三人を保護したことを報告した。

電話の会話の途中で、松浦の〝死亡〟が確認された。

風戸は〝レオ〟に自分たちがいる部屋番号を伝えた。電話をしながら、路地をこちらに向かって走ってくる二台のメルセデスのバンが見えた。

バルコニーの真下に、二台のバンが着いた。

風戸らが松浦の遺体をロープで下ろしている間に、三人の女たちは自力でバンのルーフキャリアの上に飛び降りた。

風戸、村田、石井、久保田の四人が松浦の遺体を収容した〝レオ〟の運転するバンに、もう一台のバンに三人の女たちが乗った。そのまま二台は、別々の方角に走り去った。

銃撃戦が起きてから、撤収が完了するまでおよそ五分――。

以来、風戸も村田も保護した女たちには一度も会っていない。

ただ、長谷川麻衣子だけは、その日の内にジュバの日本大使館に保護されたと第一〇次隊情報主査の大菅清二二等陸佐に聞かされた。

「撤収するまで、五分ですか……」

宇賀神が炎を見つめながら、頷く。

「時間を計っていたわけじゃないから正確ではないが、そのくらいだったと思う」

風戸が、村田の顔を見た。

「俺も、そのくらいだったような気がする……」

村田がいった。

「でも、五分ですよね。その五分間に、他の政府軍の兵士から何の応戦もなかったんですか。あの日、政府軍の兵士は、テレイン・ホテルに数十人はいたはずでしょう。それだけ派手な撃ち合いをやって、誰も銃声や女の悲鳴に気付かなかったなんていうことがあり得るのかな……」

宇賀神が首を傾げる。

その点は、後の査問でも再三にわたって追及された。

あれだけの銃撃戦があったにもかかわらず、なぜ政府軍の他の兵士の反撃がなかったのか——。

前日夜のUNMISSからの情報によると、テレイン・ホテルを占拠した政府軍の数は八〇人から一〇〇人。キール大統領直属の警護隊というエリート部隊で、全員がカラシニコフなどの銃で武装していた。

その後、事態を重く見た南スーダン政府は国家安全保障局の使者をテレイン・ホテルに送り、人質の解放と現場からの退去を要求した。だが、作戦当日は実際に風戸らも、見張りに立つ政府軍兵士を何人も確認していた。あの銃撃戦が起きた時点で、三〇人から四〇人はホテルに残っていたはずだ。

「それは、俺もおかしいとは思ってたんだ……。政府軍の他の奴らがいつ攻撃してくるかと部屋の外を警戒してたんだが、ついに一人も現れなかった……」

村田もそういって、首を傾げた。

「しかし、あの時ホテルに残っていた政府軍の兵士は見張りまで泥酔して眠っていたし、ジュバ市街のいたるところから銃声が聞こえていた。我々は撤収まで五分しかかからなかったし、好運であったとすれば、不思議ではないだろう……」

風戸はそういいながら、自分でも小さな疑問を感じていた。

そもそも、G4Sはなぜあの時、風戸の要請に応じてテレイン・ホテルに駆けつけたのか。ホテルで銃撃戦が起きたことはわかっていたのだから、いくら人質の保護のためとはいえ、民間警備会社がそれほどのリスクを冒すものなのか——。

あの日、〝レオ〟の運転するバンは風戸ら自衛隊員四人と松浦を乗せ、UNトンピンの日本の宿営地に直行した。行きに一時間半かかった道のりを、帰りは一五分ほどで着いた記憶がある。

もう一台のバンは保護した三人の女性の内の二人をジュバのNGO本部に送り、長谷川麻衣子だけを日本大使館に届けた。

別に不思議なところはない。

結果として自衛隊の存在に関しては明るみに出ることはなく、人質救出の功績はすべてG4Sのものとなった。

だが、それは、日本にとっても好都合なことだった。

自衛隊が人質女性の救出に関与したとわかったら、国際的な問題になる。

一方、風戸たちが射殺した兵士たちの死は反政府勢力の犯行とみなされ、大きなニュースにすらならなかった。

当時は、特に疑問は持たなかった。だが、改めていま思い返してみると、喉に刺さった魚の骨のような違和感がある。

本当はすべて仕組まれていて、自分たちはそのシナリオどおりに動いていたような……。

「こんな話、もう止めましょう。当時の査問を思い出す……」

村田がいった。

「そうだな……」

風戸も、これ以上、あの日のことを思い起こしたくはなかった。

「それより、雨が降ってきた。家に入りましょう」

村田がマグカップの中の焼酎を空け、丸太の椅子から立ち上がった。

9

窓の外に、暗い水辺が広がっていた。

先程から静かな雨音が、レンタカーの薄い屋根を叩きはじめている。

麻衣子はホームセンターで買った安物のシュラフに包まりながら、車窓から夜空を見上げた。

空から降り注ぐ雨粒の中に四本のヤシの木の影が聳え、かすかに騒《ざわ》つきながら揺れていた。

闇を怖いとは思わなかった。だが、夜の雨は苦手だった。

雨の湿度が目に見えぬ魔物と共に心の隙間に染み込んでくるような、そんな不安に苛《さいな》まれる。

麻衣子はいま、浜名湖にいた。

おそらく湖の北部の、大崎の東岸のどこかだ。水辺の左手にはリゾートマンションらしき建物の明かりと、対岸にはおそらく東名高速の浜名湖橋の光が霞《かす》んで見えるが、いま麻衣子がいる水辺の空地の周囲に人家はなかった。

レンタカーを借りて浜松を出て間もなく、車のナビの調子が悪いことに気が付いた。ナビに目的地を設定しても、画面が途中で消えてしまう。しばらく待てばまた回復するのだが、その時には車はまったく予定外の所を走っていた。

さんざん道に迷いながら、浜名湖に向かった。それでも何とか長谷川の父親が土地を持っていた大崎のリゾート地に辿り着くことができた。だが、別荘地に入ったころには日が暮れていた。

一〇年近く前に一度、ドライブがてらに連れて来られただけの別荘地だったので、長谷川の父親の土地がどこにあるのか記憶があやふやだった。まして、一度も見たことのない別荘がどんな建物なのか、わかるはずもなかった。

別荘地の中で迷っているうちに、雨が降りはじめた。

仕方なく別荘地の路上にレンタカーを停めて休んでいると、パトロール中の管理人に声をかけられた。

別に、怪しまれたわけではなかったのかもしれない。道に迷っている麻衣子を見つけ、探している家があるなら教えてくれようとしたのだろう。だが、まさか長谷川の名前を出すわけにはいかなかった。

麻衣子は仕方なく、別荘地を出た。

一度、市街地に出てコンビニを探し、食料と飲物を買ってまた大崎に戻ってきた。

明日、明るくなったら、また別荘地に行って長谷川の家を探そう……。

だが、レンタカーのリアシートを倒して横になり、こうしてシュラフに包まって暗い夜空を見つめていても、陽万里のことばかり考えて眠れない……。

もう七年も会っていないのだから、九歳になった陽万里の顔などわかるはずもないのに……。

麻衣子は陽万里のことを頭から振り払い、自分の人生を振り返った。

父親の仕事の関係で、アメリカで生まれたこと。一四歳まで、ワシントンやサンフランシスコで育ったこと。

あのころの生活は本当に楽しかった。

父や母は優しかったし、毎日ミドルスクールの友達と夢中になって遊んだ。

その後、ロンドンで一年ほど暮らして、一五歳で日本に帰国した。だけど、日本で高校に入学してからは、あまり楽しかった思い出がない。

父や母を喜ばすために医大を目指し、ただひたすらに受験勉強に追われていたような気がする。

麻衣子は、ふと想像することがある。

もし自分があのままアメリカで暮らしていたら、どんな人生を歩んでいたのだろう……。

だが、年月が経つうちに、麻衣子は自然と自分の境遇に順応していた。

高校を卒業して、現役で国立浜松医科大学の医学部に入学。内科学を専攻し、六年で卒業。医師国家試験に合格し、浜松医大病院の研修医を経て、内科の医師となった。

あのころは、夢中だった。いつも、何かに追われているような強迫観念と闘いながら生きていたような気がする……。

麻衣子のそんな人生を変えたのは、同じ浜松医大病院の医師、長谷川隆史との出会いだった。

長谷川は科は違うが、何かと女性医師たちの話題になる存在だった。

麻衣子より六歳も年上で、どこか近寄り難い雰囲気があり、最初は話すこともできなかった。

だが、あるパーティーで同期の佐橋由美子の紹介で言葉を交わす機会があり、そのことが切っかけで病院内でも顔を合わせれば挨拶をする関係になった。

やがてそれが、恋に発展した。

二年の交際を経て、結婚……そして一年後に娘の陽万里を出産……。

あのころ麻衣子は、自分の人生に何も疑問を感じなかった。長谷川と結婚して子供を産むことが、自分にとって当然のことだと思っていた。

だが、いま思えば、すべてに納得していたわけではなかったような気がする……。

その矛盾が生んだ結果のひとつが、ＭＳＦ――国境なき医師団――への参加だった。

麻衣子はＭＳＦに参加したいという強い希望があった。やらなければならないという理由もあった。

だが、それ以上に、まだ結婚して娘ができたばかりの長谷川との生活から逃避したいという感情を抑えられなかった。

もちろんそれは、陽万里を捨てても……というわけではなかったのだけれども……。

そして二〇一六年七月一二日、ＭＳＦの最初の任地、南スーダンのジュバであの〝事件〟に遭遇した。

麻衣子は深い傷を負った。身も心も立ち直れないほどにぼろぼろになった。

だが、思ったとおり……長谷川はその麻衣子を許さなかった……。

あの時の記憶が、唐突に蘇《よみがえ》った。

男たちに押さえつけられ、襲われた時の光景がフラッシュバックする。

急に周囲の闇が怖くなり、いてもたってもいられなくなった。

やはり、宿を探してみよう。ゴールデンウィークで部屋が見つからなければ、この大崎を出て湖《こ》西《さい》市まで行けば確か道の駅があったはずだ……。

その時、手に握っていたアイフォーンが振動した。

電話だ……。

この番号に電話をかけてくる者は限られている。

一緒にスーダンから脱出したMSFの仲間か、佐橋由美子か、もしくは長谷川か……。

麻衣子はアイフォーンのディスプレイを見た。だが、知らない番号からだった。

もしかしたら、外務省の担当者？

そう思って、電話に出た。

「はい……」

少し間があってから、知らない男の声が聞こえてきた。

——マイコ・ハセガワだね——。

「イエス……。あなたは、誰ですか……？」

——わかっているはずだ。なぜ、日本に帰国したのに、我々に連絡を取らなかったのだ？——

低い男の声がいった。

10

雨は夜明け前に止んだ。

森に立ちこめる靄《もや》に梢《こずえ》から朝日が差し込み、その淡い光の中に野鳥のさえずりが満ちあふれていた。

風戸は一人で、山道を歩いた。

尾根まで登り、開けた場所から周囲を見下ろしてみても、まだ延々と山々が連なるだけだ。その新緑の大地の中に、人家はほとんど見えない。

豊根村は、自然の城壁に囲まれた過疎の村だ。静かで、山々の懐が深く、母胎にいたころの記憶を呼びさまされるような安心感がある。

――自衛隊を辞めたら、誰も訪ねてこないような山奥の村で静かに暮らしたい――。

そう考えた村田がなぜこの豊根村を選んだのか。こうして周辺を歩くだけで、その理由がわかるような気がした。

小一時間ほど山道を歩き、家に戻った。

おそらく昭和の初期か大正時代に建てられた荒れた古民家の前に、風戸のジープと村田のJB23型ジムニーが並んで駐まっている。この風景そのものに、ある種の安らぎのようなものを感じた。

自分もこの先、ここで静かに暮らすのも悪くないかもしれない……。

風戸はふと、そんなことを思う。

「ただいま……」

家に入ると、宇賀神が仏壇の前の座卓で胡座《あぐら》をかき、パソコンに向かっていた。

「村田は?」

風戸が訊いた。

「さっき、軽トラに乗って出掛けましたよ。栽培したシイタケを、道の駅に売りに行ってくるって……」

宇賀神がパソコンの画面を見たまま答える。

ゴールデンウィーク中は、このあたりの道の駅も少しは賑《にぎ》わうのだろう。

「何を調べてるんだ？」

風戸が宇賀神のパソコンを覗き込む。

そういえば宇賀神は、〝特戦群〟の中でもパソコンに関して突出した技術と知識を持っていることで知られていた。

「長谷川麻衣子について……」

宇賀神が考えていることは、聞かなくてもわかった。

もし岩田や石井、久保田が殺された理由を探るのであれば、現状では長谷川麻衣子から手繰《たぐ》るしか手掛りはない。

「何かわかったか……？」

「いえ、何も。それが、奇妙なんですよね……」

「何が奇妙なんだ？」

「確かに〝ハセガワ・マイコ〟という人物は昨日のスーダンからの邦人帰国者リストに載っているし、ＭＳＦの職員であることも確認できたんですが、それ以上のデータが何も出てこないんですよ……」

宇賀神が首を傾げる。

「どういうことだ？」

「つまり、何といったらいいのか……まるで幽霊のような……」

宇賀神がコーヒーを飲みながら説明する。

〝長谷川麻衣子〟で検索すると、ヒットするのはこの三年以内の情報ばかりだった。

それもごく限定的な情報で、年齢と性別、MSFの職員としてスーダンで活動していたことくらいしかわからない。

彼女の名義のX、インスタグラム、フェイスブックなどのSNSのアカウントを探しても同姓同名の別人ばかりで、本人と確認できるものは存在しなかった。さらに国境なき医師団に所属しているならば日本での医師としてのキャリアがあったはずだが、それらしきものはMSFの名簿にたった一行〈——国立浜松医科大学出身——〉と書いてあっただけだ。

「〝幽霊のような〟か……。確かにそれは奇妙だな……。もしかして長谷川麻衣子は結婚していて、医師免許などは旧姓のままになっているとか……」

「確かにその可能性はありますね。そうなると、長谷川麻衣子の線を追うのは難しいかもしれないですね……」

そこに村田が帰ってきた。

ジープとジムニーの横にホンダの軽トラを駐めて、家に入ってきた。

作業着を着ている村田は、ごく普通の村人にしか見えない。

「さて、始めるか……」

村田が自分の分のコーヒーを淹《い》れ、風戸と宇賀神のいる座卓に座った。

「わかりました。やりましょう……」

宇賀神が作業を中断し、パソコンの画面に駿河湾の海図を表示した。

そこに、駿河湾の海流図を重ねる。

駿河湾の潮流は、主に日本列島に沿って北上する黒潮が御前崎《おまえざき》沖で分岐して湾内に入る表面流である。この潮流は秒速およそ三〇センチ——時速およそ一キロ——の速度で湾の奥へと北東に向かい、富士川の河口あたりで東から回ってきた湾内の循環流と合流。さらに湾奥に沿って流れて伊豆半島の根元の内浦《うちうら》に達し、ここで速度を秒速二〇センチほどに落として西に向きを変え、駿河湾を横断して再び富士川沖で黒潮からの本流とぶつかる。

「つまり、駿河湾の海流は黒潮から分岐したもので、湾内をぐるぐる回っているわけか……」

風戸が画面の海流を見ながらいった。

「そうなると、久保田の遺体が投棄された場所を絞り込むのは難しいかもしれませんね……」

村田が溜息をつく。

「まあ、ちょっとやってみましょう……」

宇賀神がパソコンのマウスを動かし、キーボードを打ちはじめた。

「できるのか？」

風戸が訊いた。

「俺のパソコンはメモリが32GBあるので、AI（人工知能）の環境を作って予測分析をやらせればいい。少し時間はかかるかもしれませんが、何とかできると思いますよ……」

なるほど。〝AI〟か……。

宇賀神がパソコンを操作し、次々とデータを入れていく。

久保田の遺体が駿河湾の富士川河口沖で発見されたのは六日前の四月二四日、午前六時半ごろだった。

警察の検視によると、この時点で死後三日前後が経っていた。ここから逆算すると、久保田は四月二一日の夜から翌二二日の早朝にかけて殺害され、駿河湾のどこかに遺棄されたことになる。

だが、いくら洋上とはいえ、白昼に船舶で運んで海上交通量の多い駿河湾に遺棄するとは考えにくい。その点を考慮してさらに時間を絞り込むと、おそらく久保田の遺体が海に遺棄されたのは二〇日の深夜から翌二一日の未明ごろではないか、と推測できる。

もうひとつ、欠かせないデータがある。

検視によると久保田の死因は水死ではなく、おそらく外傷性のショック死だったということだ。肺の中に水は入っていなかった。つまり久保田の遺体は腐敗して浮上したのではなく、遺棄された時点ですでに浮いていたということだ。さらに久保田の遺体は頭部と手首を切断され、残った部分の体重が約六五キロあった。

これらの条件の中に、当日の湾内の潮流、潮流の速度、水温、三日間の天候などのデータを入れていく。

問題は久保田の遺体が、富士川の河口という黒潮から分岐した潮流と湾内の循環流のちょうど合流地点で発見されたということだ。

いったい、どちらの潮流に乗ってきたのか……。

そのあたりはＡＩに判断させるしかない。

宇賀神は、しばらくぶつぶつ呟きながら、パソコンに向かっていた。

風戸と村田は、コーヒーを飲みながらそれを見守った。

そしておよそ一時間後――。

「よし！」

宇賀神が声を出して頷いた。

「わかったのか？」

風戸と村田が、宇賀神の背後に座った。

「ここです。ＡＩによると、久保田の遺体は四月二〇日の午後一〇時から翌午前〇時の間に、駿河湾の入口の御前崎港の沖合で投棄されたようですね……」

宇賀神のパソコンのディスプレイには、駿河湾の海図上に点々と久保田の遺体が漂流した軌跡が記されていた。

それによると遺体は二〇日の深夜に御前崎港から北東に三キロから四キロのあたりの洋上に遺棄され、潮流に乗って北上――。

翌二一日の午前中に焼津《やいづ》市の沖を通過して北東に向きを変え、夜には静岡市、深夜から未明にかけて清水区から三保《みほ》沖を北東に漂流――。

その日の午後には富士川の河口沖で湾内の循環流に合流して東に向かい、翌二二日未明に沼津市沖を通過して内浦湾の奥まで入って方角を西に変え、大瀬崎《おせざき》から湾を横断するように周回――。

この循環流に乗ったまま湾奥をゆっくりと二周し、二四日午前六時半ごろに再度富士川河口に達したところで地元の漁船に発見された――。

あくまでも、ＡＩが導き出した推論だ。

だが、風戸は、直感的にこの結果が手掛りになると判断した。

つまり、岩田と石井、久保田を殺した奴らの基地が、御前崎港もしくはその周辺にあるということになる。

周辺には自衛隊関係の施設が多い。

御前崎には航空自衛隊御前崎分屯基地があり、北に行けば内陸に自衛隊静岡地方協力本部藤枝《ふじえだ》地域事務所がある。西に行けばやはり自衛隊静岡地方協力本部袋井《ふくろい》地域事務所があり、さらに西に向かえば浜松の周辺に航空自衛隊浜松基地を中心に複数の空自の基地や施設が集中していた。

かつては自分も陸自の隊員だったのだから自衛隊に疑いの目を向けたくはないのだが。こういろいろなことが続くと、どうしてもそちらの方に意識が行ってしまう。

待てよ……。

「宇賀神、さっきお前、長谷川麻衣子は浜松医大の出身だといったよな」

風戸がいった。

「うん、そうですね。確かにプロフィールにはそう書いてありましたが……」

おそらく、単なる偶然だろう。

だが、偶然だとしても、放置するわけにはいかない。

〝特戦群〟にいた時には、常にこう叩き込まれてきた。

――〝偶然〟という弁解は通用しない。もし〝偶然〟であるのなら、〝偶然〟であることを確認して証明せよ――。

「御前崎にしても浜松にしても、ここからそう遠くはないですね。いまは新東名ができたから、車なら二時間ちょっとで行けますよ……」

村田がいった。

「行ってみるか……」

「行きましょう。ここにこうしていても、何も進展しない」

宇賀神がパソコンを閉じた。

11

テーブルの上には朝食の皿とカップが並んでいた。

今日は寝坊したので、いま食卓の椅子に座っているのは自分一人だけだ。

陽万里は冷めたハムエッグをフォークで崩しながら、窓の外の浜名湖の景色を眺めていた。昨夜の雨は止み、対岸まで続く広大な水面は初夏の陽差しに輝いていた。その光る水面に長い航跡を残し、モーターボートが遠くへと走り去っていく。

でも、退屈な景色だった。

陽万里はハムエッグを少し口の中にいれ、室内に視線を移した。

火の入っていない暖炉の前のソファーでお父さんがテレビを見ながら、〝瑛利子《えりこ》さん〟と楽しそうに話している。

何がそんなに楽しいのだろう……。

お父さんは〝瑛利子さん〟のことをお母さんと呼びなさいというけれど、そうじゃない。

私の本当のお母さんは、他にいる……。

小さかったころのことは覚えていないし、顔も写真を見ただけだからよくわからないけれど、でも〝瑛利子さん〟よりもずっと綺麗《きれい》な人だった。

お父さんは、お母さんはもう戻ってこないというけれど、そんなわけはない。

お母さんはきっと、いつか私を連れ戻しにきてくれる……。

〝瑛利子さん〟がこっちを見ている。

ソファーから立って、こっちに歩いてきた。

「陽万里ちゃん、どうしたの。早く食べちゃって。そうしないと、洗い物ができないから……」

口は笑っているけれど、どこか怒っているようだった。

「はい……」

陽万里はフォークで冷めたハムエッグを口に運んだ。だけど、卵の黄身がぱさぱさしていて、ハムも硬くて喉を通らない。

お父さんが結婚する前に一緒に暮らしていたお祖母ちゃまが作ってくれた目玉焼きの方が美味《おい》しかった……。

「ごちそう様……」

陽万里は手にしていたフォークを皿の上に置き、椅子から立った。

「もう食べないの？」

「うん……お腹《なか》いっぱいだから……」

陽万里はスウェットパーカを着て玄関に向かい、買ってもらったばかりのニューバランスのスニーカーを履いた。

「陽万里、どこに行くんだ。今日は遊覧船に乗るんじゃなかったのか？」

お父さんがソファーに座ったまま振り返り、いった。

「乗りたくない。ちょっと、散歩してくる……」

陽万里はそういって、家を飛び出した。

南に向かうゆるやかな傾斜の芝の庭を下り、水辺の遊歩道に出ると、朝日に向かって歩き出した。

昨夜はほとんど眠れなかった。

明け方に雨が止んで少しうとうとしたが、ずっと悪夢を見ていたような気がする。

ジブチを発ってから丸二日、ほとんどまともに寝ていないので、体が鉛のように重い。

長谷川麻衣子はそれでも早朝に大崎のリゾート地に戻ってきた。

午前中の明るい時間に来てみると、やはりこの別荘地は別天地のようだった。陽光に輝く芝の豊かな丘陵には隣地を隔てる柵や壁もなく、その広い敷地の中に点々と洒落《しゃれ》た別荘や豪邸が並んでいる。

日本ではなく、自分が生まれ育ったワシントンやサンフランシスコの風景を思い出した。

それ以上に、先週までいたスーダンや、南スーダン、アフリカやアジア諸国の貧しい人たちがこの豊かさを見たら、どんなに驚くだろうとそんなことを考えた。

明るい時間に来ることによって、昨日はわからなかったことも見えてきた。

中には何となく見覚えのある建物もあったし、一〇年近く前に連れてこられた長谷川の父親が持っていた区画もだいたいどのあたりか思い出してきた。

確か、その土地はゆるやかな斜面になっていて、その丘の上に立つと遠くまで浜名湖を見渡せたはずだ……。

しばらくそのあたりをレンタカーでゆっくりと走るうちに、それらしき土地が見つかった。その土地には広い芝の庭にヤシやソテツの若木が植えられ、小高い丘の上にはまだ真新しい白い家が建っていた。

麻衣子はレンタカーでゆっくりと走りながら、その家を見上げた。

家には広いデッキがあり、そこにガーデンチェアやテーブル、バーベキューのセットが並んでいた。庭の下に二台分の駐車スペースがあり、そこに一台だけシルバーのボルボのステーションワゴンが駐まっていた。

ボルボは、麻衣子が付き合いはじめたころから、長谷川が好む車だった。

門の前で車の速度を落とすと、大理石の門柱に〝長谷川〟と表札が入っていた。

やはり、ここだ……。

麻衣子は長谷川の別荘の前を通り過ぎ、そのまま区画の周りを一周して、遠くに家の玄関を見渡せる路上に車を駐めた。

それからおよそ二時間――。

家には何も変化はない。

駐車場にボルボが置いてあるのだから、誰かいるはずなのだけれども……。

コンビニで買ったミネラルウォーターを飲みながら、麻衣子は家から人が出てくるのを待った。

それからさらに、一五分……。

重そうな玄関のドアが開き、誰かが出てきた。

髪の長い、華奢《きゃしゃ》な体をした少女……。

少女は水色のスウェットパーカのポケットに手を入れて、丘から軽やかに駆け下りてきた。そして門を出て道を渡り、水辺の遊歩道に下りると、なぜか俯《うつむ》きながらこちらに向かって歩きはじめた。

まだ、一〇〇メートル以上の距離があった。顔もよく見えなかった。

だが、その少女が誰だかはすぐにわかった。

陽万里だ……。

目から、涙が溢れ出てきた。

麻衣子はその涙をジャケットの袖で拭い、車から降りた。

自分も遊歩道に下りて、歩いてくる少女を見守った。


陽万里は足元を見つめながら歩いていた。

学校が休みなのに、今日はこんなに天気がいいのに、ちっとも楽しくなかった。

どうしてだろうと考えてみても、理由がわからなかった。この別荘も、〝瑛利子さん〟も、もしかしたらお父さんのこともあまり好きじゃないからかもしれない。

陽万里は陽差しに向かい、足元に目を落としながら歩き続けた。

しばらくすると遊歩道の上に影が落ちていて、陽万里はそこで足を止めた。

視線を上げた。

目の前に、背の高い女の人が立っていた。

陽差しの陰になって、女の人の顔がよく見えなかった。

でも、その陰の中で女の人の白い歯が笑った。

「お母さん……?」

陽万里は首を傾げた。

「そう……陽万里ね……?」

女の人が遊歩道に膝を突いて、いった。

「お母さん!」

陽万里は女の人が広げた腕の中に飛び込んだ。

麻衣子は歩道に跪《ひざまず》き、両手を広げた。

その中に飛び込んできた少女を、腕の中に受け止めた。

「陽万里……ごめんね……。会いたかった……」

麻衣子は少女の温《ぬく》もりを、胸に抱き締めた。

12

浜名湖の大崎沖に、一隻の小型のクルーザーがアンカーを下ろしていた。

何の変哲もない、二五フィート級の白いクルーザーだった。

レンタルのクルーザーであることを示すように、船体には浜名湖内の大手マリーナの名前が入っていた。

クルーザーには男が三人、乗っていた。

全員、国籍がわからないような風貌をしている。半袖のTシャツから出た太い腕とタトゥーを見ても、この三人がただの外国人旅行者ではないことがわかる。

一人は船尾のチェアに座り、ロッドを手にして釣り人を演じていた。他の二人はキャビンの中にいて、そのうちの一人は双眼鏡を手に二〇〇メートルほど離れた大崎の様子を探っていた。

「マイコは娘に会ったようだ……」

双眼鏡を持った男がいった。英語だった。

「軍曹、どうしますか。確保しますか?」

もう一人がいった。

いまならば、ボートを岸に着けて拉致すれば簡単だろう……。

だが、〝軍曹〟と呼ばれた男は首を横に振った。

「いや、まだいい。〝少佐〟からはただ監視しろといわれている。命令を待つ……」

〝軍曹〟は双眼鏡を手に、大崎の別荘地の様子を見張り続けた。

いま、マイコという日本人の女とその娘は、この別荘地の水辺の遊歩道で数年振りの再会を果たし、抱き合っている。このボートまで声は聞こえてこないが、その喜びを分かち合う様子がわかるようだった。

だが〝軍曹〟は、この〝マイコ〟という女を、なぜ自分たちが監視しなくてはならないのか詳しい理由を知らなかった。ただ聞かされているのはこの女がMSFの日本支部の職員で、スーダンから数年ぶりに日本に帰国したということだけだ。そしてたったいま、実の娘のヒマリと再会した。

今回のミッションには、わからないことが多すぎる。

たとえば自分たちの手によって〝消去〟しろといわれている数人の日本人の男たちだ。

彼らは日本の元アーミーの隊員で、二〇一六年に南スーダンのPKO部隊に派遣されたキャリアを持つことはわかっているが、自分たちが知らされているのはそれだけだ。

すでにその中の三人を〝消去〟した。だが、その男たちが〝消去〟されるべき理由に関しては何も教えられていない。

そのこと自体はさほど問題ではない。

自分たちは、このミッションを遂行することにより莫大なギャランティーを保証されている。あとは〝少佐〟が日本政府とうまく交渉してくれるだろう……。

その時、〝軍曹〟のアイフォーンがカーゴパンツのポケットの中で振動した。

〝軍曹〟は双眼鏡を持った手を下ろし、ポケットからアイフォーンを出した。

フェイスブックの〝メッセンジャー〟に、短いメッセージが入っていた。

〈――三人は村を出た――〉

それだけだった。

「いま、〝少佐〟から連絡が入った。例の三人が、〝村〟を出てこちらに向かっている。到着を待とう……」

「了解――」

〝軍曹〟は釣りをしている男にロッドを仕舞うように命じた。

もう一人の男が操舵輪の前に立ち、クルーザーのエンジンをかけた。

クルーザーは湖上で大きくターンして、岬の先端を回って山陰に消えた。

13

風戸は、ジープで南に向かっていた。

運転は宇賀神にまかせている。

三人の中で一番小柄な村田はジープの狭いリアシートで体を丸め、先ほどからアイフォーンで何かを調べている。

「俺は、御前崎だとは思えないんですけれどね……」

唐突に、村田がいった。

「なぜだ?」

風戸が訊いた。

国道一五一号線は数台前を行く地元の軽トラックに連なり、ゆっくりと流れていた。

「つまり、こういうことです。もし久保田を殺った奴らが御前崎港から船を出して沖に遺体を投棄したら、それが駿河湾を流れる潮流に乗ることは誰だってわかる。自分たちの基地の位置を教えるようなものだ。そんな間抜けなことをやるかな……」

そんな間抜けな奴らに、久保田が殺られるわけがない。

確かに、村田がいうことには一理ある。

だが、いずれにしても、それほど遠くはないはずだ。

「それなら、奴らの基地はどこだ?」

「確証はないけれども、やはり駿河湾の外の浜名湖あたりでしょうね。浜名湖の周辺にはクルーザーのレンタルをやるマリーナがいくらでもあるし、遠州灘《えんしゅうなだ》(太平洋)への出口の浜名大橋から駿河湾の入口の御前崎までは直線距離で六〇キロほどしかない……」

もし久保田を殺した奴らが三〇フィートクラスのクルーザーを使ったとしたら、最高速度は時速五〇〜六〇ノット(時速九〇キロ以上)、小型漁船でも時速二五〜三〇ノット(時速約五〇キロ)——。

好天ならば、夜間に十分に往復できる距離だ。

風戸はアイフォーンを出し、四月二〇日当日の駿河湾周辺の天気を調べてみた。

この日の静岡地方は晴のち曇、最高気温二三・三度。最低気温一四・二度。降水量〇・〇ミリ――。

夜間は風もなく駿河湾近辺は波も穏やかで、曇っていたために月も出ていなかった。死体を載せてのクルージングには、理想的だっただろう。

「つまり、久保田を殺した奴らは浜名湖から船で御前崎沖まで行って、久保田の遺体を遺棄したということか？」

「まあ、ひとつの仮説ですけれども……。駿河湾の中で遺体が発見されれば、警察は湾内の漁港やマリーナを疑うでしょう。捜査の目を欺くには絶好ですね……」

それも、一理ある。

考えてみると、久保田を殺した奴らはなぜ遺体を山中に埋めなかったのか……錘《おもり》を付けて海に沈めなかったのか……その理由も見えてくるような気がする。

自分たちの居所から警察の目を逸らすと同時に、もしかしたら生き残った我々三人を誘《おび》き寄せようというのか――。

「よし、そちらを先に回ろう。宇賀神、浜名湖に向かってくれ」

「了解しました」

車は間もなく、浜松浜北インターから新東名に乗り、名古屋方面に向かった。

豊根村から浜名湖は、意外なほど近かった。

村を出てから新東名、さらに東名を経由して最寄りの三ヶ日《みっかび》インターまで一時間と少し。高速を降りて数分も走れば、もう目の前に浜名湖が見えた。

風戸は、そのあまりの近さに逆に違和感を持った。

まあいい。いまはこれも〝偶然〟ということにしておこう。

だが、浜名湖は広い。

これから、湖のどこに行くか……。


浜名湖は、日本で一〇番目に広い湖である。

面積六四・九一平方キロ、周囲長一一四キロ、最大水深一六・六メートルという海跡湖で、その水域は静岡県西部の浜松市から湖西市にまで広がっている。

形は複雑で、湖内に細江《ほそえ》湖、猪鼻《いのはな》湖、松見《まつみ》ヶ浦《がうら》、庄内湖《しょうないこ》などの支湖や庄内半島、大崎半島などの岬や、弁天島《べんてんじま》などの島が存在する。元来は淡水湖だったが、一四九八年の明応《めいおう》地震の高潮により外洋との間の砂州が決壊して海水が流入し、汽水湖となった。現在も浜名湖は今切《いまぎれ》で遠州灘と通じている。そのために湖にはコイやフナ、ナマズなどの淡水魚やウナギの他にスズキ、カレイ、ヒラメ、クロダイ、キスなどの海水魚を含め、四〇〇種以上の魚類と五〇〇種以上の甲殻類、八〇種以上の軟体動物が生息する。

浜名湖内には舞阪《まいさか》漁港や浜名港、新居《あらい》漁港など多くの漁港や市場が点在し、漁業が盛んに行なわれている。またクルーザーを係留するマリーナや個人が所有するプレジャーボートも無数にあり、そう考えるとこの浜名湖にいったい何隻の小型船舶が存在するのか、想像すらできない。

「あそこにも小さなマリーナがありますね……。船は、七〜八隻かな……。でも、外洋に出られそうなクルーザーも何隻かありますね……」

宇賀神が運転しながら呟く。

「その手前の入江にも、クルーザーが三隻、停泊していたな……」

村田がリアシートからいった。

ジープの幌はサイドを巻き上げ、ドアは外して村に置いてきたので、周囲の風景がよく見える。

久保田を殺した奴らが、船を使ったことは確かだ。

だが、浜名湖だけでもこれだけ漁船やクルーザーが多いと、絞り込むのは難しい。

ジープは、浜名湖の西岸を走る国道三〇一号線を南下する。

道は大崎に渡る新瀬戸橋《しんせとばし》への分岐点を過ぎて、方向を南西に変える。

そこからしばらく走ると道は湖岸を離れるが、正太寺鼻《しょうたいじばな》という岬に向かう道の入口にマリーナの看板が出ていた。

「その道を岬の方に入っていくと、大手の船舶会社がやっているマリーナが二カ所ありますね……。地図によると、かなり規模も大きそうだ……」

村田がアイフォーンを見ながらいった。

「入ってみよう」

風戸がいうと、宇賀神がジープのステアリングを左に切った。

最初のマリーナはクラブハウスやホテルまである豪華な施設だった。港には数十隻のヨットやクルーザーが停泊している。ゴールデンウィークということもあり、屋外でイベントが開かれていて、家族連れの観光客や船のオーナーたちで賑わっていた。

元自衛官の三人が、古いジープに乗って迷い込むには不釣り合いな場所だった。

「ここを、どう思う」

マリーナの中を三人で歩きながら、風戸がいった。

「どう思うといわれても……。俺は五歳の時に施設に預けられて、家族の顔もよく覚えていないし……。こんな平和で華やかな場所、縁がなかったからなぁ……」

宇賀神がいった。

「俺もです。まして、犯罪と縁があるようなイメージは湧きませんね……」

村田も、宇賀神も、そして風戸も同じだ。

この三人は、みんな家族の顔もろくに知らずに育ってきた。

このような平穏な場所や、幸せそうな家族連れの姿を見るだけで落ち着かなくなる。

「次に行くか……」

ジープに乗り、もうひとつのマリーナに移動した。

だが、ここも同じだった。

マリーナに停泊しているヨットやクルーザー、プレジャーボートの数は一〇〇隻以上。この庶民から隔絶された別天地から、犯罪を連想することは難しい。

風戸が運転を代わり、岬を出た。

国道三〇一号線を、さらに南下する。

間もなく道は東海道新幹線の高架を潜《くぐ》り、東に向きを変えて、西浜名橋で湖の外洋への出口を弁天島へと渡る。

風戸はジープのステアリングを握り、午後の陽光に燦々《さんさん》と輝く湖面を眺めながら、考える。

この明るく豊かな浜名湖に、影は見当らない。

そもそも久保田は、なぜこの場所に来たのか……。

この浜名湖に、〝特戦群〟の隊員だった久保田のイメージそのものが似つかわしくないような気がした。

風戸は、ジープが信号で停まった時に二人にいった。

「村田、宇賀神、ちょっと思い出してくれないか」

「何です？」

「久保田のことだ。あいつ、自衛隊にいたころに、この浜名湖について何か話していたことはないか。遊びに来たことがあるとか、友達がいるとか、どんなことでもいいんだが……」

助手席の宇賀神と後ろの村田が顔を見合わせる。

そもそもそれが、第一の謎だったはずだ。

「俺は〝五班〟の時に久保田と同室だったし、隊員の中では一番仲がよかったと思いますけど、浜名湖の話なんか聞いたことなかったですね……。だいたいあいつは典型的な自衛隊人間だったから、駐屯地の周辺と故郷の群馬県の話くらいしかしなかったように思います……」

宇賀神が、考えながらいった。

陸自の人間はみんなそうだ。

十代で陸自に入隊してしまうと、自衛隊のこと以外は何も知らない。一般人に比べて、世間は狭い。

「俺もです。久保田とはよく話しましたが、浜名湖どころか東京より西のことなんて、会話の中に一度も出てきたことなかったと思いますね……」

村田も、首を傾げる。

「ただ……ひとつだけ気になることがあるんです……」

宇賀神がいった。

「何がだ？」

「はい、さっきパソコンで調べていた、例の長谷川麻衣子のことですよ。彼女、ほとんどデータが出てこなかったけど、出身校は確か浜松医大でしたよね……」

確かに、そうだ。

風戸も、〝浜松医科大学〟と聞いた覚えがある。

「浜松医大は、ここから近いのか？」

実は風戸も典型的な自衛隊人間で、東京より西に関してはまったく土地勘がない。

「この浜名湖の半分は、浜松市に面してます。浜松医大は、その浜松市にあります。浜名湖も浜松市も広いですが、いまここからなら車で四〇分と出てきますね……」

宇賀神がアイフォーンで調べながらいった。

つまり、どういうことだ？

風戸は運転しながら、さらに考える。

もしかしたら久保田は、長谷川麻衣子に会おうとしていたのではないのか？

長谷川麻衣子が政府のチャーター機でジブチから帰国することを知り、浜松で待ち伏せしようとした……。

「よし、浜松に行ってみよう。それから宇賀神、市内に宿を探してみてくれ。ビジネスホテルでも旅館でも、安ければ何でもいい」

「了解です。ゴールデンウィークだから難しいかもしれませんが、やってみます……」

宇賀神がアイフォーンで検索をはじめた。

14

運良く浜松市内の〝叶屋《かのうや》〟という宿に部屋が取れた。

大正時代か、もしくはそれ以前からやっていたような古く小さな旅館だった。

いま時ホームページも何もなく、老夫婦が素泊まりの客を受け入れるだけの宿だ。和室がいくつかと共同の風呂があるくらいなので、ゴールデンウィークだからといって行楽客で混むわけでもない。

風戸と村田、宇賀神は一〇畳間をひとつとって三人で寝ることにしたが、他の宿泊客は流しの芸人らしき老人と、富山の配置薬の社名が入った軽自動車に乗る商人らしき男の二人だけだった。

部屋は畳も古く、何十年にもわたりここで寝起きした旅人たちの残り香が漂うような空間だったが、自衛隊のキャンプに比べれば天国だった。

三人で順番に風呂を浴びて、夕暮れ時の街に繰り出した。

駅の方まで歩き、繁華街で〝静岡おでん〟を看板に掲げた居酒屋を見つけて暖簾《のれん》を潜った。そんなものがあることも知らなかったが、〝静岡おでん〟はこのあたりの名物らしく、店の中に漂う湯気の匂いを嗅いだだけで、ぐう……と腹が鳴った。

三人には少し小さすぎる店の奥の席に座り、生ビールを三つと静岡おでん、浜名湖で獲れた魚の刺身や焼鳥、これも名物の浜松餃子などを適当に注文した。

ビールが届き、三人でジョッキを合わせた。

渇いた喉に流し込む。掛け値なしに、美味《うま》い。

こうして自衛隊の仲間と共に居酒屋で飲むなどというのも、何年ぶりのことだろう。あのころは毎日が辛かったが、充実していた。そして、楽しかった。

当時は、そんな時間が永遠に続くと思っていた。だが、二〇一六年に〝特戦群〟から第一一普通科連隊に移籍し、南スーダンPKO第一〇次隊に送り込まれたころから何かが狂いはじめた。

自分たちは、国のために命がけで尽くしてきた。

それなのに、俺たちからあの充実した時間を奪ったのは、いったい誰なのか……。

いや、考えるのはよそう。いまが楽しければ、それでいい。

死んだ松浦や、岩田や、石井や、久保田がここにいれば、今夜はもっと楽しめたことだろう。

そうだ、久保田だ……。

「なあ、二人とも、ちょっと話を聞いてくれ……」

風戸がビールを飲みながらいった。

「何です?」

村田と宇賀神が、風戸に視線を向けた。

「さっき、長谷川麻衣子が浜松医大だったと聞いて思いついたんだが、もしかしたら久保田は、彼女がジブチから帰国した後、浜松に行くことを知っていたんじゃないのか、ってね……」

風戸がさらに話し続ける。

久保田は岩田が北海道で轢き逃げされ、石井が朝霞市の路上で刺殺されたことを知り不審に思った。

二人が〝殺された〟原因が、二〇一六年の七月一二日にジュバで起きたあの〝事件〟にあるのではないかと考えた。

そしてあの〝事件〟の当事者の長谷川麻衣子が政府のチャーター機で帰国することを知り、彼女に会うために浜松に向かった。そこで同じように長谷川麻衣子を待ち伏せしていた〝何者か〟と鉢合わせし、拉致され、拷問を受けた上で殺害された——。

「まあ、一応の筋は通ってますね……。しかし、久保田はなぜ長谷川麻衣子に会おうとしたんです。彼女が岩田や石井の件について、何か秘密でも握ってると思ったのか……?」

村田が、ジョッキを手にしたまま考える。

「それは、わからん。もしかしたら岩田や石井と同じように長谷川麻衣子も殺されると考えて、久保田は一人で守ろうとしたのかもしれない」

あの久保田ならば、考えそうなことだ。

「それなら、久保田が拷問を受けた理由は?」

村田が訊いた。

「〝敵〟は、俺たち三人のことも追っている。久保田にその居場所を吐かせようと思ったのか……。もしくは、久保田が何らかの理由で今回の一連の出来事の真相に気付いていて、その理由を知ろうとしたのか……」

いずれにしても、推測だ。

久保田が浜松にいたとしたら、なぜなのか。何者かに拷問を受け、殺された理由は何なのか——。

真相は、死んだ久保田にでも訊かなければわからないだろう。

テーブルの上に、注文した静岡おでんや刺身が並んだ。

「でも、ひとつ……わからないことがあるんですよね……」

おでんを頬張りながら、宇賀神がいった。

「わからないことって、何だ？」

「ええ……。つまり、本当に長谷川麻衣子が帰国して浜松に向かったとして、なぜ久保田が事前にそれを知っていたか、ですよ。俺は長谷川麻衣子についてネットでいろいろ調べてみたけど、彼女が浜松医大の出身だということ以外は、まったく情報は出てこなかった……」

確かに、それは奇妙だ。

もし久保田がネットで長谷川麻衣子が浜松医大の出身だと知ったとしても、だからといって彼女が帰国後に浜松に行くと考える根拠にはならない。

しかも久保田が浜松か浜名湖にいたとすれば、四月二〇日以前からだ。これに対して長谷川麻衣子が帰国したのは、それより九日以上後の四月二九日――。

久保田によほどの確証がなければ、それほど早く行動を起こすわけがない。

「久保田は、どうやって長谷川麻衣子のことを調べたのかな……」

風戸が、箸を止めて考える。

「フェイスブックとか、SNSを使ったんじゃないのか？」

村田がいった。

「いや、フェイスブックも、Xも、インスタグラムも調べたんですよ。でも、長谷川麻衣子は、SNSは何もやっていなかった……」

宇賀神が説明する。

「そうか……。しかし、久保田はフェイスブックをやってたぞ。俺もアカウントを開いたら久保田の情報が入ってきたんで、フォローし合ってたことがある」

村田がいうと、宇賀神は何かがひらめいたように頷いた。

「ちょっと待ってください。そういえば、俺も……」

宇賀神が箸を置いてアイフォーンを手に取り、何かを調べはじめた。

「やはり、ありましたね……」

宇賀神がビールを口に含み、頷く。

「何がだ？」

「久保田のフェイスブックのアカウントですよ。四年前の、二〇一九年に開設……。一時はフォローし合ってたこともあるんですが、俺は面倒だからそのままアカウントを放っておいたので……」

「そのフェイスブックで、何かわかるのか？」

風戸はSNSにはあまり興味がないので、それがどうして長谷川麻衣子に繋がるのかがわからない。

「ええ、もしかしたら……。久保田もそれほどフェイスブックにのめり込んでいたわけではないので、〝友達〟も四〇人ほどしかいないようだし……。この〝友達〟を一人ずつ当っていけば何かがわかるかもしれませんね……」

宇賀神はそのまま酒も食事も忘れたように、アイフォーンの操作に入り込んでしまった。

風戸と村田は酒をビールから酎ハイに変え、別の話をしながら宇賀神のやることを見守った。

「村田、確かお前、四年前まで陸自にいたんだったよな」

「そうです。二〇一九年の三月で辞めました……」

「あのPKOの後、〝特戦群〟には戻らなかったんだろう？」

「ええ……戻れませんでした……」

村田が酎ハイを飲み、苦笑する。

「PKOから帰国して辞めるまでの間に、中島さんとは話したか?」

中島克巳元一等陸曹——。

南スーダンPKO第一〇次隊の〝五班〟の班長だった。いまは〝特戦群〟に戻り、三等陸尉にまで昇進している。

「一度か二度は、顔を合わせたように思います。何を話したかまでは思い出せませんが……」

村田がそういった時、宇賀神が声を出した。

「ビンゴ!」

「どうした。何か見つかったのか?」

風戸が訊いた。

「ええ、たぶん。フェイスブックの久保田の〝友達〟の中に、佐橋由美子という女がいるんです。この人、自分のプロフィールを公開してフェイスブックをやっている……。生年月日は一九八六年の九月……。職業は、浜松医大病院の医師……」

一九八六年生まれということは、長谷川麻衣子と同期の可能性がある——。

「その佐橋由美子という女、長谷川麻衣子の知り合いなのか?」

「わかりません。ちょっと待ってください。この人の投稿は、公開のものと〝友達〟限定のものがあるので……」

宇賀神がビールを飲み干して酎ハイを注文した。またしばらく、アイフォーンのディスプレイに見入った。

「やはり、ありましたね。これ、長谷川麻衣子のことでしょう……」

「見せてくれ」

風戸は、宇賀神のアイフォーンのフェイスブックの画面を見た。

テレビニュースに映った政府チャーター機の写真の上に、こんなコメントが書き込まれていた。


〈――やった！

今日麻衣子が無事に日本に帰ってきた！

電話で連絡もあった！

それに浜松にいるのなら近く会えるかも！

早く会いたいよ～！――〉

文中の〝麻衣子〟に苗字は入っていない。だが、事実関係を見てもこれが長谷川麻衣子のことであるのは間違いないだろう。

しかも彼女は、この浜松にいる……？

「他に、何かないか？」

「待ってください。この佐橋由美子という人、一日に何回も投稿しているし、もう一〇年以上もフェイスブックをやっているみたいなので……」

それからまた、宇賀神はアイフォーンの操作に熱中した。

そういえば自衛隊時代の余暇には、みんな携帯ゲーム機に夢中になったものだ。風戸も、ここにいる村田も、ＰＫＯでもゲームの点数を競っていた。

こうしてアイフォーンの画面に夢中になっている宇賀神の表情は、若かったあのころと変わらない。

「ビンゴ！　長谷川麻衣子の〝本名〟がわかったぜ！」

宇賀神が小さく拳を握り、焼鳥をひと串まとめて口の中に詰め込んだ。

「〝本名〟というのはどういうことだ？」

風戸が訊く。

「つまり……結婚する前の、旧姓ってやつですよ。長谷川麻衣子は、二〇一三年の六月一六日にハワイで結婚式を挙げてます。相手は同じ浜松医大病院の医師の長谷川隆史という当時三二歳の男です。六歳も上か……。結婚する前の彼女の名前が……これ、何て読むんですかね……」

宇賀神がアイフォーンの文字の部分をアップにして、風戸に見せた。

「〝嵯峨《さが》〟麻衣子だよ……」

長谷川麻衣子の友人の佐橋由美子は、このハワイの結婚式に参列したようだ。当日の式の様子を、写真入りで何度も投稿していた。

ウェディングドレスを着た嵯峨麻衣子――長谷川麻衣子――は、一見して外国人のモデルのような美人だった。

その中のひとつに、こんなメッセージが入れられていた。


〈――麻衣子はもう嵯峨麻衣子ではなくて長谷川麻衣子になっちゃったのね。

何だか別人になっちゃったみたいだけど、これからも仲よくしてね。

今日は本当におめでとう！――〉

嵯峨麻衣子か……。

「確か〝嵯峨〟という苗字は、平安時代の公家か何かの末裔《まつえい》に当る名家だったんじゃないか」

風戸がそういって、アイフォーンを宇賀神に戻した。

「そうなんですか。俺は読み方も知らなかったけど……。でも、〝嵯峨麻衣子〟という名前がわかったら、何かもっと情報が手に入るかもしれない……」

宇賀神がまた、アイフォーンの操作に集中する。

しばらくして、声を出した。

「えっ……。これ、何だ……?」

「どうした。何かあったのか?」

「ええ、これです……」

宇賀神がアイフォーンの画面を、風戸と村田に向けた。

「何だこれは……」

「まさか……」

「あの女、いったい何者なんだ……?」

三人で、顔を見合わせた。

15

今朝は珍しく、早く起きられた。

陽万里はお父さんと〝瑛利子さん〟と一緒に朝食を食べた。

「ごちそうさま……」

食事が終わると、お気に入りのスウェットパーカを着て玄関に向かった。

「陽万里、どこに行くの？」

〝瑛利子さん〟がいった。

「散歩。行ってきま～す」

陽万里は急いでスニーカーに足を入れて、ドアを開けた。

「ちょっと待って！」

「いいから放っておきなさい」

お父さんの面倒そうな声から逃げるように、家を飛び出した。

家の前の道を渡り、遊歩道に下りると、岬を回り込むように歩く。しばらくして振り返ると、もう別荘は見えなくなっていた。

陽万里は足を速め、駆けた。

しばらくすると昨日と同じあたりに、朝日の中に人影が立っていた。

「お母さん……」

陽万里は人影に飛びついた。


麻衣子は自分の分身を抱き締めた。

何ものにも代え難い、この温もり……。

「昨夜はよく眠れた？」

「うん、眠れた……」

陽万里が笑顔で頷く。

「朝ごはんは食べたの？」

麻衣子が訊いた。

「うん、食べた……。でも、お腹いっぱいにしてない……」

陽万里は、今日の朝またこの場所で麻衣子と会うことと、その時に好物の〝うなぎパイ〟を買ってくるという約束を覚えていたのだ。

「ちゃんと、買ってきたよ。ママの車で一緒に食べようね」

「うん……」

陽万里は、麻衣子が自分のことを〝ママ〟といったからか、ちょっと戸惑った表情で頷いた。

長谷川の家からは見えない場所に駐めたレンタカーに乗り、二人でうなぎパイを食べながら話をした。

「陽万里はいま何年生になったの？」

麻衣子が訊く。

「この前、三年生になった……」

陽万里がはにかみながら答える。

「科目は、何が得意なの？」

「図工と体育……それに、国語……。算数はあまり好きじゃない……」

「そうなんだ。ママも、算数は苦手だった……。大人になったら、何になりたいのかな……？」

陽万里は、ちょっと考え、こういった。

「……まだ、わからない……。お父さんとお母さんは、お医者さんになりなさいっていうけど……。ママは、何をしてるの……？」

「ママも、お医者さんよ」

「そうなんだ……。ママもお医者さんなんだ……。それなら私も勉強して、お医者さんになる……」

陽万里はもう、〝ママ〟と〝お母さん〟を使い分けている。頭の良い子だ。

だが、麻衣子は、陽万里が自分のことを医師だと知らされていなかったことが、ショックだった。

「ねぇ、ママは、どこに行ってたの？」

「遠いところ……アフリカの、スーダンという国よ。そこでお医者さんをやっていたの……」

「私、スーダンていう国、知ってる。この前ニュースで見たから。ママはまた、遠いところに行っちゃうの？」

陽万里にそう訊かれて、はっとした。

これからどうするのか。

MSFの職員として、また海外に派遣されるのか。日本に残るのか。もしくは、アメリカに帰るのか……。

帰国したばかりで、そんなことを考える余裕もなかった。

だが、いまこうして陽万里と会えたことで、決心がついたような気がした。

〝危険〟はあるかもしれないが、日本に残ろう。そして、戦おう……。

この陽万里と、自分が失ったすべてのものを取り戻すためにも……。

「ママはもう、どこにも行かない。日本にいるから。そうすればまた、こうして陽万里と会えるものね……」

麻衣子は助手席の陽万里の肩に腕を回し、抱き締めた。

腕の中で、陽万里が小さく頷いた。

風戸は早朝に浜松の宿を出て、村田と宇賀神と共に浜名湖に向かった。

昨夜は遅くまで宇賀神に付き合っていたので、こうしてジープのステアリングを握っていてもあくびが出る。

その宇賀神は、大きな体をジープのリアシートで丸めて居眠りをしている。

だが、佐橋由美子という女性のフェイスブックから長谷川麻衣子の旧姓が〝嵯峨〟であったことが判明し、彼女についていろいろなことがわかってきた。

生年月日は一九八七年三月四日、現在三六歳——。

父親の嵯峨誠一郎《せいいちろう》は外務省の役人だが、こちらはそれ以上の情報は出てこない。

二〇〇五年四月、国立浜松医科大学に入学。二〇一一年に卒業し、その後、浜松医大病院の研修医を経て医師になった。

久保田とフェイスブックで繋がっていた佐橋由美子は、浜松医大の同期だった。

二〇一三年六月に浜松医大病院の同僚の長谷川隆史と結婚し、その翌年に長女を出産。このころの麻衣子は、一人の女性として順風満帆の人生を歩んでいたはずだ。

だが、長女を出産して僅か二年後の二〇一六年三月、浜松医大病院を退職してMSF——国境なき医師団——に参加。同年七月、初の海外派遣——。

まだ二歳になるかならないかの長女を日本に残して内戦下の南スーダンに赴くとは、元自衛隊の〝特戦群〟の風戸が想像しても普通ではない。

いったい長谷川麻衣子の人生に、何があったのか——。

ひとつ、気になったのは、〝嵯峨麻衣子〟は父親の嵯峨誠一郎が在米日本大使館に駐在中に、ワシントンで生まれていることだ。その後、父親の赴任先に帯同してサンフランシスコ、イギリスのロンドンと転々とし、一五歳で日本に帰国した。

麻衣子はワシントンで生まれた時点で、日本とアメリカ、両国の国籍を持っていたことになる。基本的には二二歳までにどちらかの国籍を選択する必要があるが、強制力はない。

つまり、二〇一六年のあのジュバの〝事件〟の時点で、麻衣子が二重国籍、もしくはアメリカの市民権を選択していれば、アメリカ国籍を持っていたことになる――。

「それにしても、久保田はフェイスブックでどうやって佐橋由美子という女と〝友達〟になったのかな……」

風戸は、SNSにまったく興味がない。

だから、社会的に接点のない久保田と佐橋由美子という女が、フェイスブックを通じて知り合えるという理屈がわからない。

「〝長谷川麻衣子〟のプロフィールには、浜松医大の出身であることは書いてありますからね。佐橋由美子も自分のプロフィールをフェイスブックで公開していたし、久保田がそのあたりから探っていけば、行き当たるのはそれほど難しくはないはずですよ」

今日は助手席に座っている村田が、そう解説してくれた。

そして昨夜遅く――。

その佐橋由美子のフェイスブックに、新しい投稿があった。

フレンチのディナーとワインの写真をアップし、その投稿の最後にこんなコメントが入っていた。

〈——ところで麻衣子はどうしたのかしら？

本当に長谷川さんの大崎の別荘に行ったのかしら？

無事に陽万里ちゃんに会えたらいいんだけれど——〉

〝大崎〟という地名は、すぐにわかった。

浜名湖の北部に、確かにそういう名の半島がある。そこに、この湖最大のリゾート地もある。

〝長谷川〟というのは、麻衣子の夫——もしくは元夫——のことだろう。〝陽万里〟は彼女の娘。

おそらく九歳になるはずだ。

つまり、麻衣子は、夫の長谷川隆史が滞在している浜名湖の別荘に、娘の陽万里に会いに行ったということか——。

浜松西ＩＣから東名高速に乗り、三ヶ日ＩＣで降り、浜名湖西岸の国道三〇一号を南下する。

昨日と同じルートだ。

間もなく、大崎との分岐点が見えてきた。信号を左折し、白い欄干の細い吊《つ》り橋を渡る。そこがもう大崎だった。

「おい宇賀神、そろそろ起きろ。もうすぐ着くぞ」

風戸は信号待ちの間に、リアシートで眠る宇賀神を起こした。

一昨日、羽田空港で長谷川麻衣子の姿を見かけた時に、やがて彼女と自分の運命が交錯する日が来るだろうという漠然とした予感があった。

まさか、それがこんなに早く現実になろうとは……。

ともかくいまは、長谷川麻衣子に会うことだ。

久保田がなぜ殺されたのかを確かめるために――。

どうもおかしい……。

長谷川隆史は、娘の陽万里のちょっとした異変に気付いていた。

「瑛利子、陽万里はちゃんと朝食を食べてたか？」

朝からワイドショー番組に夢中になっている妻に訊いた。

「ええ……食べてたと思うけど……」

瑛利子がソファーに座り、テレビの画面を見たまま答えた。

「どのくらい食べた？」

「さあ……。目玉焼きと、パンも食べてたけど……」

やはり、瑛利子はまったく陽万里を見ていない。

思い返せば、陽万里は昨日からどこかおかしかった。昼は大好物のうなぎを食べに連れていったのに、半分以上残していた。夜のバーベキューも、ほとんど食べずに自分の部屋に戻ってしまった。

体調でも悪いのか。それとも、何か悩み事でもあるのか。

まさか……。

麻衣子のやつ、陽万里を誘い出して会ってるんじゃないだろうな。

「ちょっと出かけてくる」

長谷川が読んでいた本を閉じて、ソファーから立った。

「あら、どこに行くの？」

「散歩だ。陽万里を捜してくる」

長谷川はそういって、短パンにTシャツ姿のままで外に出た。

陽万里が歩いていった方角は、窓から見てわかっていた。湖岸に出て、岬の方に向かったはずだ。長谷川は、その後を追った。

岬を回り込み、さらに歩く。背後の自分の別荘は、もう見えなくなっていた。

間もなく、同じ別荘地内の隣の区画に出た。道が広く、一九八〇年代半ばから九〇年代初頭のバブルのころに建てられた古い別荘が多いあたりだ。

その広い道路に、〝わ〟ナンバーのシルバーのワゴン車が一台、停まっていた。他に、一〇〇メートルほど先にも、大型のSUVが一台……。

ワゴン車の方は、エンジンがかかっている。誰かが乗っているようだ。

長谷川はワゴン車の背後から迂回し、ワンブロック先の別荘の物陰に隠れながら前に回った。

車内の人間の顔が見えた。

助手席に乗っているのは陽万里、運転席にいるのはやはり、麻衣子だ……。

あいつ、なぜこの別荘にいることがわかったんだ……。

長谷川は怒りで目を吊り上げ、ワゴン車に向かった。


〝少佐〟は別荘地の路上に停めた黒いジープ・ラングラー・ルビコンの中で、〝大尉〟とコーヒーを飲んでいた。

路上の一〇〇メートルほど先には、シルバーのミニバンが見えた。マイコ・サガとその娘が乗っている。

たったいま、〝少佐〟のアイフォーンの〝メッセンジャー〟に〝ジュダス〟というコードネームの男からメッセージが入ったばかりだった。

〈――三匹の子豚は間もなく到着する――〉

その数分後――。

マイコ・サガのミニバンに男が一人、身を隠しながら近付くのが見えた。

この距離からでは、日本人の顔は判別できない。

だが、もしマイコ・サガを奴らに奪われれば厄介なことになる。

〝少佐〟はその場で判断し、もう一台の車で待機する〝軍曹〟に電話を入れた。

「私だ……。いま、マイコ・サガの車に、男が一人近付いている……」

――確認してます――。

「よし、男を〝排除〟し、マイコ・サガを確保しろ……」

――了解――。

電話を切った。


風戸の運転するジープ――73式小型トラック――は、別荘地に入っていた。

まるでゴルフ場のような広大な芝の丘陵にフェニックスやココスヤシ、ソテツなどの南方の植物が植樹され、そこに点々と豪邸が並んでいる。周囲には、浜名湖の湖面が朝日に輝いていた。

俗世とは隔絶された別天地のようなリゾート地だった。少なくとも元自衛官の自分たちとは縁のない世界だ。

ジープは幌を外し、ゆっくりと別荘地の中を進んだ。

麻衣子の夫の長谷川隆史の別荘は、二年前に佐橋由美子がフェイスブックに写真を投稿していた。おおよその外観はわかる。

別荘地の中をしばらく走ると、それらしき建物が見つかった。

家の前のパーキングスペースに、ボルボのステーションワゴンが駐まっている。

あれだ……。

風戸はゆっくりと、家に向かった。


麻衣子は助手席の陽万里を見つめていた。

陽万里も麻衣子を見つめながら、懸命に話している。

学校のことや、友達のこと、そして大好きな動物の本のことを……。

まるで自分の分身、いや、少女時代の自分自身を見るようだった。そう思うと、可愛《かわい》くて、愛《いと》おしくて、また涙が溢れそうだった。

その時、突然、陽万里の言葉が止まった。

視線が、麻衣子の背後を注視している。

振り返った。

同時に車のドアが開き、髪を摑まれた。

「何をやってるんだ！　陽万里には会うなといっただろう！」

長谷川だった。

髪を摑まれたまま、車から引きずり出された。

「やめて……痛い……」

だが、その痛みよりも、怖そうに二人を見守る陽万里の目が悲しかった。

〝軍曹〟は黒いフォード・エクスプローラーの中からその光景を見ていた。

〝少佐〟の報告どおり、不審な男がマイコ・サガの車に近付いた。

ドアを開け、車内から女を引きずり出すのを確認した。

マイコ・サガを、奪われてはならない……。

「殺れ！」

運転している〝伍長《ごちょう》〟に命じた。

「了解！」

伍長がアクセルを踏み込む。

フォード・エクスプローラーは後輪から白煙を上げ、猛然と加速した。


麻衣子は必死だった。

「やめて！」

「うるさい！　陽万里に近付くな！」

髪を摑んで殴る長谷川を、突き飛ばした。

その時、背後から、車のタイヤが軋む音が聞こえた。

振り返った。

エンジンの轟音と共に、黒い大型のSUVが猛スピードで二人に向かってきた。

麻衣子は、咄嗟《とっさ》に逃げた。

だが、長谷川は呆然と道の真ん中に立ち尽くしていた。

「あっ……」

グシャ！

嫌な音と共に、車が長谷川に激突した。

長谷川の体が宙に高く舞い、道路に叩き付けられた。

黒いSUVは走り過ぎると急ブレーキをかけ、ターンしてこちらに戻ってきた。

麻衣子の前で停まると、前後のドアが開き、迷彩のカーゴパンツを穿《は》いた男が三人、降りてきた。

日本人じゃない……⁇

二人の男が麻衣子を押さえつけ、あとの一人がレンタカーの助手席から陽万里を引きずり出した。

娘は、やめて。手を出さないで……。

あなたたちは、何者なの……⁇


風戸は長谷川の家の前を通り過ぎ、次の角を左に折れた。

その時、異様な光景が目に入った。

黒い大型のSUVが突進し、道に立っていた男を撥《は》ね飛ばした。

直後に急停止してターンすると、車から男が三人、降りてきた。

男たちは道路に立っていた女を押さえ込み、自分たちの車に引きずり込もうとしている。

「あの女、長谷川麻衣子だ。男たちを制圧しろ」

「了解！」

風戸はジープのギアを落とし、加速した。

途中、撥ね上げられて地面に叩きつけられた男の間近を掠めた。体が奇妙な形に曲がり、頭が割れていた。即死だったろう。

長谷川麻衣子を押さえ込む二人の男と、ＳＵＶの間にジープを停めた。

「宇賀神、あのミニバンの助手席に少女がいる。保護しろ！」

「了解！」

宇賀神がリアシートから飛び降り、ミニバンに向かって駆けた。

風戸と村田は、長谷川麻衣子を襲う二人の男に向かった。

相手が風戸らに気付き、攻撃してきた。

その時、奇妙なことに気付いた。

こいつらは日本人じゃない。しかも、この格闘技の型は……。

相手がボクシングのような構えで、打撃を加えてきた。

風戸はそれをかわし、相手にローキックを入れて倒す。さらに顎に蹴りを叩き込む。

だが、急所に入らなかった。

相手の男は地面をころげながら逃れ、起き上がりざまにウェストポーチの中のホルスターからＧＬＯＣＫ17を抜いた。

こいつ、銃を持ってる――。

体が自然に反応した。

風戸は銃を持つ男の手を蹴り上げた。

手から離れた銃を宙で受け止め、男に向けた。

頭の中でフラッシュバックが起こり、すべてがスローモーションのように動いた。

男の、驚いた顔……。

気が付くと風戸は男の胸に向けたGLOCKの引き鉄《がね》を引いていた。

バン！

男の体が、吹っ飛んだ。

「逃げろ！　ジープに乗れ！」

意識が正常に戻り、叫んだ。

「娘が、陽万里が！」

「だいじょうぶだ！　我々が保護する！」

風戸は叫びながら、村田と組み合うもう一人の男に銃を向けた。

ミニバンの方から、少女を抱えた宇賀神が駆けてきた。

村田が73式小型トラックの後部座席に飛び乗り、麻衣子を引き上げた。

走ってきた宇賀神が少女を後部座席の村田に手渡し、自分は助手席に乗った。

風戸は運転席に乗り、銃で周囲を威圧しながら叫んだ。

「ベルトを締めて、摑まってろ！」

73式小型トラックのギアを入れ、アクセルを踏んだ。

前方から別の車——黒いジープ——が向かってきた。

男が銃を持っている。

風戸は運転しながら体を低くし、銃を相手の車に向けた。

お互いに撃ち合いながら、交差した。

風戸の運転する73式小型トラックは次の角を曲がり、芝の丘陵を越え、別荘地の外へと走り去った。

第三章　記憶

1

コナー・ベイカーは片手にバドワイザーの瓶を握り、ソファーに体を沈めていた。

窓の外には、海とも湖ともつかない広大な水辺が広がっている。

水辺には木製の浮き桟橋が延びていて、そこに二八フィートの日本製のクルーザーが舫《もや》われ、対岸にはハイウェイの高架のゆるやかな曲線が霞んでいる。

何と贅沢《ぜいたく》な風景だろう。

この日本では、この絵画のような風景とスリー・ベッドルームの別荘が、週にたった一二〇〇ドルで手に入る。もしこれが故国のアメリカやEU、他のアジア諸国だとしても、週に三〇〇〇ドルは覚悟しなければならないだろう。

すなわちそれは、日本の経済がここ一〇年で想像以上に弱体化したことの表われだ。

だが、だからといって、日本人そのものが弱くなったわけではない。正直なところ、今回の〝ミッション〟がこれほど厄介なものだとは想像もしていなかったのだが……。

溜息をつき、冷たいバドワイザーを瓶から直接、喉に流し込んだ。

通称、〝少佐〟――。

ベイカーは海兵隊を退役して六年が経ったいまも、現役時代の最終階級でそう呼ばれている。

他にも当時の部下だったダニエル・ホランドが〝大尉〟――。

ジョン・リードが〝曹長〟――。

ジャック・グレイが〝軍曹〟――。

アル・ネルソンが〝伍長〟――。

さらに当時の〝プラトーン〟(小隊)の部下のおよそ三分の一、計一一人がここにいる。だが、〝軍曹〟は敵に銃を奪われてアーマーの上から銃撃を受け、肋骨を骨折した。〝伍長〟はまるでシャイアン族の戦士のような大男とマイコの娘を奪い合って格闘し、肩を脱臼。顎を砕かれた。

二人とも、しばらくは戦力として使い物にならないだろう。

現在の兵力は実質九人、〝少佐〟本人を入れてちょうど一〇人……。

それにしても、奴らはいったい何者なんだ……?

〝仕事〟を受けた時には日本のアーミー(自衛隊)の元隊員だと聞いていた。最初の三人は片付けたが、いま残っている奴らは只者《ただもの》ではない。

だいたい、世界最強の軍隊といわれるアメリカの海兵隊上がりの我々が、日本のアーミーの、それも落伍者《らくごしゃ》に引けを取るわけがないのだ。ところがほんの十数秒交戦しただけで部下二人を〝破壊〟され、マイコと娘、それに銃を奪われた。

ありえないことだ。

バドワイザーを飲み、窓の外を眺めながら記憶を辿った。

二〇一六年七月――。

あの時、〝少佐〟の率いる米海兵隊SPMAGTF-CR-AF（危機対応特別目的海兵空地任務部隊―アフリカ）第二中隊第三小隊は、南スーダンのジュバにいた。

アメリカ政府が石油利権のために、スペインのモロン空軍基地からアフリカ米海兵隊部隊一五〇名を内戦下の南スーダンへ派遣すると決定したのが二〇一三年一二月。その後もアメリカは正式にPKOに参加することはなかったものの、一個中隊五個小隊を南スーダンに駐留させ続けた。

〝少佐〟の率いる小隊も、そのひとつだった。この年の三月に首都ジュバに派遣され、僅か一個小隊三〇名でアメリカ大使館の護衛に当っていた。

あの年、〝少佐〟の記憶に残る印象深い出来事がいくつかあった。

ひとつは、二〇一六年が、四年に一度のアメリカ大統領選挙の年だったということだ。それまでのバラク・オバマ大統領が任期を終え、その民主党のヒラリー・クリントン候補と共和党のドナルド・トランプ候補が次期大統領の座を争っていた。

結果、激戦を制したのはトランプだった。

〝少佐〟の率いる〝プラトーン〟の任期は二〇一六年三月から翌二〇一七年三月までの一年――。

つまり、三〇人の隊員は、民主党のオバマ政権下から共和党のトランプ政権下まで南スーダンのジュバに駐留していたことになる。

もうひとつの記憶は、あの年の七月、南スーダンの内戦が想定以上に激化し、ジュバの治安が糞《くそ》溜《だめ》のように最悪だったことだ。

まず七月二日、反政府勢力の将校が自宅で何者かに襲われ、殺害された。

そして七月七日、ジュバ市内で反政府勢力が政府軍に報復する大規模な銃撃戦が起きた。その結果、政府軍の兵士三人が死亡。反政府勢力の将校二人が重傷を負った。

政府軍と反政府勢力の小競り合いは、これで終わらなかった。

七月一〇日早朝、アメリカ大使館の目と鼻の先のＵＮＭＩＳＳ司令部があるＵＮハウスにまで、数発のロケットランチャーが撃ち込まれた。これを切っ掛けにして各国のＰＫＯ部隊はパニックに陥り、戦火はジュバ市内の全域に広がりはじめた。

そして同日の午前一一時ごろ、反政府武装組織〝ヌエルＳＰＬＡ〟がＵＮトンピン地区に近いトルコビルに侵入し、占拠。これに政府軍一個中隊が応戦し、本格的な内戦の引き鉄となった。

内戦は、政府軍対反政府勢力という単純な図式では括《くく》れないものだった。国連と各国のＰＫＯ部隊、さらにＮＧＯなどの民間団体まで、政府軍と反政府勢力の両方から攻撃を受けた。実際に中国のＰＫＯ部隊では、死者を出している。

その中で最も敵視されていたのは、アメリカだった。政府軍と反政府勢力の両軍の兵士は、現在の混乱と内戦の理由が、アメリカが自分たちの国の石油利権を搾取しようとしていることにあると信じていた。そしてそれは、ある意味で事実だった。

当時のアメリカ大使館は、ジュバで一番安全な場所……といわれていた。

実際に大使館の建物はコンクリートでできた要塞のような代物だった。たとえ砲撃を受けたとしても、びくともしない地下シェルターまで備えていた。

その要塞を、世界最強といわれたアメリカ海兵隊の一個小隊が守っていたのだ。実際に内戦が激化すると、ＳＲＳＧ（国連事務総長特別代表）のエレン・ロイまでＵＮＭＩＳＳ本部での職務を放棄し、アメリカ大使館に逃げ込んできたほどだった。

だが、アメリカ大使館がそれほど安全でないことは、当の大使館員と警備につく海兵隊員が最もよく理解していた。

特にあの時のジュバに、人々にとって安全な場所などどこにも存在しなかったのだ。

そもそもアメリカは政府軍からも反政府勢力からも最も憎まれ、狙われていた。安全どころか、いつ攻撃を受けてもおかしくない状態だった。

もしそうなれば、敵が政府軍であれ反政府勢力であれ、数百人、数千人という本格的な軍備を持つ軍隊が大使館を包囲しただろう。

攻撃を受ければ、いくら海兵隊とはいえ、たった三〇人の一個小隊では大使館を守ることはできなかった。

可能性は、二つにひとつだった。

玉砕か、降伏か……。

あの時は大使館の職員だけでなく、〝少佐〟を含む小隊の全員が、来《きた》るべき最後の時を覚悟していたのだ。

そんな時にあの〝事件〟が起きた。

七月一一日、現地時間の一五時、南スーダン政府の正規軍およそ一〇〇名が、UNハウスに近いテレイン・ホテルを襲撃。宿泊客およそ七〇人を人質に取り、立てこもった——。

人質の大半は、国連職員やNGO職員、ジャーナリストなどの欧米人だった。しかもその中には、確認できただけで六人のアメリカ人が含まれていた。

本来ならば、有り得ないことだ。

いかなる理由があれ、その国の政府と平和維持に協力するために入国した国連職員やNGO職員を、当の政府軍が襲撃する。そのようなことが起これば、国連を根幹とした世界の秩序がまったく意味を成さなくなる。

しかもその政府軍は、アメリカが援助しているサルヴァ・キール大統領直属の警護隊だった。政府軍屈指のエリート部隊が武装してホテルになだれ込み、銃を乱射し、宿泊客に暴力を振い、金品を奪い、殺し、酒を飲んで白人女性を犯したのだ。

あの時、UNMISSには、宿泊客からひっきりなしに救助を要請する悲鳴にも似た電話が入っていた。

だが、国連は動かなかった。UNハウスに配備したPKO即応部隊の中国隊、エチオピア隊、ネパール隊も、任務を放棄して宿営地で震えていた。

当然だろう。

いくら他国のPKO部隊よりも軍備が整っているとはいえ、たかが数百人、三隊合わせても一〇〇〇人ちょっとの歩兵部隊で数万ともいわれる政府軍と戦えるわけがないのだ。もしUNMISSのいうことを聞いて出動すれば、ホテルの宿泊客を救出するどころか、相当な損害——戦死者——を出していただろう。

だが、話はそこで終わらなかった。

中国、エチオピア、ネパールのPKO即応部隊に断られたUNMISSは、次にアメリカ大使館に泣きついてきた。ホテルの人質の中にはアメリカ人もいるのだから、大使館の護衛についている海兵隊を出動させろといってきたのだ。

冗談じゃない。

我々は、アレース（ギリシャ神話の戦いの神）ではないのだ。

確かに海兵隊には、〝アメリカの国家と国民を守る〟という基本義務がある。当時のスーダン――南スーダン――には二重国籍者も含めておよそ一万六〇〇〇人のアメリカ人が滞在していた。〝少佐〟の小隊を含む一個中隊員一五〇人もの海兵隊が派遣されたのも、そのアメリカ国民を守ることが目的だった。

だが、人質救出作戦などの特殊な任務は、ネイビーシールズ（米海軍特殊部隊）の役割だ。海兵隊は別名〝殴り込み部隊〟とも呼ばれる最強部隊だが、それはあくまでも上陸作戦などの先頭に立っての話だ。アサルトライフル一挺を持たされ、一個小隊で敵地の政府軍と戦えといわれても、そんなことは無理にきまっている。

〝少佐〟はアメリカ大使館側と協議し、本国の国務省の承諾を得た上で、UNMISSからの要請を拒絶した。つまり、テレイン・ホテルで起きていたこと、その中にアメリカ国民がいたことを〝黙殺〟したのだ。

あの時の判断は、けっして間違っていなかった。もし引き受けていたとしても、人質を無事に救出することは不可能だったろう。

だが、その〝不可能〟を〝可能〟にした奴らがいた……。

翌七月一二日、未明――。

ジュバのアメリカ大使館に、意外なニュースが飛び込んできた。

政府軍の治安部隊が〝事件〟に介入し、暴徒を武力鎮圧。人質が次々と解放されはじめている――。

それが、第一報だった。

さらに一時間後には、国連職員やジャーナリストなどアメリカ人の男女六人の人質が大使館に保護された。

全員、パスポートや現金、スマートフォンなどの手荷物を奪われ、中には政府軍兵士による暴行や銃撃により重傷を負っている者もいた。だが、重傷者も命に別状はなく、犠牲者は出さなかった。

これでアメリカ政府と海兵隊も、一応の面目を保って〝事件〟は収束したことになる。

テレイン・ホテルではまだ何人かの女性NGO職員らが解放されずに、レイプされ続けていた。

だが、その中に、アメリカ人はいないという情報だった。

だとすれば、それを解放もしくは救出する責任は、それぞれの人質の国籍の政府、もしくは国連――UNMISS――にある。

だが、ホテルに籠城している政府軍も、南スーダン政府も、その女性の人質を生きたまま解放するはずがなかった。もし大統領直属のエリート部隊が一昼夜にわたって女性NGO職員らをホテルに監禁し、レイプし続けていたことが明るみに出たとしたら。そしてその被害者――証人――が何人も生存していたとしたら。国際的な大問題となる。

各国のPKO部隊は順次、南スーダンから撤退することになる。

そうなればアメリカも、南スーダンの莫大な石油利権を失うことになる。

ところが、厄介なことが起きた。

七月一二日、朝――。

テレイン・ホテルに残された女性の人質数名が全員、無事に救出されたという情報が、アメリカ大使館に入ってきた。

救出されたのはイタリア人一名、オーストラリア人一名、国籍不明一名の計三名。保護したのはUNMISSのPKO部隊でも南スーダン政府軍の治安部隊でもなく、NGOと契約関係にある民間警備会社の〝G4S〟だった――。

そしてその翌日の七月一三日、ロイター、AP、AFPなどの通信社が被害者の証言つきで一斉にこの〝事件〟のニュースを報じた。

南スーダンの政府軍が欧米人が多く滞在するホテルを襲撃したこと――。

女性を含むNGO職員などおよそ二〇人に対して数時間にわたりレイプ、暴行、強奪、処刑など、残虐の限りを尽くしたこと――。

国連PKO部隊の宿営地はホテルから一・六キロの位置にあったにもかかわらず、中国、ネパール、エチオピアの各歩兵大隊は出動を拒否したこと――。

アメリカも介入を拒否したこと――。

最終的には南スーダン政府軍の治安部隊が武力鎮圧に当り、翌早朝にG4Sが最後の女性三人を救出して解決したこと――。

これらの報道はある意味では〝事実〟であり、また別の意味では〝真実〟を正確に伝えていなかった。

大使館は、保護した六人のアメリカ人の人質を中心に徹底的に聴取を行なった。もっとも、聴取を担当した大使館員は、当然のことながらほとんどが〝カンパニー〟（CIA）の人間だったが。それでも一部の情報は、海兵隊の〝少佐〟の耳にも流れてきた。

〝事件〟発生の直後に現地のヌエル族のジャーナリストが処刑されたこと――。

ホテルを襲撃した大統領直属の警護隊は単なる暴徒ではなく、明らかに何らかの命令系統に従って統制の下に行動していたこと――。

当初、ホテルには七〇人ほどの宿泊客がいたが、その内の少なくとも半数は〝事件〟発生から数時間以内に解放されていること——。

南スーダン政府は国家安全保障局が警護隊と交渉し、最終的には政府軍の治安部隊が暴徒を武力鎮圧したと発表したが、そのような銃撃戦を人質の誰も見ていない——。

逃げ遅れた女性三人の人質の内の二人によると、翌一二日の早朝にホテルに残った数人の暴徒と〝G4S〟の間で銃撃戦が起き、政府軍の兵士数人が死亡した。

だが南スーダン政府は、この事実を認めていない。銃撃戦は政府軍と反政府勢力のもので、死んだのは反政府勢力の兵士だとしている——。

そんな馬鹿なことがあるものか。

救出された女性の人質たちは証言しているのだ。自分たちをレイプしたのは間違いなく政府軍の大統領警護隊で、国家安全保障局と治安部隊もグルだったと——。

何のために？

理由は、〝誰が得をしたのか〟を考えれば明らかだ。

〝事件〟の後、PKOのあり方について国際世論に批判された国連は、南スーダン派遣団の国連事務総長特別代表を解任。まずケニアがPKOから撤退を表明し、国連が想い描いた南スーダン和平構想は暗礁に乗り上げた。

南スーダンの混乱は、翌二〇一七年になってさらに深刻化した。

この年の五月、日本がPKO部隊を完全に撤収。他国も次々とPKO部隊の撤収を表明し、完全に内戦状態に陥った。

その中でアメリカも、二〇一一年の南スーダン独立から援助してきたサルヴァ・キール・マヤルディ大統領との関係に軋轢《あつれき》が生まれ、見込んでいた同国の石油利権のほとんどを失った。

だが、中国だけは別だった……。

ＵＮＭＩＳＳが事実上失敗に終わった後も中国はＵＮＡＭＩＤ（国際連合アフリカ連合ダルフール派遣団）に人民解放軍を積極的に派遣し、南スーダンにも派兵。インフラ整備にも莫大な投資を行ない、現在は現地の石油権益のほとんどを独占している。

すべては、二〇一六年七月一一日に起きたジュバのあの〝事件〟が発端だった。

〝少佐〟は、思う。

もしあのテレイン・ホテルの〝事件〟が、南スーダン政府と中国の共謀だったとしたら……。

ＰＫＯの中国隊が出動を拒否したことも、最初からの計算だったとしたら……。

すべては中国の思惑どおりに事が運んだということだ。

問題はあの時、テレイン・ホテルの最後の三人の人質の中に、偶然〝マイコ・サガ〟という日系人がいたことだ。

そして、もうひとつ。

あの〝事件〟の翌朝、三人の女性の人質を救出したのは、民間警備会社などではなかった。

南スーダン政府軍との銃撃戦を演じた相手は、日本のＰＫＯ部隊――セルフ・ディフェンス・フォース――だった。

部屋のドアがノックされた音に、〝少佐〟は我に返った。

「入れ」

ドアが開き、〝曹長〟――ジョン・リード――が顔を出した。

「〝少佐〟、部下がピザを買ってきましたよ。晩飯にしましょう」

「わかった。すぐに行く……」

まあ、いい。

今回のことで仕切り直しをする必要はありそうだが、いずれすべては解決するだろう。

〝少佐〟はバドワイザーの最後のひと口を飲み干し、部屋を出た。

2

豊根村に戻り、夕食にクリームシチューを作ったのは、宇賀神だった。

とても料理などをするようには見えない大男だが、エプロンを腰に巻き包丁で野菜を切ったりフライパンを振ったりする姿はなかなか様になっていた。

見かけによらず優しい男で、南スーダンのPKOに派遣されていた時にも、現地のヌエル族の難民の子供たちがよく懐いていた。

麻衣子の娘の陽万里は父親の死を目にしたショックから塞《ふさ》ぎ込んでいるが、自分を助けてくれた宇賀神には心を開きはじめていた。

その陽万里も夕食を終え、いまは母親の麻衣子と二人で風呂に入っている。

風戸は村田、宇賀神と共に居間に残り、安物のウイスキーの水割りを飲みながらテレビの夜のニュースの画面を眺めていた。

それにしても、いろいろなことが起きた一日だった。あの麻衣子の一家を襲った男たちは、何者だったのか……。

いまもNHKの地域ニュースでは、関連する事件を報じていた。

——今日、午前八時半ごろ、静岡県浜松市浜名区三ヶ日町の住宅地内の路上で、男性一人が死亡する轢き逃げ事故が発生しました。死亡したのは市内に住む長谷川隆史さん四二歳で、事故を起こした車はその場から逃走したということです――。

ニュースは〝事故〟の内容を、淡々と伝える。

だが、奇妙だ……。

「ニュースはなぜ長谷川の娘がいなくなったことや、母親の麻衣子がその場にいたことをいわないんですかね……」

宇賀神がそういって、リモコンでテレビを消した。

「確かに、どこか変ですね……。あの現場に長谷川麻衣子名義で借りたレンタカーが乗り捨てられていたんだから、彼女が何らかの形で事件に関与していたことはわかりそうなものだが……」

村田がいった。

奇妙なのは、それだけじゃない。

ニュースでは轢き逃げした車の車種――乗用車かワゴン車かトラックか――にも触れていない。

それに、銃のカートリッジだ。

風戸は奪い取った銃で、敵の男たちと撃ち合った。全員、使っていたのはオートマチックだった。現場には何発も、9ミリ口径の空薬莢が落ちていたはずだ。事故の現場検証をやった警察が、見逃すはずがない。

あの時と、同じだ――。

四月二〇日に岩田誠が北海道恵庭市の国道で轢き逃げされた時も、警察はろくに背後関係を調べなかった。メディアのニュースも、ただの轢き逃げ事故のように報じて終止符が打たれた。

三日後、石井貴則が埼玉県朝霞市の路上で刺殺された〝事件〟もそうだった。その翌日の二四日、駿河湾の富士川河口で久保田洋介の遺体が発見された〝事件〟もそうだった。

そして今回の、長谷川隆史の轢き逃げもそうだ……。

一連の〝事件〟に関して警察は何かを隠し、メディアには報道規制が敷かれているとしか思えない。

やはり、裏で、政府レベルの何か大きな力が働いているということか……。

だとすれば、今回の件に関して、警察もメディアもまったく信用できないということになる。

「俺はやはり、あの長谷川麻衣子という女が……」

宇賀神がそこまでいった時、廊下から床板の軋む音が聞こえた。

三人が息を潜める。

間もなく足音が止まり、襖《ふすま》が開いた。

まだ髪の濡れた長谷川麻衣子が、買ったばかりのスウェットを着て立っていた。

「どうしました。入りませんか」

風戸がいうと、麻衣子はぺこりと頭を下げて部屋に入ってきた。

村田の横の空いている場所に座り、また頭を下げた。

そして、いった。

「今日は陽万里を助けていただき、ありがとうございました……。それに、もしかしたら、以前にも……」

三人は、ただ頷いただけだった。

ここであのジュバのことを思い出せば、また死んだ松浦の話になる。

「あんたも、飲むかい？」

村田が訊いた。

麻衣子は少し考え、頷いた。

「はい……いただきます……」

宇賀神がウイスキーを取り、慣れた手つきでグラスに水割りを作った。

それを、麻衣子の前に置いた。

麻衣子はグラスを手に取り、しばらくその淡い琥珀《こはく》色の液体を見つめ、何か意を決したかのようにグラスに口をつけた。

「陽万里ちゃんは、どうしました？」

風戸が訊いた。

「もう、寝ました……。あのお風呂も、畳の部屋に布団を敷いて寝ることも、喜んでました……。父親の死を目の前で見てショックだったと思いますが、そのことは何も話さないで……」

あの浜名湖のリゾートタウンでの銃撃戦の後、風戸は麻衣子と陽万里をどこに避難させるかを考えた。

最初は所轄の警察に預けようかとも思ったが、直感的にそれは危険だと判断した。理由はわからないが、麻衣子も同じように考えていたようだった。

そこで、一時的に、二人をこの豊根村の村田の家に避難させることにした。結果的に、その判断は正解だったようだ。

だが、浜名湖からこの豊根村に来るまでの間、麻衣子と陽万里は長谷川の死を目の当りにしたショックのためかほとんど何も話さなかった。

途中、新城《しんしろ》市の大型洋品店で二人の服や下着などの身の回りのものを買い揃え、午後の早い時間には村に着いた。

好運だったのは麻衣子がスーダンにいたころの習慣から、パスポートや財布、スマートフォンなどの大切な物を常にカーゴパンツやサファリジャケットのポケットに入れて身に付けていたことだった。

「本当に、警察に行かなくてもいいんですか?」

風戸が訊いた。

あの時、自分はもしかしたら敵を射殺していたかもしれないし、その銃はいまも手元にある。警察に出頭すれば、面倒なことになるだろう。

だが、麻衣子と陽万里は別だ。警察に保護を求めないにしても、意思は確認しておく必要がある。

「警察には行きません……。もしかしたら、親権の問題で陽万里を取られてしまうかもしれないし……。それに今回のことは、日本の警察では解決できないような気がします……」

麻衣子がそういって、グラスに口をつけた。

「ひとつ、訊いていいかな」

宇賀神がいった。

「ええ、何ですか?」

「あんたの旦那さん……いや、元旦那さんか。なぜ、殺されたんだ?」

宇賀神が訊いても、麻衣子はしばらく手の中の琥珀色の液体に視線を落としていた。

「わかりません……。私もずっと、それを考えていたんです……」

三人は、顔を見合わせた。

「あなたにも、わからないのか?」

風戸がいった。

「はい、わかりません……。あの人が殺されなければならない理由なんて、何もないはずです……。でも、たったひとつ考えられるとしたら……」

麻衣子はそこで一度言葉を切り、グラスに口をつけた。

そして、続けた。

「もしかしたら、他の誰かと間違われたのかもしれない……」

風戸と村田、宇賀神は、また顔を見合わせた。

「他の誰かというのは？」

宇賀神が訊いた。

「はい……。あなたたちの誰かに、私を奪い取られると思ったのではないかと……」

麻衣子は、実に重要なことを話している。

あの現場にいた男たちは、自分たち三人を敵と認識していたということ。その三人に、麻衣子を奪われる可能性があると思ったこと。そしてこの三人が、今日のあの時間に、〝事件〟の現場に現れるのを知っていたということ……。

「そもそもあの現場にいた男たちは、何者なんだ？」

風戸には、薄々その正体がわかっていたが。

「わかりません……。でも、もしかしたら、アメリカの何らかの組織が関係しているのかもしれません……」

「アメリカの組織？」

「ええ……。でも、わからない。私、本当にわからないんです……」

だが、風戸には思い当ることがあった。

あの時、麻衣子を挟んで戦った相手の動きは、確かにアメリカの海兵隊や特殊部隊が使う格闘技、マーシャルアーツの型に似ていた。

「もうひとつ、訊いていいですか?」

風戸がいった。

「何でしょう……」

「あなたがスーダンから帰国することが決まったのは、何月の何日だったか覚えてますか?」

麻衣子が、少し考える。

「たぶん、四月の二日か三日ごろだったと思いますけど……」

「やはり、そうか……」

「どうしてですか?」

「実は、四月の中ごろから、俺たちの仲間が三人続けて殺された……」

風戸がいうと、麻衣子は手にしていたグラスから視線を上げた。

「まさか……」

呆然とした表情で、三人の顔を見た。

「本当です。だから我々は、あなたのことを調べて追ってきた」

そこで、あの轢き逃げ事件の現場に出くわした。

「もしかして、久保田さんも……」

今度は、風戸たちが驚く番だった。

「久保田洋介を知っているのか?」

「はい……。ジュバのあの〝事件〟以来、一度も会ったことはありませんでしたが、最近連絡を取り合っていました……」

風戸は、久保田も死んだことを伝えた。

四月二四日に駿河湾で遺体が発見されたこと。体に、拷問を受けた跡が残っていたこと。おそらく四月二〇日ごろに、何者かに殺されて遺体が駿河湾の御前崎港の沖合に遺棄された可能性があること――。

「信じられません……。急に連絡が取れなくなったので、おかしいとは思っていたのですが……」

麻衣子によると、久保田洋介から突然MSF（国境なき医師団）の公式サイトにメールが送られてきたのはスーダンの内戦が激化した今年の四月一〇日ごろのことだった。

メールは英語で、スーダンに派遣されていたマイコ・ハセガワ宛になっていた。

自分はヨウスケ・クボタという日本人で、二〇一六年七月一二日に南スーダンのジュバで会った〝兵士〟の一人だと自己紹介し、重要な用件があるのでぜひマイコ・ハセガワと連絡を取りたいと書かれていた。

久保田のメールはその日のうちに麻衣子のアイフォーンに転送されてきた。文中にある〈――ジュバで会った〝兵士〟の一人――〉というひと言で、久保田があの〝事件〟の日にテレイン・ホテルに救出に来てくれた自衛隊員の一人であることはすぐに察しがついた。

メールには、久保田のメールアドレスが添付されていた。

あのジュバの〝事件〟の後、麻衣子は現地の日本大使館に保護され、外務省の担当者にきつく念を押されていた。

ひとつはテレイン・ホテルでの出来事を、マスコミは元より外部の人間には誰にも話さないこと

——。

もうひとつは、救出にあたった五人の自衛隊員——生存者は四人——とは、絶対に連絡を取らないこと——。

麻衣子はこの七年間、その外務省の担当者にいわれたことを頑なに守り通してきた。あの〝事件〟のことは当時の夫の長谷川隆史以外には誰にも話さなかったし、救出してくれた自衛隊員たちは名前も所属する部隊も知らず、連絡の取りようがなかった。

ところが〝事件〟の記憶も薄れかけてきた今年の四月になって、あの時の自衛隊員の一人と名告る男から突然、連絡を取りたいといってきたのだ。

麻衣子はスーダンの内戦が激化する中で、不安に押し潰されそうな日々を過していた。それ以上に、好奇心を抑えることができなかった。

気が付くと麻衣子は、久保田にメールを返信していた。

久保田から、すぐに返信が来た。それから数日間にわたり、麻衣子と久保田の間で何度かメールのやり取りがあった。

自分が〝本物〟であることを証明するために、久保田は自衛隊時代の写真や履歴書、南スーダンのPKOに派遣された時のパスポートや証明書などのコピーを添付して送ってきた。久保田は誠実で、疑う要素は何ひとつなかった。

麻衣子も少しずつ、自分の本心をメールで伝えるようになっていった。

いまスーダンは内戦が激化し、危機的な状態で、間もなく日本政府が用意してくれたチャーター機で帰国すること。帰国しても、帰る場所のあてがないこと。誰も、頼る人もいないこと——。

そのメールのやり取りの中で、麻衣子はいつの間にか自分があのジュバの一件で離婚し、その元夫との間に九歳になる娘がいることまで伝えていた。

そんな状態が、一週間以上も続いた。

ところがある日、久保田がメールに奇妙なことを書いてきた。

〈――実は先日、私は命を狙われました。理由はよくわかりませんが、もしかしたら2016年7月のジュバのあの事件に関係しているのかもしれない。もしそうだとしたら、麻衣子さんも帰国したら危険かもしれません――〉

麻衣子はメールを読み、息を吞んだ。

だが、そういわれてみれば、自分にも心当りはあった。あの〝事件〟の後、外務省――もしかしたら〝内調〟(内閣情報調査室)かもしれない――からまるで犯人のように厳しい取り調べを受けた。四年前に一時帰国した時には、正体のわからない何者かから、アイフォーンに脅迫電話がかかってきたこともあった。

「それで……日本に帰国したら、久保田さんが私を護衛してくれるというお話になったんです。自分は自衛隊の特殊部隊の隊員だったので、自信はあると……。私も久保田さんがあのジュバのホテルに救出に来てくれた五人の自衛隊員の中の一人であることは、間違いないと思っていたので……」

「それで、久保田と会う約束をしたんですね?」

風戸が訊いた。

「はい……。私は帰国した後、その日のうちに娘に会いに行くつもりでしたので……。長谷川が住んでいる浜松で会う約束をしました……」

「久保田も、浜松に行くといっていたんですね？」

「そうです……。先に浜松に行って、私を待っていると……」

麻衣子がスーダンでそのメールを受け取ったのが四月一八日の早朝。日本時間だと同日の昼ごろだった。

だが、それが久保田からの最後の連絡になった。

おそらく久保田はその日のうちか翌日に浜松に向かい、そこで何者かに囚《とら》われ、二〇日の夜に殺されて駿河湾の御前崎港沖に遺棄されたということか。

「久保田さんは、私のために殺されたんでしょうか……」

麻衣子がいった。

だが、その問いに対して、風戸も他の二人も何も答えられなかった。

殺されたのは、久保田だけじゃない。岩田も、石井も、麻衣子のために殺された可能性がある。

「その前に、ひとつ確認しておきたいことがあります」

風戸が、麻衣子を見据えた。

「何でしょう……」

「長谷川さん。いや、旧姓で嵯峨麻衣子さんとお呼びした方がいいのかな」

風戸が〝嵯峨〟という姓を口にすると、麻衣子は一瞬、表情を強張《こわば》らせた。

「その名前を、どこで調べたんですか……」

「それよりも、麻衣子さん。あなたはいったい、〝何者〟なんですか？」

「〝何者〟かといわれても……。私は、MSFの医師です……。それ以外には、答えようが……」

その時、襖の外の廊下から、声が聞こえてきた。

――ママ……怖いよ……どこにいるの――。

「陽万里が目を覚ましたみたいです。ちょっと行ってきます……」

麻衣子はグラスを座卓の上に置き、座布団から立った。

襖を開けると、廊下に目を赤くした陽万里が立っていた。

「だいじょうぶ。ママはここにいるわ。一緒に寝ようね……」

麻衣子が廊下に出て娘を抱き締め、襖を閉めた。

部屋に残った三人は、溜息をついた。

どうやら今日は、うまく逃げられたようだ。

幼い娘が父親を亡くしたばかりなのだから、仕方ない。

村田が自分のグラスを空け、席を立った。

「さて、俺はちょっとこのあたりの山を巡回してきます。奴らに尾行されていないとも限らないので……」

アイフォーンをポケットに入れ、家を出ていった。


〝少佐〟はピザとサラダ、フライドチキンの夕食を終え、貸別荘の自室に戻った。

このハマナコ・レイクに来てからは、ピザとハンバーガー、コンビニエンス・ストアのベントーばかり食っている。

まあ、海兵隊時代の〝Cレーション〟――MCIレーション――よりはマシだが、早くこの〝汚い任務〟を終えて太陽が燦々と輝くカリフォルニアに戻りたいものだ。

バドワイザーを片手にベッドに座った時に、アイフォーンの〝メッセンジャー〟に〝ジュダス〟から連絡が入った。

〈――テミス（ギリシャ神話の法・掟の女神）とホーラー（時間の女神）は眠っている。行動を起こすのは、彼女の覚醒を待ってからの方がよいだろう――〉

〝少佐〟はビールを飲み、メッセージを閉じた。

3

翌々日、五月三日――。

清水警察署刑事課の鈴木忠世士警部補は、自宅で休日の朝をのんびりと過していた。

本当は四月二九、三〇日とゴールデンウィークを口実にして連休を取るつもりだったのだが、例の自衛隊員二人のおかげで休みが帳消しになった。

そこでゴールデンウィーク後半の五月三日、四日に改めて連休を取りなおすことにした。

鈴木はいつもよりも一時間ほど寝坊して、いまは五年前に買った建て売り住宅の居間でコーヒーを飲みながら朝刊を読んでいた。

〝刑事〟にだって、家庭はある。今日はこれから二人の子供を連れて富士サファリパークに行かなければならないし、夜には近所の回転寿司に行く約束もある。どこに行っても混むのだろうが、運転は妻にまかせられるので少しは体を休められるだろう。

鈴木はそんなことを思いながら朝刊を捲った。いまでも紙の新聞にこだわるのは、〝刑事〟として気になる記事があった場合にはそれを切り取り、スクラップしておくことができるからだ。

コーヒーをすすって社会面を開いた時に、気になる記事が目についた。

最初はなにげなく読んでいたのだが、そのうちに小さな記憶の棘《とげ》が刺さるように心に何かが引っ掛かりだした。

〈――五月一日午前八時半ごろ、県内浜松市浜名区三ヶ日町の住宅地内の路上で、男性一人が死亡する事故が発生した。死亡したのは浜松医大病院の医師、長谷川隆史さん（42）で、事故を起こした車はその場から逃走した。警察は車と犯人の行方を追っている――〉

日常的な、何の変哲もない記事だった。

鈴木は読んでいて、最初はなぜこの記事が心に引っ掛かるのかもわからなかった。

だが、何度か読みなおしているうちに、その理由が少しずつわかりはじめてきた。

ひとつはこの記事が、〝轢き逃げ事故〟に関するものであるということだ。

つい先日、駿河湾で発見された遺体の件で署を訪れた元自衛官の二人も、確か四月二〇日に元同僚の一人が北海道で轢き逃げされて殺されたといっていた。しかも、どちらも逃げた車と犯人は見つかっていない。

もうひとつはこの記事が県内のニュースであるにもかかわらず、内容が大まかすぎるということだ。被害者の職業に関しては触れているが、それ以外には逃げた車の特徴や目撃者の有る無しについても、何も書かれていない。死んだのが国立病院の医師ならば、もう少し記事が詳しく書かれていてもいいはずだが……。

〝刑事〟ならば、誰でもわかっている。このように不自然なほど簡略化された記事には、必ず何らかの〝裏〟があるものだ。

〝現場〟の浜松市浜名区三ヶ日町の所轄は、細江警察署か……。

だとすれば細江署の刑事課には、元部下の渥美芳男《あつみよしお》がいたはずだが……。

奴に電話して探りを入れてみるか。

いや、やめておこう。今日は、子供たちと遊んでやる約束がある。わざわざ厄介なことに首を突っ込む必要はない……。

だが、そう思った時にはすでに自分のスマホを手にし、渥美の番号を探して呼び出していた。

五回ほど呼び出し音が鳴ったところで、電話が繋がった。

「おう、渥美か。久し振りだな。元気にやってるか」

――はい、鈴木さんお久し振りです。私は元気ですよ。急に、どうしたんですか？――

渥美の、少し疲れたような声が聞こえてきた。

「ああ、ちょっと聞きたいことがあってな。一昨日の五月一日に、細江署の管内で轢き逃げがあったろう。いま新聞で読んだんだが、あれを担当してるのお前の部署じゃないのか？」

鈴木が訊いた。

――いえ……まあ……。でも、それがどうしたんですか……？――

渥美は突然、問い質《ただ》されると、うまくごまかせない性格をしている。

いまも重要なことに口を滑らせた。普通、轢き逃げは交通課の領分だが、もし刑事課が担当しているとなればやはり何らかの事件性があるということだ。

「ああ、少し気になったことがあってな。もしかしたら、いま俺が担当している〝事件〟と繋がってるんじゃないかと思ってさ……」

鈴木は、鎌をかけた。

自分の管轄の〝事件〟が別件と関連しているといわれ、興味を示さない〝刑事〟などいない。やはり渥美は、引っ掛かってきた。

——それ、どういうことですか。鈴木さんが担当している〝事件〟って——。

「まあ、ちょっとな。いまはまだあまりいえないんだが……」

鈴木はさらに、誘いをかけた。

——いいじゃないですか。ここだけの話にしておきますから、ちょっとだけ教えてくださいよ——。

鈴木は、次にどんな誘いをかけようかと一瞬、考えた。

「いってもいい。そのかわりお前も、ひとつ教えてくれるか。その轢き逃げ事故の、〝現場〟の住所が知りたいんだ」

——そのくらいならいいですよ。いったい、鈴木さんは何を握ってるんですか……?——

ここは山を張って、適当なことをいっておけばいい。

「〝現場〟に目撃者はいたんだろう?」

——ええ、何人かは——。

「それなら、〝現場〟かその周辺で、ジープが目撃されていなかったか。色は、サンドベージュ。昔、自衛隊が使っていた、古い三菱ジープだ……」

——えっ! 何で鈴木さんが知ってるんですか! 〝現場〟から女性と子供を誘拐して走り去っ

た車が、正にそのベージュのジープでした――。

今度は、鈴木が驚く番だった。

あの二人が本当にその轢き逃げ事故に絡んでいたのか？

しかも〝女性と子供〟を誘拐したというのは、どういうことなんだ？

「やはり、そうか。悪いが、いまはそれだけしかいえない。また何かわかったら、教えるよ……」

鈴木は渥美から〝現場〟の住所を教わり、電話を切った。そのままスマホで三日前に清水署に来た風戸という元自衛官の連絡先を探し、電話をかけた。だが、電波の圏外にいるのか電源が切られているのか、電話は繋がらなかった。

「あなた、何をしてるの。もう子供たちも、出掛ける支度ができましたよ。早く行かないと、混むから……」

妻の仁美《ひとみ》が、二階から居間に下りてきた。

「すまんが、急用ができた。お前が子供たちを連れて、サファリパークに行ってくれ」

「えっ、そんなこといっても……子供たちが……」

「悪い。どうしても、外せない用なんだ……」

鈴木は自分の部屋に向かい、急いで着替え、家を飛び出した。

家の前の駐車場の自分の通勤用の車――スズキ・アルト――に飛び乗り、渥美に教わった住所をナビに入れた。

浜名湖の、大崎か……。

ギアを入れ、アクセルを踏んだ。

二時間後——。

鈴木は浜名湖の大崎にいた。

周辺は湖畔に広がる閑静な別荘地だった。

〝現場〟はすぐにわかった。まだ前日の現場検証の白墨の跡や現場保存テープが残っていたし、大量の出血を示す血痕も消えていなかった。

だが、事故から二四時間以上が経過し、いまは細江署の署員の姿はない。

鈴木は広い道路の路肩に車を駐め、〝現場〟の周辺を歩いた。

この〝×〟印が事故車輛と被害者の衝突点か……。

だが、どうしてここが衝突点だと確認できたんだ？

あたりを見渡すと、すぐ近くの路肩に白墨で四角く囲まれた線があり、中に〈——レンタカー・カメラ——〉という文字が書き込まれていた。

なるほど……ここにレンタカーが駐まっていて、そのドライブレコーダーに事故の瞬間が映っていたということか……。

もし、そうだとしたら、轢き逃げした車も映っていたはずだ。車種もナンバーも、わかるはずだが……。

そこから一五メートルほど北西に歩くと、白墨の人形《ひとがた》の線と大量の血痕があった。つまり被害者の男性は、〝×〟印の地点で車に轢かれ、ここまで飛ばされたか引きずられたということになる。

いずれにしても、このような閑静な別荘地の道路でそれだけ速度を出していたということは、単なる〝事故〟ではなく〝故意〟だった可能性が高い。

鈴木はさらに、周辺を歩いた。

〝×〟印に戻り、逆に進むと、白墨の長い線があった。

線はその先の角を右に曲がり、先端が矢印になっていた。そしてそこに〈――ジープ逃走経路――〉と書かれていた。

あの二人の元自衛官が乗っていたジープのことか……。

だが、白墨の線は、もう一本あった。

その線は同じ角を曲がらずに直進し、ひとつ先の角を右に曲がっていた。やはりその先端が矢印になり、〈――黒SUV事故車――〉と書かれていた。

なるほど……。

事故当時、つまりここには元自衛官のジープ、黒いSUV、レンタカーの最低でも三台の車があったということか。

そして轢き逃げ事故を起こしたのはあの二人の元自衛官のジープではなかった。黒いSUVだった……。

だが、その三台の車の関係がわからない。

もしかしたらあの二人の元自衛官と黒いSUVに乗った何者かが、ここで交戦したということなのか……。

鈴木は、さらに〝現場〟を歩いた。

〝×〟印の地点に戻り、そこを中心に、路面を見ながら少しずつ円を大きくしていく。こうして歩けば、どんなに小さなものでも見逃さない。

しばらくすると、道路から一段上がった別荘の敷地の芝の中に何か光る物が見えた。

何だろう……。

鈴木はあたりを見回し、低い石垣を上がって敷地の中に入り、その光る小さな物を拾った。手の平に置いて、眺める。

これは9×19ミリ拳銃弾の空薬莢じゃないか……。

どうやら細江署の奴らが見落としたらしい。

だが、この一発の空薬莢があれば、ここで何が起きたのかはだいたい想像できる。

それを所轄がマスコミに公表できないとなると、裏で関与しているのは内閣に近い何らかの政府機関か？

もしくは米軍か、米国務省に近い何らかの情報機関か……？

まあ、いいだろう。いずれにしても、慎重にやる必要がある。

鈴木は空薬莢を上着のポケットに入れ、石垣から路上に飛び下りた。

白い軽自動車に乗り、エンジンをかけた。

4

同じころ、新宿区市谷本村町、防衛省庁舎――。

ゴールデンウィークも後半に入ったこの日は、日本の防衛の中枢も閑散としていた。

だが、A棟一四階の一四〇三執務室のドアをノックすると、数年振りの神戸政人陸将補の声が聞こえてきた。

――入ってよし――。

「失礼します」

習志野駐屯地〝特戦群〟の中島克巳三等陸尉はひとつ深呼吸をして、ドアを引いた。

今日は私服でよいといわれていたので、中島はごく普通のグレーのスーツ姿だった。

執務室に入り、敬礼をする。正面の重厚なデスクの椅子に、陸将補の階級章を付けた制服姿の神戸がいた。他にもう一人、紺色のスーツを着た五十代くらいの男が窓際の応接セットに座っていた。

短く刈った髪とスーツの下に隠された筋肉から、この男も自衛隊関係者であることがわかる。

「中島君、久し振りだな。君も三等陸尉になったってな。まあ、そんなに固くなってないで、そこに座ってくれ」

神戸がそういって席を立ち、窓際の応接セットに座った。中島もその向かい、紺のスーツの男の横に座った。

「ああ、そちらは情報部〝別班〟の戸井田《といだ》君だ。こちら、〝特戦群〟の中島克巳君。今回はちょっと、二人に協力してもらいたいことがある」

「中島です……よろしくお願いします……」

中島が挨拶をすると、戸井田は無言で頭を下げた。

神戸は先ほど、何げない会話の中で中島の階級に触れた。だが、戸井田の階級については口にしなかった。つまり、戸井田の方が階級は上ということか。

中島は陸自情報部の〝別班〟というのは噂《うわさ》では聞いていたし、存在くらいは知っていたが、実際にその部署の人間と会うのはこれが初めてだった。

「さて、話をすまそう。今日、ここに二人に来てもらったのは他でもない。例の南スーダンPKOの第一〇次隊、通称〝五班〟の生き残り三人に関してだ」

神戸は向かいに並ぶ二人の顔を交互に見ながら、〝生き残り〟という言葉を使った。確かにこの二週間で岩田、石井、久保田が〝抹消〟されたいま、行方を把握できていない風戸、村田、宇賀神の三人を〝生き残り〟というのは的確な表現だろう。

いや、正確には中島を含めて、〝生き残り〟は四人なのだが……。

神戸が続けた。

「まずは中島君だ。君の意見を聞きたい。現在の三人の情況、ならびに今後の動きについて、端的に予測してみてくれ」

「はい……」

中島はひとつ息を吸って、頭の中を整理した。

「あくまでも私見ですが、岩田、石井、久保田が殺されたのはこの二週間です。そしてその後、四月二九日に、〝五班〟がジュバで救出した長谷川麻衣子がスーダンから政府チャーター機で帰国しました。おそらく〝生き残り〟の三人も、その関連性に気付いているはずです」

「すると、〝三人〟はどのような行動に出ると思うか？」

神戸が訊いた。

「まず潜伏し、合流するでしょう。いや、すでに合流している可能性が高い。そして次に、長谷川麻衣子との接触を試みるでしょう……」

「もしあの三人と長谷川麻衣子が接触すると、まずいことになる。それは君たちも知ってのとおりだ。その件に関して新しい情報があるようだが、戸井田君、話してみてくれ」

「はい。実は一昨日の朝、静岡県浜名湖の大崎にある別荘地で、一件の死亡轢き逃げ事故が発生しました。死亡したのは浜松医大病院の医師、長谷川隆史、四二歳。例の長谷川麻衣子の元夫です。

所轄の警察は〝事故〟として処理していますが、現場に明らかに不審な点がありまして……」

戸井田が話を続けた。

事故現場にはブレーキ痕がまったくなく、しかも別荘地内の道路では有り得ないような時速七〇キロほどで被害者が撥ねられていること——。

事故と前後して近くの長谷川隆史の父親が所有する別荘から、九歳になる娘が姿を消していること——。

現場近くの路上に、長谷川麻衣子名義で借りたレンタカーが乗り捨てられていたこと——。

現場に、9×19ミリ拳銃弾の空薬莢が十数個散乱していたこと——。

現場近くに設置されていた防犯カメラなどに、二台の外国製SUVと風戸が個人で所有する旧73式小型トラックが映っていたこと。ナンバーも確認できていること——。

中島は戸井田の説明を黙って聞いていた。

情況を考えれば、少なくともその轢き逃げ事故の現場に風戸がいたこと、長谷川麻衣子と接触をはたしたこと、そして何らかの理由で銃撃戦が発生したことはほぼ決定的だ。

だが、その現場に風戸、村田、宇賀神の遺体や血痕がなかったとするならば……。

〝生き残り〟の三人はまだ死んでいないということだろう。

「戸井田君、ご苦労。さて、これでだいたいの情況はわかった。問題は今後、我々はどのような手を打てばいいのか、だ。二人とも、忌憚《きたん》ない意見を聞かせてほしい」

神戸が、二人の顔を見る。

中島が考えていると、横で戸井田が小さな挙手をした。

「おそらくその風戸、村田、宇賀神の三人は、いま長谷川麻衣子と行動を共にしていると思われます。九歳の娘も一緒でしょう。接触してしまったものは仕方ない。問題は、その五人が潜伏している場所です。彼らが73式小型トラックで行動しているなら浜名湖からそう遠くないところにいるでしょうし、潜伏場所を特定するのはそう難しくはないと思いますが……」

神戸、中島、戸井田の密談は、それから二時間以上にも及んだ。

話が終わった後、私服姿の中島と戸井田は一緒に防衛省庁舎を出て、それぞれ別の方角に歩き去った。

5

森の小径《こみち》を、母と娘が歩いている。

周囲では小鳥がさえずり、遠くからは川のせせらぎが聞こえてくる。

母は傍らを歩く娘を常に気遣い、慈しむ。

娘は母に寄り添い、手を握りながら、その優しい笑顔を見上げて何かを話しかける。

森の梢の間から差し込む朝日の中を歩く母子の姿は、妖精のように美しかった。

だが、風戸は、気配を殺して二人の後を追った。

別に、長谷川麻衣子に対して疑心があるわけではなかった。もし彼女が誰かに連絡を取ろうと思っても、このあたりは携帯の電波も届かない。

それよりも、母子が〝何者か〟に襲われた時には、守らなくてはならない……。

あの時、浜名湖で交戦した奴らは、おそらくあの時間に風戸ら三人が現場に姿を現すことをわかっていた。だとすれば奴らは、いま母子がこの村にいることを知っている可能性がある。

しかも奴らは、明らかにこの母子を狙っていた。つまり、奴らは、この村に母子を奪還しにくる可能性があるということだ。

それにしても、なぜ、こちらの動向が奴らに筒抜けになっているのか……。

それともすべては偶然のタイミングにすぎず、風戸の思い過ごしなのか……。

もうひとつの謎は、奴らが〝何者〟なのかということだ。

交戦した男の格闘技の動き、人種と体形、GLOCK17という日本の裏社会でも入手しにくい自動拳銃を持っていたこと、乗っていた車の車種から判断すれば、おそらく米軍の関係者──もしくは元米軍──という推察は間違っていないだろう。

人数は浜名湖の現場で確認しただけでも五人から六人。待機していた者がいるとするならば、さらに人数は多い可能性もある。

だが、米軍の関係者とはいっても、正規の軍人ではない。服装や髪形を見ても、それは確かだ。

するとやはり、元米軍か……。

ネイビーシールズなど特殊部隊上がりや海兵隊の隊員が、除隊後に民間軍事会社や政情不安定な地域で活動する警備会社にスカウトされる例は少なくない。もしくは自分たちで小規模な軍事会社を立ち上げたり、紛争地域に出向いて傭兵になる者もいる。

そういう奴らは、金になることなら何でもやる。

二〇一九年一二月、金融商品取引法違反などで起訴されていた某自動車会社の外国人の元会長が、保釈中に日本を脱出。レバノンに逃亡した事件があった。この時、脱出に関与したのは元米陸軍特殊部隊（グリーンベレー）の男が運営する軍事会社で、非合法を承知でこの〝仕事〟を請け負い、音楽機材のケースの中に元会長を隠して関空からプライベートジェットを使って脱出させた。

今回の件に絡んでいるのも、おそらくそういった米軍上がりの奴らだろう。米軍基地だらけの日本ならば仲間を通じて武器や車はいくらでも手に入るし、日本に駐留していた部隊の出身者ならばある程度の土地勘があるかもしれない。

問題は、奴らの背後にいるのは何者なのか。

そこだ……。

しばらくすると母子は小径を逸れ、森から川原へと下っていった。

穏やかな流れの水辺に出ると、二人はよく乾いた流木に並んで座り、母は幼い娘の肩を抱きながら、どこか楽しげに何かを話しはじめた。

風戸は木立の陰に身を潜めながら、その微笑《ほほえ》ましい様子を見守った。

だが、途中で二人の会話が止んだ。

母が唇に人さし指を置き、娘に静かにするように諭し、ゆっくりと背後を振り返った。

「誰かいるの?」

意外だった。

風戸は、自衛隊の〝特戦群〟で気配を消す訓練を受けている。普通の人間には背後にいることを悟られるわけがないのだが……。

仕方なく、風戸は身を隠していた木立の陰から出て、二人に歩み寄った。

「よく、俺の気配がわかりましたね……」

風戸はそういって、麻衣子と陽万里が座る流木の横に腰を下ろした。

迷彩のカーゴパンツとTシャツ姿の風戸を、陽万里が珍しそうに見ている。

「気配……というんですか? 私にはよくわかりませんけども、家を出てしばらくした時から、後ろに誰かいることはわかっていました。スーダンのような国に何年もいると、周囲に気を配りながら生活することに慣れてしまうので……」

そんなものなのだろうか。

だが、戦場ではほとんどの兵士の神経が鋭敏になるとされるように、麻衣子のいうことにも確かに一理ある。

「少し話してもいいですか?」

「はい……」

麻衣子は陽万里の肩を抱き、頷いた。

「お父さんのお名前は嵯峨誠一郎さんといいましたね。確か、外務省の方だった。ご両親は、お元気なのですか?」

風戸が訊いた。

麻衣子は少し考え、言葉を選ぶようにこう答えた。

「父と母は元気です。いまは、アメリカに住んでいます……」

なるほど、アメリカか……。

確かに麻衣子は父の嵯峨誠一郎が在米日本大使館員だった一九八七年三月にワシントンで生まれ、その後サンフランシスコなどを転々とした記録が出てくる。

ここで風戸は、麻衣子に会った時から——正確には二〇一六年七月一二日から——気になっていたことを訊いてみることにした。

「麻衣子さん、ちょっと変なことを聞いてもいいですか?」

「はい……何でしょう……」

「あなたは本当に、日本人なんですか？」

麻衣子が首を傾げる。

「どういうことですか？」

風戸は、率直にいった。

「ひとつは、国籍が日本なのかということ。もうひとつは、あなたの容姿です。私にはどうしても日本人には見えないのですが……」

麻衣子は、日本人の女性にしては背が高い。おそらく一七〇センチはあるだろうし、体型や雰囲気そのものが欧米人のようだ。

そして、顔だ。

日本人にしては彫りが深く、光線の加減によっては目の色が青く見えることがある。髪も染めている様子はないが、どことなく淡い色をしている。

「私の国籍は、日本です。そうでなければ、スーダンから日本政府のチャーター機に乗れませんでした……」

確かに、そうだ。

だが、麻衣子が続けた。

「でも、本当に〝日本人〟かといわれたら、そうではないかもしれません……」

「どういうことです？」

「私の母は、日本人ではなかった。アメリカ人だったからです……」

麻衣子の母は、ユダヤ系のアメリカ人だった。父の誠一郎とは日本の大学に留学中に知り合い、その後、渡米して結婚した。

麻衣子には兄が一人いる。両親と兄は、現在もアメリカで暮らしている。

「なるほど、そういうことでしたか……」

「私が一五歳の時に両親は外務省の仕事の関係で、一時帰国しました。でも、すでに大学生だった兄は、そのままアメリカに残りました。それ以来、兄にもほとんど会っていません……」

だが、風戸が知りたかったのはそんなことではなかった。

「麻衣子さんは、アメリカで生まれた。ということは、その時点ではアメリカの国籍も持っていたということですね?」

「はい、私は日米の二重国籍を持っていました……」

日本国民である父、または母、あるいは両親の子としてアメリカで生まれた者は、出生後三カ月以内に日本の役所（大使館、総領事館、本籍地の役場）にも出生届を提出した場合、日米の二重国籍となる――。

だが、日本の国籍法では、単一国籍が原則だ。日本の国籍を持つ者が、二〇歳以降に重国籍になった場合には二年以内に、二〇歳未満であれば二二歳までにどちらかの国籍を選択しなければならないという原則がある（一九八五年以降二〇二二年まで）。

麻衣子の場合は一九八七年に日本人の父とアメリカ人の母の間に生まれ、二重国籍となった。つまりこれは二〇歳未満で重国籍になった例にあてはまり、二二歳までに日米どちらかの国籍を選択する必要があったことになる。

だが、選択義務はあるが、〝強制〟ではない。

期限までにいずれかの国籍を選択しなかった場合には、日本の法務大臣から催告を受ける。最悪の場合には、日本の国籍を失うこともある――。

「それで、日本の国籍を選択したということですね?」

風戸が訊いた。

だが麻衣子は、首を横に振った。

「いえ、そうではありません……。私は、どちらの国籍も、選択しなかった……」

麻衣子はある〝事情〟があって、いずれの国籍も選択しなかった。二二歳を過ぎても、二重国籍のまま日本で生活し続けた。

医大を卒業し、医師になった後も日本政府からの〝催告〟はなかった。初めて国からの問い合わせがあったのは、二六歳で結婚した時だった。

その後は二重国籍の罪悪感から逃れるために、MSFに入り、南スーダン、さらにスーダンに派遣。スーダンから帰国した今日まで、二重国籍者として過してきた。

「だから私は、いまも日本とアメリカの両方のパスポートを持っています……」

アメリカの名は、いまも〝マイコ・サガ〟になっている。

「どちらかの国籍を選択するのは〝義務〟なんじゃないですか?」

「確かに、建前はそうです。しかし、いまの日本には二重国籍の人はいくらでもいますし、外国籍の離脱は努力義務であっても実際には強制力はありませんから……」

国籍法では、日本国籍を選択した者は外国籍の離脱に〝努めなければならない〟という表現がある。これは世界的な傾向として、人権問題などの面で、〝努力義務〟にせざるをえなかったというのが現実だ。

事実、二〇二〇年の時点で、世界の七六パーセントの国が法的に二重国籍を認めている。先進国は、ほとんどがそうだ。日本が、この流れに逆行するわけにはいかなかったという事情があった。

「すると、我々が初めてジュバで出会った時には……」

風戸がいうと、麻衣子は頷いた。

「はい……。私はいまと同じように、日米両方の国籍を持っていました……」

これは、きわめて重要な問題だ。

つまり、あの〝ジュバの〝事件〟が起きた二〇一六年七月一二日――。

麻衣子は日本人であると同時に、アメリカ人でもあった。

あの時、ジュバのアメリカ大使館には、〝世界最強の軍隊〟といわれる海兵隊一個小隊が護衛として駐屯していた。

だが、UNMISSに出動を依頼されても、アメリカ大使館はそれを拒否した……。

海外におけるアメリカ海兵隊の任務は、大使館などの在外公館、政府の活動拠点の警備の他、合衆国の法律に基づく国益の維持や確保がある。その中にはもちろん、海外に在住もしくは駐在する自国民の保護も含まれるはずだが……。

あの時、テレイン・ホテルに取り残された三人の女性被害者の中に、〝アメリカ人〟である長谷川麻衣子――米名〝マイコ・サガ〟――がいた。

海兵隊、もしくはアメリカ大使館が、その救出を拒否する権限があるのかどうかはわからない。

だが、本来は海兵隊のミッションとなるべきケースに日本の自衛隊が出動し、犠牲者を出してまで米国籍を持つ人質を救出してしまったことは、アメリカ政府としてどう受け止められたのか。

もしくは日米安保条約の上でも、問題とならなかったのか――。

まさか。

そんな些細《ささい》な面子《メンツ》にかかわるようなことが、今回の一連の出来事の原因になるわけがない……。

だが、思い当る節はある。

なぜ、あのテレイン・ホテルの〝事件〟で日本の自衛隊が出動したことが表沙汰にならなかったのか――。

なぜ、日米両国の国籍を持つ長谷川麻衣子――マイコ・サガ――の名前だけがメディアに流出しなかったのか――。

なぜ、最後の人質を救出したのが〝G4S〟という一民間警備会社だったとして決着してしまったのか――。

〝事件〟後、人質の中に自国民がいると知ったアメリカが事態を裏で隠蔽しようとしたとしたら……。

もし当時の作戦に出動した自衛隊員と人質のマイコ・サガが再会すれば、アメリカにとって不都合な事実が露呈する。それを防ぐために、自衛隊員の生き残り全員――もしかしたら長谷川麻衣子も――を、〝抹消〟しようとすれば……。

そう考えれば二〇一六年の南スーダンPKO〝自衛隊日報問題〟の理由の一端も見えてくる。

馬鹿ばかしい。いくら何でも深読みしすぎだろう。

それ以前に、わからないことがある。

「麻衣子さん、なぜあなたはあのジュバの〝事件〟の時、日本のPKO部隊に助けを求めたんですか。本来なら、海兵隊を配備するアメリカ大使館に連絡すべきだった……」

アメリカ国籍を持つ人質から直接、助けを求められれば、大使館と海兵隊も動かざるをえなかったはずだ。

「それは……」

麻衣子は、なぜかいいにくそうだった。

「もしかしたらそれは、あなたがいまも二重国籍でいる理由と関係があるのでは？」

それは、風戸の直感だった。

彼女はけっして何の理由もなくいままで二重国籍のままいたわけではないだろう。ジュバの〝事件〟の時にも何らかの考えがあって、日本のＰＫＯ部隊に助けを求めたはずだ。

「父と、兄のことです……」

「お父さんと、お兄さんですか？」

「そうです……。父も兄も、アメリカで少し特殊な立場にいます……。私には、それしかいえません……」

麻衣子はなぜか怯えたように、そのまま口を閉ざしてしまった。

娘の陽万里は母の腕に抱かれたまま、じっと風戸の顔を見つめていた。

そして、唐突にいった。

「ねえ……。小父《おじ》さんは良い人なの……？　それとも、悪い人なの……？」

風戸はそう訊かれて、言葉に詰まった。

自分は自衛隊時代に任務の上とはいえ、人を殺している。

これからも、殺すかもしれない。

そんな自分のことを、とても〝良い人〟とはいえなかった。

6

五月六日、土曜日――。

習志野駐屯地〝特戦群〟の中島克巳三等陸尉は、新宿区市谷本村町の防衛省庁舎の別室、通称〝別班〟に詰めていた。

記録上は四日前の五月二日から、公休を取っていた。

だが、実際にはこの間に、中島は神戸政人陸将補の命令により、極秘の任務のために動いていた。〝任務〟とはすなわち、元部下の風戸亮司、村田壮介、宇賀神健太郎の調査である。この数日間は〝別班〟の戸井田という男と協力して、三人の足取りを追っている。

だが、いまのところは、その行方はまったくわかっていない。

〝別班〟は、陸自の中でも特異な〝班〟だ。

正式名称は『指揮通信システム・情報部別班』という。

もしくは「DEFENSE INTELLIGENCE TEAM」の頭文字を取って〝DIT〟と呼ばれることもある。

古くは太平洋戦争中の陸軍中野学校から後の陸自に受け継がれ、現在に至る部署だ。トップの班長は代々情報部門出身の一等陸佐が務め、実際に市ヶ谷駐屯地内に本部がある。だがその実態は公式的には〝極秘〟とされ、近年まで実在しないといわれていた。

主な任務は軍事的な諜報活動で、アジアやEU、東ヨーロッパ諸国などに商社やODA関連などのダミーの活動拠点を作り、隊員をスリーパーエージェントとしてスパイ活動やサボタージュ（破壊工作）なども行なう。またＣＩＡ（アメリカ中央情報局）や大韓民国国家情報院とも深く交流し、情報交換を行ないながら共同作戦を取ることもある。

だが、その存在は歴代の内閣総理大臣にも伏せられ、諜報活動による報告はすべて陸自トップの陸上幕僚長に上げられる。

実は中島も、最近までその存在を知らなかった。つい先日、神戸政人陸将補に声を掛けられ、初めてその実態を知った。

なぜ〝別班〟のチームに自分が組み込まれたのか中島は不思議だった。

つまりそれは、風戸や村田、宇賀神の三人がいま巻き込まれている案件が、国際的な問題に発展する——もしくはすでにそうなっている——ということなのか。

もうひとつ、思い当る節もある。

二〇一六年、南スーダンＰＫＯ第一〇次隊の副隊長だった大菅清二一等陸佐がこの五月八日をもって市ヶ谷駐屯地に転任になり、〝別班〟の情報部長として赴任することになっていた。

実際にいま、小さな会議室にいる中島の前には、今回の案件の担当者の戸井田と、二日後に正式な赴任を控えた大菅が座っている。

もし大菅の転任も、今回の案件に合わせて急遽《きゅうきょ》決まったものだとしたら……。

やはり、事態は中島が想像していたよりも深刻だということか。

「さて、始めようか、戸井田君だったな。これまでの調査のデータ、わかっていることをすべて私と中島君に報告してくれ」

大菅にいわれ、戸井田は一瞬、中島に視線を向けた。

「つまりそれは、中島さんも我々の班の一員と考えていいということでしょうか？」

戸井田が確認した。

「そういうことだ。すべて話してかまわない」

中島は二人のやり取りを聞いて、首を傾げた。

〝我々の班の一員〟というのは、どういう意味だ……？

「わかりました。それでは、報告を始めます」

戸井田がそういってタブレットのフォルダを開き、説明する。

「まず、風戸亮司、村田壮介、宇賀神健太郎の三人の現在の居場所です。我々はすでに、その場所を特定しています」

何だって？

三人の居場所を特定しているだって？

「続けてくれ」

大菅が促す。

戸井田がまた中島の顔を見て、話を続けた。

「三人はいま、愛知県北東部の先端にある北設楽郡の豊根村にいます。人口が一〇〇〇人にも満たない、過疎の村です……。ここです……」

タブレットに地図を表示して拡大し、愛知県と長野県、静岡県との県境に近い山地の一点を指さした。

「なぜ、その村にいることがわかったんですか？」

中島は、腹を立てていた。

なぜなら三人の行方を追う手掛りを求めて、中島はこの数日間、習志野駐屯地から東京、北海道、浜名湖、そしてまた今日は東京と飛び回っていたからだ。

「我々の〝班〟のエージェント、つまり〝S〟からの報告です。そのエージェントによると、現在この村に風戸、村田、宇賀神の三人の他に、四月二九日にスーダンから帰国した長谷川麻衣子と彼女の九歳になる娘が潜伏しているということです」

やはり、あの三人と長谷川麻衣子はすでに接触していたのか……。

「いつから、それがわかっていたのですか？」

中島が訊いた。

「風戸、村田、宇賀神の三人は四月二九日の夜から。長谷川麻衣子の親子は浜名湖の大崎で例の長谷川隆史の轢き逃げ死亡事故があった五月一日から、三人と行動を共にしていたことがわかっています……」

つまりあの〝事故〟――〝事件〟というべきだが――には、風戸、村田、宇賀神が何らかの形で関与したということだ。

だが、もう五日も前の話だ……。

「先日、神戸陸将補の部屋でお会いした時には、すでにそれがわかっていたということですか？」

「そうです」

「なぜあの時、私にそれをいってくれなかったんですか」

もしわかっていたら、何日も時間を無駄にせずにすんだ。

「理由は、あなたが本当にあの三人の行動を把握していないのか。それを確認するためです」

「何だと。それは、どういうことだ！」

中島の言葉が、つい荒くなった。

「まあ、二人ともやめなさい。中島も、いまはそんなことにこだわっている場合じゃないだろう。戸井田君、続けてくれ」

大菅が、二人の間を取りなした。

「わかりました。続けます。その〝S〟の身分はいまはまだ明かせません。その人物の命にかかわる問題ですので」

戸井田が説明する。

「その三人を〝確保〟しない理由は？」

大菅が訊いた。

当然の疑問だろう。

「いまは泳がせておいた方が得策だと考えるからです。彼らが殺された仲間の復讐《ふくしゅう》を考えていることは明らかですが、目的がそれだけかどうかがわからない。それに、例の長谷川麻衣子……アメリカの名前は〝マイコ・サガ〟となっていますが……もう少し彼女のことを探らせてみたいという意図もあります……」

彼女のことを探らせるだって？

いったいそれは、どういう意味だ……。

「もうひとつは、彼らの〝抹消〟に動いている組織の件だな。その組織について、説明してくれ」

大菅が、資料を捲りながらいった。

「はい、それでは続けさせていただきます。

組織の名は〝ＥＳＳ〟……これは〝イーグル・セキュリティ・サービス〟の略だと思われます。

二〇一八年に南米のコロンビアに設立された社員二〇名ほどの小規模な企業で、代表はコナー・ベイカー、四六歳……。ベイカーを含めて社員のほとんどが米海兵隊の出身者で、世界の政情不安定な国々や紛争地域などで合法、非合法を問わず〝仕事〟を引き受けることで知られています……」

「その〝ESS〟という組織が、一連の〝五班〟の殺害に関与しているということかね？」

さらに大菅が訊いた。

「そう考えていいかと思います。先日の浜名湖の轢き逃げも、〝ESS〟の仕業でしょう。わからないのはなぜ長谷川麻衣子の元夫が殺されたのか、その理由ですが、おそらく〝ESS〟が例の三人の誰かと間違えて長谷川が身代りになったのではないかと推察しています……」

「問題は、その〝ESS〟のバックだな。元海兵隊員というと、やはりアメリカか……」

「いえ、それはまだわかりません。我々も〝カンパニー〟（CIA）の担当者と連絡は取っていますが、アメリカ側は〝そのような事実はない〟と否定しています……。一応はその可能性も含めて、警察当局にも捜査内容をメディアに公表しないように要請はしていますが……」

「もしアメリカではないとすると、背後にいるのは、何者なのか……」

大菅が首を傾げる。

「いまのところは、わかりません。奴らの目的も、わかりません。おそらくそのどちらも、あの長谷川麻衣子に関係していることなのだとは思いますが。例の三人を泳がしているのも、それを探るためです……」

中島は黙って二人のやり取りを聞いていた。

いったい、この二人は、何をいっているんだ？

長いこと〝特戦群〟ひと筋にやってきた中島には、まったく理解できない。

「ひとつ、いいですか……」

中島が二人の会話を遮った。

「何だ。いってみろ」

「はい……。お二人の会話についていけないのですが。そもそも情報畑でもない〝特戦群〟の私が、以前三人の上官だったからという理由でなぜここにいるのか……」

中島がいうと、大菅と戸井田が顔を見合わせた。

「君は、知らなかったのかね？」

大菅が訝しげにいった。

戸井田も、頷く。

「何をでしょうか……？？？」

中島が、二人の顔を見た。

「中島君、きみは五月一日付けで〝特戦群〟を除籍になった。そして今日、五月六日付けで二等陸尉としてこの〝別班〟の専属となった。そうか、間に連休が入ったので、まだ辞令が届いていなかったんだな……」

中島は大菅の言葉を、唖然《あぜん》として聞いた。

7

村は不気味なほどに、平穏だった。

日中、風戸は村田がやっているシイタケの栽培や村から借りている畑の耕作を手伝い、汗を流した。

それ以外の時間は、この家に大量にあった本を読んで過した。

以前、この家に住んでいた老人が残していった蔵書で、松本清張《まつもとせいちょう》や大藪春彦《おおやぶはるひこ》の推理小説、司馬《しば》遼太郎《りょうたろう》の歴史小説など大衆的なものばかりだったが、退屈な時間の息抜きには十分だった。

宇賀神も畑仕事を手伝ったが、何を調べているのか自分のパソコンに向から時間が多かった。そうかと思うと突然、宇賀神が注文した奇妙な商品がアマゾンや楽天から届く。

今日もBUCKのサバイバルナイフが三本と、顔を迷彩に塗るためのフェイスペイントが届いた。迷彩服の上下や、タクティカルライト、コンパウンドボウ（滑車とケーブルを使った近代的な弓）が届いたこともある。

クレジットカードは使うと居場所を追跡されるので、近所の老人の名を借りて注文し、代金引換で支払う。

なぜそんなものを買うのかと訊くと、宇賀神は「奴らが襲ってきたら、武器が必要になる……」と答える。

確かに、武器は必要だ。

だが、奴らは銃を持っている。それを相手に、ナイフやコンパウンドボウでどう戦うのか。風戸は奴らから奪ったGLOCKを一挺持っているが、マガジンに銃弾は四発しか残っていない。

だが、村はそんな危険が迫っているとは思えないほどのどかだった。

特に風戸たちがいる古真立川《こまだて》に沿った林道沿いの五キロ圏内には、村田が借りている家を含めて人家が四軒しか存在しない。しかも林道は前年の豪雨による土砂崩れのため、川の上流の一キロほど先で塞がっている。

だから実質的に徒歩で行き来できる範囲内の人家は二軒。内一軒は空家なので、この地区の隣人は三〇〇メートルほど上流に住む松井《まつい》キネという九〇歳近い老人一人だけということになる。

キネ婆さんは、一人暮らしで近くに知人もなく、人恋しいのか一日に一度は風戸たちの家を訪ねてくる。小柄で話し好きの人懐っこい老婆で、採れた野菜や作り過ぎた煮物を置いていったり、ただ世間話をしにきたり、時には車で三〇分近くかかる村役場の用を頼みにくることもある。

本来は余所者《よそもの》の風戸たち三人を、まったく警戒心を持つことなくごく自然に受け入れている。キネの優しい人柄が子供にもわかるのか、麻衣子の娘の陽万里もすぐに懐いてしまった。

その麻衣子と陽万里も、つい数日前にあの凄惨な悲劇を目の当りにしたとは思えないほどいまは落ち着き、明るさを取り戻していた。

風戸は畑仕事で汗を流しながら、常に母娘の行動に気を配った。

だが、二人は必要以上に家の周囲から離れようともせず、せいぜい近くに散歩に出かけるか、風戸に断ってキネの家を訪ねるくらいだった。

風戸は鍬《くわ》を持つ手を休めて、汗を拭いながら麻衣子と陽万里を見守る。

新緑の木漏れ日の中を歩く母子の姿は、空想の世界の中で夢見た森の女神と天使のようだった。

買い物などで山を下りる時には、風戸は目立たないように村田の軽トラを使った。

だが、連休が終わった次の日、風戸は久し振りに自分のジープで岐阜県の恵那《えな》市に買い物に出掛けることにした。

豊根村から恵那までは長野県との県境を二回越え、距離も片道七〇キロ以上はある。だが、ほとんど山道だけで行き来できるので、それほど目立たないですむ。それに恵那まで出れば、大きなショッピングモールもある。

風戸は、少しは気晴しになるのではないかと思い、麻衣子と陽万里の母子も誘った。二人とも、喜んで同行することになった。

実のところ、母子を宇賀神と村田の二人だけに預けて丸一日留守にするのは、少し不安だった。それに往復一五〇キロも同じ車の中にいれば、麻衣子からまた何か重要な情報を聞き出せるのではないかという思惑もあった。

朝早く、村を出た。

行きはジープの後部座席で母子が楽しそうに話していたので、こちらから二人の間に入り込むような雰囲気にはならなかった。

山道で峠を越え、午前中の割と早い時間に恵那市に着いた。

お目当てのショッピングモールは思っていたよりも広大で、大手のホームセンターや洋品店、書店、アウトドアショップからスーパーマーケットまで何でも揃っていた。

ここで母子の服や日用品、薬品、用意してきたアイスボックスにいっぱいの食品と、読みたかった本を何冊か買った。

昼食は、陽万里のリクエストで回転寿司を食べた。

「お寿司なんて、何年振りかしら……」

麻衣子が皿に載った寿司を珍しそうに眺めながら、はにかんだ。

最近は陽万里も少しずつ風戸に慣れてきたようだ。麻衣子と風戸の間で二人と手をつないで歩いたり、腕にぶら下がったりして笑っていた。陽万里と会ってもう一週間になるが、本当の笑顔を見たのは、おそらくこの日が初めてだった。

風戸は四二歳になる今日まで、一度も結婚したことはない。

もちろん、子供もいない。

だが、おそらく家庭を持つというのはこういうことなのだろうと、ふとそんなことが胸中を掠めた。

本来ならば退屈なドライブと何の変哲もない買い物だったが、二人は思った以上に楽しんでいた。

帰りはさすがに疲れたのか、陽万里はジープの狭いリアシートで体を丸めて眠ってしまった。

風戸は眠っている陽万里を気遣い、いつになく慎重にジープのステアリングを握った。

こんな気持で車を運転するのも、おそらく初めての経験だった。

麻衣子は助手席に乗り、どこか遠い眼差《まなざ》しで西日に赤く染まる山並みを見つめていた。

そして、唐突にいった。

「私たち、これからどうなるんだろう……」

風戸は曲がりくねった山道を淡々と走りながら、しばらく答える言葉を探した。

「麻衣子さん、あなたはなぜあの村を出て行かないんですか。警察に保護を求めれば、保護してもらえるはずだ」

村を出れば、自然に道は開けるだろう。

だが、麻衣子は首を横に振った。

「それができないから、困っているんです……」

「どうしてですか。例の、陽万里ちゃんの親権の問題ですか?」

「そうです……。私は、陽万里と引き離されたくはない……」

「それは問題ないでしょう。あなたは実際に陽万里ちゃんの母親なのだし、何の罪も犯していない……」

実の母子という関係は、何よりも強い。

法的な手続きを経れば、たとえ多少の時間はかかったとしても、麻衣子の親権は認められるだろう。

「でも……」

「それだけじゃないでしょう。麻衣子さん、あなたが警察に出頭できない本当の理由は、他にあるはずだ」

だが、麻衣子は何かを考えるように黙っている。

風戸が続けた。

「あなたは日本の警察を、自分の〝味方〟ではないと思っている……」

それは風戸が、最初から感じていたことだ。

「どうしてそう思うんですか？」

「あなたたち親子は、いつも自由だ。我々は村を出て行きたいといえば協力するし、立ち去ろうとすればいつでもできる。今日だって、あのショッピングモールで姿を消そうとすれば、できたはずだ。しかしあなたは、そうしなかった。それどころかあなたは、逆に警察の目を気にしていた……」

風戸がそこまでいうと、麻衣子がやっと頷いた。

「よく見てるんですね……。私は今日、確かに警察官の目を気にしていました……」

だが、それは娘の陽万里の親権のことや、日米の二重国籍のことだけではないはずだ。

「何か、もっと深刻な理由があるんでしょう。おそらくそれは、久保田をはじめ我々の仲間が三人、そしてあなたの元夫が殺されたのと同じ理由だ……」

麻衣子が黙って頷いた。

風戸が続けた。

「だからあなたは、次は自分も殺されると思っている。警察は、守ってくれない……」

もしあの時、彼女の元夫が殺された現場で遭遇した相手がアメリカの軍関係者だとしたら、とても日本の警察には麻衣子を守れないだろう。

だが、麻衣子は首を横に振った。

「もしかしたら……。でも、私は、殺されたりはしない……」

意外だった。

なぜ彼女は、これだけ周囲で人が死んだ後も、自分は殺されないと思うのか……。

風戸が思いつく理由は、ひとつしかなかった。

「あなたの両親、もしくはお兄さんが関係していることですか?」

麻衣子はまだ、自分の両親や兄についてほとんど何も語っていない。

いや、話すことを拒んできた。

だが、この時は、どこか諦めたかのように頷いた。

「父と、兄のことです……」

「なるほど。もしかしたらあなたのお父さんとお兄さんは、アメリカ政府の何らかの行政機関に関係している?」

風戸は、特に麻衣子の父親のことが気になっていた。

ネット上に出てくるデータだけでも外務省の職員だったことはわかるが、その後の情報がない。

年齢的にはすでに外務省を定年になっているはずだが、その後も帰国していないということは、アメリカで何らかの行政機関の役職に招聘《しょうへい》された可能性が高い。

やはり麻衣子は否定しなかった。

「はい……そうです……」

「その行政機関の名前は?」

風戸は、薄々、察していた。

「父は、外務省を引退していまは〝DOE〟……アメリカ合衆国エネルギー省に所属しています……」

〝DOE〟か。

確か、エネルギー保障と核安全保障を所管する部署だ。

日本の外務省から〝DOE〟というのは珍しい転身だが、こちらの方は今回の件にあまり関係はないだろう。

「お兄さんは?」

風戸が、ステアリングを握りながら訊いた。

「それは……」

やはり、答えにくそうだった。

それならば、こちらからいってもいい。

「もしかしたらあなたのお兄さんは、アメリカの〝中央情報局〟(CIA)にいるのでは?」

風戸には、それ以外に麻衣子が兄の身分を隠そうとする理由が思いつかなかった。

もし兄が本当にCIAの職員ならば、麻衣子はそれを絶対に伏せようとするだろう。

やはり麻衣子はそれを認めるでもなく、かといって否定することもなく、ただ目の前を流れては遠ざかっていく山並みの風景を黙って見つめていた。

ジープ――73式小型トラックJ25A――は、4DR5インタークーラー・ターボ・ディーゼルの重いピストン音とタービンの吸気音を奏でながら、淡々と曲がりくねる山道を走り続ける。

前を走る車も、対向車もいない。

その時、風戸の視界の片隅を、〝何か〟が掠めた。

バックミラーの中だ。

最初は黒い点にしか見えなかったものがどんどん大きくなり、迫ってきた。

車だ……。

しかも、あの車は見たことがある。

その黒い大型のSUVのフロントグリルとボンネットは、何かに激突したように大きく歪んでいた。

浜名湖の大崎で長谷川を轢き殺した、あの車だ……!

「陽万里ちゃんを起こせ。シートベルトを確認しろ!」

風戸が麻衣子にいった。

「どうかしたの?」

麻衣子が陽万里を起こしながら、訊いた。

「車だ。黒い車が、後ろから追ってきている!」

麻衣子がサイドミラーで後方を確認した。

「まさか、あの車は……」

「そうだ。浜名湖の大崎にいた、奴らの車だ!」

風戸はジープのギアを三速に落とし、アクセルを踏み込んだ。

タービンが高回転でうなり、エンジンに空気を送り込む。

だが、ターボ・ディーゼルの旧式のジープと大排気量V6のアメ車のSUVとでは、加速がまったく違う。

バックミラーの中で、黒いSUVの歪んだフロントグリルがさらに迫ってきた。

「つかまってろ！」

風戸は下り坂で四速に入れ、限界まで加速した。

コーナーの手前でフルブレーキングでジープを減速させ、ここでまたギアを三速に落とす。

カウンターを当ててステアリングを切り、アンダーステアのジープの向きを強引に曲げた。

LSDの入った後輪が悲鳴を上げ、鋼鉄のジープの車体が大きくロールしながらコーナーを抜ける。

「きゃー！」

陽万里が悲鳴を上げた。

「陽万里、頭を抱えて！　体を丸めて膝の中に入れて！」

麻衣子が自分のシートベルトを外し、フロントシートとロールバーの間を抜けて後ろに飛び込んだ。

リアシートのベルトを体に絡め、陽万里の体を守るように抱いた。

ジープは高速で次のコーナーに飛び込む。

「つかまってろ！」

風戸は叫びながら、ブレーキを踏んでギアを落とす。

ジープはリアを大きく流し、傾きながらコーナーを抜けた。

だが、前後のサスペンションがリーフ・リジットの73式小型トラックでは、これが限界だった。

黒いSUVも車体を大きく捩《よじ》りながら、コーナーを抜けた。

逃げ切れない。

二台の距離は、さらに迫る。

もう、五メートル……。

いや、二メートルもない……。

後ろから、車を当てられた。

「きゃー！」

陽万里がまた、悲鳴を上げた。

だが、奇妙だ。

奴らは、銃を撃ってこない。

やはり、麻衣子は〝殺せない〟ということなのか。

だが、どうする？

どうすればいい？

この情況で、二人を守りながらでは戦いようがない……。

だがその時、ナビの画面に思いがけないものが映し出された。

分れ道だ。この先に、林道がある！

入口が見えた。

あれしかない！

「揺れるぞ！」

風戸はジープのステアリングを大きく左に切り、森にぽっかりと口を開けた林道に飛び込んだ。

黒いSUVもタイヤから白煙を上げて減速し、追ってきた。

だが、狭い林道ならば、小型のジープの方が有利だ。

風戸はジープのトランスファーを〝4H〟（4WDハイレンジ）にシフトし、ギアを三速に落としてアクセルを踏んだ。

後方の黒いSUVとの距離が、少しずつ離れていく。

よし、これで逃げ切れる……。

だが、その直後、ナビの画面に思いがけない光景が映し出された。

道が、二キロほど先で途切れている……。

この林道は、行き止まりだ！

8

例の二人の居所を確認するのは、それほど難しい作業ではなかった。

だが、多少の手間は掛かった。

鈴木は何度か風戸と宇賀神という元自衛官の二人の携帯に電話を掛けたが、やはりというか、どちらも電話には出なかった。着信を拒否されているというよりも、そもそも携帯そのものが電波の圏外にあることが多く、実際に番号が使われているのかどうかもわからなかった。

仕方なく鈴木は、風戸という元自衛官が乗っていた旧型のジープの線から追ってみることにした。

型式は三菱のJ25A、いわゆる自衛隊の旧73式小型トラックと呼ばれる車輛で、色はサンドベージュ。ボンネットの上には羽を広げた鷲（鳶《とび》）と剣を十字に組み合わせ、日の丸、桜星、榊《さかき》をあしらった白い大きなイラストが描かれていた。

ナンバーは〈――札幌・な・11・〇〇-〇〇――〉……。

これを駿河湾の富士川河口沖の男性遺体発見事件の捜査を理由として、警察庁に四月二九日以降の静岡県周辺の確認情報を照会した。すると、五月一日に浜松市浜名区三ヶ日町で起きた轢き逃げ事故の〝現場〟周辺をはじめ、十数ヵ所から防犯カメラの映像などの記録が集まってきた。

〝刑事〟にとっては、便利な世の中になったものだ。

鈴木は部下の大石と共に、これらの情報を分析した。

まず最初の記録は四月二九日、風戸と宇賀神の二人が清水署に寄った日の夕刻だった。

時刻は一七時一二分――。

二人は署での事情聴取を終え、清水いはらＩＣから新東名高速に乗った。この時の料金所の防犯カメラの映像に、二人が乗ったジープとそのナンバーがはっきりと映っていた。

さらにおよそ一時間後の一八時一四分、新東名から分岐した三遠南信《さんえんなんしん》自動車道の渋川寺野《しぶかわてらの》ＩＣの出口のカメラにも同型と思われるジープが映っていた。だが、奇妙なことに、この時に使われたＥＴＣカードでは二人のどちらの名前も追跡できなかった。

三度目はやはり当日の一九時ごろ、県境を越えた愛知県東栄町《とうえいちょう》の国道一五一号線沿いに設置された国土交通省のライブカメラにも、暗いためにナンバーは確認できなかったが、おそらく同型の73式小型トラックと思われるジープらしき車が北に向かう姿がとらえられていた。

近年は、日本中どこに行っても、路上や市街地にカメラが溢れている。その呼び名は〝防犯カメラ〟や〝ライブカメラ〟などと様々だが、日本全国が監視社会になったことには変わりない。犯罪者は絶対に、カメラから逃れることはできない。

次の記録は、翌四月三〇日の午前中――。

同じ国道のライブカメラに、当該の73式小型トラックが今度は南の浜松方面に向かう姿が映っていた。

そうなれば、絞り込むのは難しくない。

鈴木は愛知県警に協力を要請し、その周辺を行き来する東栄町の町役場の車のドライブレコーダーの映像などを調べてみた。すると、四月二九日、三〇日の両日だけでなく、例の轢き逃げ事故が起きた五月一日の午後にも風戸が運転する73式小型トラックが何台かの車のドライブレコーダーと国道のライブカメラに記録されていたことがわかった。

これらの事実から、風戸と宇賀神、二人の元自衛官の潜伏場所が国道一五一号線の沿線の東栄町より北側にあるらしいことがわかってきた。

だが、二人のカメラの記録を辿っていくと、県境を越えて長野県側に入ると痕跡がぷつりと途絶えてしまう。つまり、二人の潜伏場所は、東栄町の外れから県境までの半径五キロほどの山間部に絞り込むことができる。

その広大な空間には、たったひとつの地方公共団体しか存在しない。

人口が一〇〇〇人にも満たない小さな自治体、豊根村だ……。

鈴木は五月四日の時点で、二人の潜伏場所をこの豊根村に絞り込んでいた。

その後、駿河湾富士川河口沖遺体発見事件を口実に愛知県警に根回しして、二日後の五月六日に初めて部下の大石と共に豊根村に入った。

車は自分の軽自動車を使い、服装もジーンズにポロシャツという軽装だった。

特に警察であることは名告らずに、煉瓦造りのテーマパークの建物のような村役場の観光課に立ち寄った。

「ちょっとお尋ねしますが……」

「はい、何でしょう」

応対に出てきた男の職員に、鈴木は例の二人の元自衛官が乗っていた73式小型トラックの写真を見せた。

「友人たちを捜しているんですが、こんな古いジープに乗った二人連れを知りませんか。この村にいると聞いてきたのですが……」

男は写真を見て、小さく頷いた。

「ああ、〝村田さん〟のところに遊びに来てる人たちじゃにゃあかな」

ビンゴ！

〝村田さん〟というのは知らなかったが、たぶんそれだ。

「家はわかりますか？」

「はい、それでしたらこの村役場の裏からみどり湖に沿って県道を上がっていって、途中で橋を一度渡りますから、対岸にぶつかったらさらに川沿いの道を上流の方に……」

〝村田〟という男の住む場所を確認し、村役場を出た。

駐車場のスズキ・アルトに乗り込み、セルを回した。

「どうするんですか。〝聴取〟しますか？」

助手席に乗った大石が訊いた。

「いや、あの二人が本当にこの村にいるのか確認するだけだ。今日のところは、それだけでいい……」

この村は、〝何か〟を起こすには理想的な場所だ。

おそらく近い将来、大きな〝事件〟の舞台になる。

鈴木はアルトのギアを入れ、村の奥に向かった。

9

ジョン・リード〝曹長〟は、フロントグリルが大きくひしゃげた黒いフォード・エクスプローラーを林道の奥へと進めた。

助手席では部下のウィリー・ブラウン〝上等兵〟が、鼻歌まじりに手の中のGLOCK17を弄んでいる。

「ねえ〝曹長〟、殺っちまってもいいんでしょう?」

〝上等兵〟がGLOCKのスライドを引き、初弾をチャンバーに送り込んだ。

「まあ待て。まずはマイコとその娘を確保してからだ。あの〝除隊兵〟を殺るのは、それからだ」

だが、できればあの男も生きたまま捕虜にしたい。少なくとも〝少佐〟には、そう命令されている。

〝曹長〟はフォード・エクスプローラーのアクセルを、静かに踏み込む。

三・五リットルのV6エンジンが低回転で唸《うな》り、そのトルクをフルタイム4WDの足回りが林道の荒れた路面に伝える。

林道は日本のミニトラック(軽トラック)用に作られたような細く、曲がりくねった道で、この大型のフォードのSUVには幅が狭すぎる。左側の崖と、右側の植林の斜面が、車幅ギリギリだ。速度を出せない。前を走っているはずの日本製の小型のジープにどんどん引き離され、いまはその後ろ姿も森の中に見えなくなってしまった。

だが、問題はない。

ダッシュボードのナビを見る限り、この道はあと二キロも進まないうちに行き止まりになる。

そこでゲームオーバーだ。

そこまではゆっくりと、無理をせずに進み、時々現れる細く小さな欄干のない橋や左側に続く渓《たに》の断崖絶壁から落ちないように注意すればいい。

〝曹長〟は汗ばむ手でフォード・エクスプローラーのステアリングを握り、右足でアクセルとブレーキをコントロールしながら慎重に進んだ。

まるでインディ・ジョーンズに出てくるような酷い道だった。小さな橋や、大きな落石、路肩が崩れて斜面になった難所を越える度に、〝曹長〟は「ふう……」と大きく息を吐いた。

だが、このような道の運転は、海兵隊時代にさんざん叩き込まれて慣れてはいた。

すでに道の半分以上は来ていた。

先を行くジープはまだ見えてこないが、あと七〇〇メートルほどでこの道は終わる。

〝曹長〟は右手でホルスターからGLOCKを抜き、その手をステアリングに添えて、ナビの画面を見ながらさらに林道の奥へと分け入る。

あと五〇〇メートル……あと四〇〇メートル……。

三〇〇メートル……二〇〇メートル……一〇〇メートル。

その時、〝曹長〟の前方に予期せぬ光景が広がった。

「何だ、あれは……」

道は思ったとおり、森の中で行き止まりになっていた。

だが、ジープが消えた……。

ただ、サファリジャケットを着たマイコが、自分の娘の肩を抱いて大きな木の下に立ち、こちらを見ていた。

「いったい、何があったんだ?」

「あのジープはどこに行った……⁇」

〝曹長〟がブレーキを踏み、マイコの手前一〇メートルほどのところで車を停めるのと同時だった。

右の頭上から、ディーゼルエンジンの咆哮《ほうこう》が聞こえた。

振り返り、見上げた。

林道の法面《のりめん》に穿《うが》たれた作業道から、ジープが急降下で突進してくるのが見えた。

「何てこった……!」

「うわぁぁぁぁ……!」

二人が同時に叫んだ。

轟音!

ジープが右側面に激突し、フォード・エクスプローラーの巨体が宙に浮いた。

そのまま押し出されるように左の車輪が林道の路肩を踏み外し、車は樹木や岩に激突を繰り返しながら渓底に落ちていった。

風戸亮司はサイドブレーキを引き、ジープを降りた。

麻衣子が陽万里の手を引いて、歩み寄る。

「だいじょうぶ……?」

「ああ、どうということはない……」

風戸は73式小型トラックの前に回ってみた。

ぶ厚い鉄板のバンパーが少し曲がっていたが、他は特に問題はない。やはり、軍用の73式小型トラックは頑丈だ。

「あの人たちは、どうなったの……?」

麻衣子が怖々と、崖下を覗く。

「さあ、どうだろうな……」

風戸も、崖下を覗いた。

原形を止《とど》めていないほどぐしゃぐしゃに潰れたSUVが、数十メートル下の渓底の岩盤の上に横転していた。

「死んだの?」

麻衣子が訊いた。

「わからない。確かめてみよう。車の中で待っていてくれ」

風戸はジープを林道の出口の方に向けて停めると、荷台から二〇メートルのザイルとカラビナ、ハーネスを下ろし、それを身に着けた。ザイルの一方を林道脇の立ち木に結び付けて固定し、それをハーネスに通して握り、崖下に飛び降りた。

ザイルを緩めながら断崖の壁面を蹴り、体を宙に浮かして降下していく。

二〇メートル下まで降りたが、黒いSUVはさらに三〇メートルほど先にあった。

風戸は仕方なくそこでザイルを体から外し、ベルトからGLOCKを抜き、岩の露出した急な斜面を横転するSUVに向かって下っていった。

近付くにつれて、車の様子がよくわかってきた。ボディーは幾度となく木の幹や岩に叩き付けられて潰れ、折れ曲がり、ドアも外れてあたりに四散していた。

途中に男が一人、倒れていた。

顔も体も酷く損壊しているので人相はわからないが、黒人かプエルトリコ系のようだ。まだ心臓は動いているが、助からないだろう。

近くにGLOCK17が一挺、落ちていた。

風戸はそれを拾い上げた。弾倉を抜くと9×19ミリパラベラム弾が一七発、入っていた。他に、男のタクティカルベルトにフル装弾の弾倉が二つ。ナイロン製のホルスターが一つ。これはベルトごと鹵獲《ろかく》しておくことにした。

風戸はベルトを腰に着け、銃を構えながら潰れているSUVに近付いた。

あたりにガソリンの嫌な臭いがした。

運転席側のドアが外れ、その中に、迷彩服を着た男がシートベルトに固定されたまま逆さ吊りになっていた。

体はよく動かないが、意識はあるらしい。風戸を睨みながら、右手を懸命に地面に伸ばそうとしている。その手の先にもう一挺GLOCK17が落ちていた。

風戸は銃を向けて男に歩み寄り、そのGLOCKと周囲に散乱する弾倉、それにアイフォーン13を回収した。

「そのアイフォーンで……ドクターヘリを……呼んでくれ……」

男がいった。

だが風戸は、首を横に振った。

男の体はシートと車体に挟まれて、潰れている。出血も酷い。この山の中にドクターヘリを呼んでも、間に合わないだろう。

「お前らは、何者なんだ。身分証を持っているなら、出せ。そうすれば仲間には連絡を取ってやる」

だが、男は唇を歪めてかすかに笑いを浮かべながら、口の中の血を吐き出した。

「そんなもの……持ってねぇ……」

そうだろう。このような〝仕事〟をやる者が、身分証などを持ち歩くわけがない。

燃料ポンプの音がカチカチと鳴り続け、ガソリンの臭いが強くなってきた。

風戸は車を離れ、ザイルのある場所まで斜面を上りはじめた。

「待て……置いていくのか……。助けてくれ……」

男が、声を絞り出すようにいった。

だが風戸は振り返らずに、手を上げて振った。

背後から爆発音が聞こえ、熱風が襲ってきた。振り返ると、潰れたSUVは紅蓮《ぐれん》の炎と黒煙に包まれていた。

遠くから男の断末魔の叫びが聞こえたような気がしたが、錯覚だったかもしれない。

風戸はザイルを握り、切り立った崖を上った。

林道まで戻り、ザイルを巻いて回収していると、カーゴパンツのポケットの中でアイフォーンが振動した。電話だ。

風戸はアイフォーンを出した。あの男のアイフォーンだった。

ディスプレイに〝MAJOR〟(少佐)という文字が浮かび上がった。

風戸は首を傾げ、黙って電話をつないだ。

しばらく待つと、英語の太く低い声が聞こえてきた。

――〝曹長〟か。私だ。そちらの首尾はどうだ?――

そうか、あの男は〝曹長〟と呼ばれていたのか……。

「残念だが、〝曹長〟は死んだよ。もう一人の友人もだ……」

風戸がいった。

先方はしばらく黙っていたが、電話が切れた。もう連絡はしてこないだろう。

ジープに戻ってザイルの束を荷台に放り込む。

麻衣子は狭い後部座席で陽万里の肩を抱き、体を丸めていた。

「終わったの……?」

麻衣子が振り返り、訊いた。

「ああ、終わった……」

それ以上のことは、いわなかった。

ジープに乗り、ギアを入れた。

間もなくここにも火が回ってくるだろう。そうのんびりもしていられない。

荒れた林道をゆっくりと下る。

しばらくすると、後部座席の陽万里が訊いた。

「ねぇ、小父さんは良い人なの? それとも、悪い人なの?」

風戸は少し考えて、こう答えた。

「たぶん、悪い人だ……」

アクセルを踏んだ。

10

〝少佐〟、コナー・ベイカーは、電話を切った後もしばらく手の中のアイフォーンを見つめていた。

ジョン・リードが死んだだと？

もう一人の、ウィリー・ブラウンも死んだって？

いったい、どういうことだ？

〝ジュダス〟から連絡が入ったのは、今朝のことだった。

三人の生き残りのうちの一人、〝カザト〟という男がマイコと娘を連れて村を出て、旧式のジープで岐阜県恵那市のショッピングモールに出掛けた。往復の道もわかっていた。待ち伏せするのは、簡単なはずだった。

〝少佐〟はこの簡単な〝仕事〟を、〝曹長〟と〝上等兵〟の二人にまかせた。

目立つジープを発見して停車させ、マイコと娘を確保すればいい。〝カザト〟という男は、捕虜にしてもその場で処分してもかまわない。

ジョンは若いころにストックカーのレースに出場するほどの運転の名手だったし、GLOCKの扱いにも部隊内でインストラクターの資格を持つほど精通していた。ウィリーは多少荒っぽいところはあったが、身体能力は小隊内でも一、二を争うほど高く、素手やナイフを手にして戦っても無敵だった。

その二人が、死んだって？

ジョンとウィリーは、〝少佐〟の古くからの部下だった。最も信頼できる部下でもあった。その二人がたった一人の元日本兵――そうとしかいいようがない――と銃を持って戦って、殺されたというのか？

いったい、何が起きたんだ……？？？

有り得ない！

〝少佐〟はふと我に返り、アイフォーンで〝ジュダス〟の番号を探し、呼び出した。

この番号には緊急の時以外、電話をしないことになっている。だが、いまが正にその時だ。

五回ほど呼び出し音が鳴って、相手が出た。

――はい――。

「いま、話せるか？」

――待て。いまはまずい。後でこちらからかけなおす――。

「わかった……」

電話を切って、待った。

〝ジュダス〟から電話がかかってきたのは、それから一時間以上も経ってからだった。

――〝私〟だ。先程の件だ。いったい、何が起きた？――

〝ジュダス〟が訊いた。

「部下が二人、死んだようだ……」

〝少佐〟は今日、起きたことを端的に説明した。

今朝、〝ジュダス〟から連絡を受け、元自衛隊員一人とマイコとその娘が恵那市のショッピングモールに出掛けたことを知り、信頼できる部下二人を送ったこと。

二人は帰路の山中の道路でアンブッシュ（待ち伏せ）を仕掛け、予想どおり元自衛官とマイコの一行が乗るジープに遭遇し、追跡したこと。

だが、わかっているのはそこまでだった。

〝少佐〟は最後の報告を受けてから三〇分後に部下に連絡を入れたが、電話に出たのは別人――おそらく元自衛官の男――だった。そして二人の部下は〝死んだ〟といわれた。

「私がわかっているのは、そこまでだ。何か情報があれば、教えてほしい」

〝少佐〟がいった。

――わかった。情報は収集してみよう。何かわかれば、知らせる――。

「至急に、だ。それから、もうひとつ……」

――何だ？――

「我々はこれ以上、待てない。これ以上、部下を失うわけにもいかない。奴らの居場所がわかっているのなら、一刻も早く完了させるべきだ。もしそれがだめなら、我々はここで勝負から降りる」

〝少佐〟は、腹に溜まっていた言葉を吐き出した。

もし勝負から降りれば、〝少佐〟が経営する〝ＥＳＳ〟の信用は地に墜《お》ち、経営が立ち行かなくなるだろう。それ以前に、この日本という国で行動する上で〝政府〟の保護も受けられなくなるだろう。

そうなれば、すべてが破綻する。自分も部下たちも、二度と帰国できなくなる可能性すらある。

だが〝少佐〟は、それでもいいとまで思っていた。自分たちには、いくら除隊したとはいえ、海兵隊時代のプライドがある。

〝ジュダス〟はしばらく黙っていたが、やがて重たげに口を開いた。

――わかった。〝上〟に伝えておく。君のその申し出は、近いうちに許可されるだろう――。

そういって、電話が切れた。

〝少佐〟は電話を終えると、すぐにチームの副司令官ダニエル・ホランド〝大尉〟を呼んだ。

そして、こう伝えた。

「間もなく〝敵〟の基地を襲撃し、〝バービー〟の奪還作戦を決行する。他のチームのメンバーにも伝えて、準備をしておいてくれ……」

「了解しました」

〝大尉〟は型どおりに敬礼すると、踵《きびす》を返し、部屋を出ていった。

〝少佐〟は溜息をついた。

いくら〝作戦〟を決行するといっても、いま戦力になるチームのメンバーは自分を入れて、もう八人しか残っていない……。

それにしても、あの〝ジュダス〟という男は何者なんだ？

11

夕刻に、村に着いた。

風戸は家の前にジープを駐め、麻衣子と陽万里を降ろした。

ごく普通に買い物から戻ったように、両手いっぱいの荷物を家に運んだ。

だが、家から荷物を運ぶのを手伝いに出てきた宇賀神が、異変に気が付いた。

「風戸さん、何かあったんですか……？」

宇賀神が荷物を運びながら、訊いた。

「なぜ、わかった？」

「だって、二人の様子がおかしい。それに、ジープのバンパーが曲がっている……」

さすがに宇賀神は、観察力が鋭い。

「実は帰りに待ち伏せされて、攻撃を受けた」

風戸が、歩きながらいった。

「待ち伏せ？　ですか？」

「そうだ。相手は俺たちがどこに行ったのか、行き帰りにどの道を通るのかも知っていたようだ」

「それじゃあ、まさか……」

「そうだ。帰りにジープを調べたら、これがシャシーの裏側に付いていた」

風戸はポケットから小型のGPS発信機を取り出し、宇賀神に見せた。

すでに内部からSIMを取り外し、無力化してある。

「いつ、こんな物が……」

宇賀神が首を傾げる。

「わからない……。北海道を出る時にも、この村に着いてからもジープの〝クリーニング〟はやっている」

「それじゃあ、つい最近、仕込まれたということですね」

「そうだ。ここ数日以内だ」

風戸が最初に「おかしい……」と気付いたのは五月一日、浜名湖の大崎であの轢き逃げ事故があった日だった。

もし麻衣子の元夫が我々三人のうちの誰かと間違われて殺されたのだとしたら……。

奴らはあの日、あの時間に風戸らが浜名湖の別荘地に姿を現すことを何らかの方法で知っていたということになる。

その直後にも、風戸はジープのクリーニングをやった。だが、シャシーの内側も念入りに見たが、GPS発信機などは仕掛けられていなかった。

そして、今日だ。

風戸が麻衣子と陽万里を連れて岐阜県恵那市のショッピングモールに買い物に出掛けたのは、今朝決まったことだ。

GPS発信機は村を出る前に仕掛けられていたのか。もしくは、ショッピングモールの駐車場のどこかで仕掛けられたのか……。

いずれにしても、今日の風戸らの行動を知っているのはごく限られた数人だけだ。

自分と、同行した麻衣子、陽万里。他にはいまここにいる宇賀神と、村田だけだ。

「風戸さん、どうしますか。確認しますか？」

宇賀神がいった。

「いや、いまはいい。俺にちょっと、考えがある……」

いずれにしても、今後どうするのか？

決断するまでに、それほど悠長に構えている時間はないということだ。

その日は宇賀神が〝特戦群〟オリジナルのモツカレーを作ってくれていた。

夕食はそのカレーと風戸が買ってきた厚切りベーコン、他に畑で採れた野菜のサラダですませた。カレーは九歳の陽万里も食べることを考えて〝特戦群〟時代よりも少し甘く味付けされていたが、美味かった。

麻衣子はあのようなことがあったので、いつもよりも少し塞いでいる様子だった。だが陽万里は屈託なく、カレーをよく食べた。

子供はみな、カレーが好きだ。

風戸は食事をしながら、考えた。

裏切り者は、誰だ……？

自分ではない。それに麻衣子と陽万里の母子も除いていいだろう。九歳の子供にはできるわけがないし、母親の麻衣子も自分の娘を危険にさらすようなことをやる理由がない。

宇賀神はどうだ？

風戸は宇賀神の性格をよく知っている。ＩＱは高いが、思考回路が単純で、人を裏切るような要素が見出《みいだ》せない。

しかも宇賀神は四月二九日に横浜で再会してから、ほとんどの時間を風戸と過してきた。いまもこの家で同じ部屋に寝泊まりしているし、パソコンに没頭している時以外は風戸と一緒にいる時間が長い。敵と連絡を取ったりＧＰＳ発信機を仕掛けることが不可能だとはいわないが、その可能性は低いだろう。

それに宇賀神は、あの轢き逃げ事故の現場で敵と遭遇した時、陽万里を拉致しようとした男と戦い、強《したた》かに痛めつけるのを風戸は見ていた。おそらく相手は腕か肩を折られ、完全に無力化された。もし宇賀神が奴らの仲間ならば、芝居でもあそこまではやらないだろう。

まさか、村田が……?

だが、村田はあの轢き逃げ事故の現場で〝敵〟の一人と組み合いながら、決定的な攻撃を仕掛けなかった。あの程度の相手なら、村田の格闘技の力量ならば一瞬で無力化できたはずだが。

それにあの日の夜、麻衣子が陽万里と共に自分の部屋に引き上げた後、村田はこのあたりの山を巡回してくるといって一人で家を出ていった。

あの日だけじゃない。村田は毎晩のように〝巡回〟に出歩いている。日中も畑仕事や農協に行く用があるといって、家を留守にすることが多い。

もし〝敵〟と連絡を取ろうとしたり、風戸のジープにGPS発信機を仕掛けようと思えば、いくらでも時間はあったはずだ……。

風戸はカレーを食い終え、いつものように安物のウイスキーの水割りを飲みながら、ぼんやりとテレビの画面を眺めていた。

ちょうど夜の報道番組で、今日の午後に起きた山火事のニュースを報じていた。

〈──今日、午後三時ごろ、愛知県と長野県の県境に近い天狗棚《てんぐだな》の山中で山火事が発生しましたが、火は間もなく消し止められました。消防によりますと近隣の人家への類焼はなく、出火の原因はタバコの火の不始末と見られているということです──〉

場所からすると、確かに先程の山火事だ。

間もなく消火されたのは幸いだったが、ニュースでは火災の現場で車が谷底に落ちていたことも、身元不明の外国人らしき遺体が二体発見されたともいわなかった。

何かが変だ……。


同じころ、鈴木忠世士も清水署の刑事課のテレビでそのニュースを見ていた。

愛知県と長野県の県境に近い天狗棚の山中で起きた、山火事のニュースだった。

何ということのないニュースだったが、〝刑事〟としての勘で違和感を覚えた。最近は雨が特別少なかったわけでもないのに、五月のこの季節に山火事などが起きるだろうか。しかもニュースでは、その原因を〈――タバコの火の不始末――〉だといっている。

さらに現場が、元自衛官二人が潜伏する豊根村から距離がそう離れていないことも気になった。

いかんいかん、囚われすぎだ。どんな些細なことでも、あの二人の元自衛官に結びつけて考えてしまう……。

そう思いながらも、鈴木は同じ部屋にいる部下の大石の内線に電話を入れていた。

「ああ、俺だ……。いま、テレビのニュース見てたか……?」

大石が鈴木の見えるところで電話に出て、こちらを振り返った。

――ええ、見てましたが。どのニュースですか?――

「長野県と愛知県の県境の近くで起きた山火事のニュースだよ……」

鈴木は、声を潜める。

――あのニュースが、どうかしましたか?――

「例の、元自衛官二人が潜伏している村に近いじゃないか……」

――近いといっても、直線距離で一〇キロ以上はありますよ。考えすぎなんじゃないですか――。

「まあ、わかってるんだけどね。一応、調べてみてくれないか。火事のあった現場に近い道路上の防犯カメラか何かに、例のジープが映ってなかったかどうか。火事の〝現場〟から、何か不審なものが出ていなかったかどうか……」

――わかりました。この時間からだと明日になるかもしれませんが、やってみます――。

鈴木は電話を切り、溜息をついた。


陸上自衛隊情報部〝別班〟の戸井田は、市谷本村町の防衛省庁舎にいた。

愛知県と長野県境の山火事に関しては、テレビのニュースなどではなく、名古屋市の自衛隊愛知地方協力本部から直接、情報が入っていた。

現場の天狗棚南西の林道脇の谷底で、損壊して全焼した外国製SUV――フォード・エクスプローラー――を発見。当該のSUVはナンバーから、五月一日に静岡県浜松市浜名区三ヶ日町で轢き逃げ事故を起こした車と同一のものと確認――。

さらに全焼した車体の運転席から焼死体が一体、二〇メートルほど離れた森の中で頭部損壊による遺体を一体発見――。

遺体はいずれも男性で、身元不明。おそらくどちらも外国人と思われる――。

報告書を読みながら、戸井田は溜息をついた。

そして傍らの元〝特戦群〟中島克巳二等陸尉に訊いた。

「中島さん、この件、どう思いますか。どうやらあなたの元部下が今日、愛知県と長野県の県境の近くで例の〝ESS〟の隊員と交戦したようだ……」

「どうやら、そうらしいですね。そして敵側に、二人死者が出た。これまで岩田や石井、久保田が殺されたのは油断していたからで、いくら元米兵といえども元〝特戦群〟の隊員と交戦すれば、こうなるのは十分に有り得ることだ……」

中島が、平然といった。

「しかし、死んだ〝ESS〟の二人の隊員は、小火器などの武器を携帯していたはずだ。それが、山火事の現場で見つかっていない……」

「風戸たちが、鹵獲したということですか?」

「まあ、そういうことになるんでしょう」

「それならば、これから警察を引き連れて豊根村に乗り込み、銃刀法違反で風戸らを逮捕しますか。そうすればすべて片付くでしょう」

だが、戸井田は首を横に振った。

「いや、いまのところはそうは考えていない……」

「それなら、どうするんですか。このままその〝ESS〟とかいう元米兵の組織と、風戸らの元〝特戦群〟のメンバーが、この日本で殺し合いを繰り広げるのを指をくわえて見ているつもりですか」

「指をくわえて見ているつもりはないが……。しかし中島さん、どう思いますか。もしこのまま元〝特戦群〟の三人と、〝ESS〟の隊員が戦ったとしたら……」

戸井田がいうと、中島はかすかに笑ったように見えた。

「相手のその〝ESS〟というのは、何人くらいですか?」

「おそらく、七〜八人。日本にいる仲間から隊員を補強できたとしても、その倍の一五人程度。全員がM4カービンなどの小火器を装備している……」

「まあ、結果は明らかでしょうね」

「やはり、元〝特戦群〟の三人は生き残れないか……」

だが、中島が首を傾げた。

「どうしてです？　あの三人が、全滅するとでも？」

「違いますか？」

「まさか。全滅するとしたら、その〝ＥＳＳ〟とやらの方でしょう」

中島が当然のようにいった。

12

翌朝──。

〝少佐〟──コナー・ベイカー──は、全員を貸別荘の一番広い部屋に集めた。

生き残っているメンバーは〝少佐〟の他に〝大尉〟ことダニエル・ホランド──。

〝軍曹〟ことジャック・グレイ──。

〝伍長〟ことアル・ネルソン──。

〝Ｗ─３〟（三等准尉）ことウィリアム・ジョーンズ──。

〝Ｗ─５〟（五等准尉）ことエミリオ・オチョア──。

〝Ｅ─９〟（上級曹長）ことヘンリー・クラーク──。

〝Ｅ─６〟（二等軍曹）ことサミュエル・ムーア──。

〝Ｅ─４〟（伍長）ことノーラン・グエン──。

〝E-3〟（上等兵）ことジョン・ペレスの計九名――。

だが、この中で〝軍曹〟と〝伍長〟は前回の戦闘で負傷し、まだ完治していない。

実質的な戦力は、七人ということになる。

だが、あと数日もすれば、隊員を七人補充できる見込みがついている。

しかもこちらは、装備が充実している。

人数プラスアルファのGLOCK17とM4カービン、十分な銃弾、一ダースのM26手榴弾、最新型のジープ・ラングラー・ルビコンが二台。もちろん各自の戦闘服からアーマー、ヘルメット、ブーツまで装備一式が揃っている。

いま〝少佐〟と共に部下たちは迷彩のコンバット・ユニフォームを着込み、七人全員が後ろ手を組んでこの部屋に整列している。

自分を入れて八人。補充の隊員が着けば、一五人……。

どう考えても、我々の方が遥《はる》かに戦力は上だ。

敵の戦力は三人ないし二人。銃を奪われたことは確認しているが、最大でもGLOCKが三挺と9×19ミリパラベラム弾が数十発。しかも敵は、足手まといになるマイコと娘を連れている。

さらに我々は、奴らの潜伏先を把握している。逆に敵は、我々のこのアジトの場所を知らない。

いうまでもなく、戦略的には我々の方が有利だ。

そもそも我々は、〝世界最強〟の軍隊、アメリカ海兵隊の生き残りだ。日本の元セルフ・ディフェンス・フォースなどに、後れを取るわけがない。

〝少佐〟は部下たちの姿を見渡し、自分を納得させた。だが、その時、死んだ二人の部下の顔がふと脳裏を過った。

なぜ、ジョン・リードとウィリー・ブラウンの二人はいとも簡単に無力化されたのか。

二人は元海兵隊の精鋭であり、屈強の戦士だった。しかも〝ジュダス〟からの報告によると、相手は〝カザト〟という元セルフ・ディフェンス・フォースの男が一人だった。

あれから一日の間に、〝ジュダス〟からさらに情報が入ってきた。昨日のあの山火事のあった現場で何が起きたのか、正確なことがわかってきた。

フォードの運転席にいたのはジョンの方で、ウィリーは車外に放り出されているところを発見された。

死因はいずれも事故によるものと思われ、少なくとも二人の遺体に銃弾の痕はなかった。

警察の現場検証によると、ジョンが運転していたフォードは林道から数十メートル下の谷底に落下して出火。全焼したものと見られるとのことだった。

しかも林道は、車が落下した地点が行き止まりになっていた。そこで、何が起きたのか……。

いずれにしても、単純な事故ではないということだ。

それに現場からは、二人が所持していた二挺のGLOCKが消えていた。少なくとも日本の警察は、現場で銃を発見していない。

つまり、〝カザト〟という男は数十メートル下の谷底に下り、二挺の銃を回収した。

その時、ジョンとウィリーの二人はすでに死んでいたのか。

それとも、〝カザト〟という男と何かを話したのか……。

そしてその日の夕刻、〝カザト〟はマイコと娘を連れて、何事もなかったかのように潜伏先の村に帰っている。

〝少佐〟はひとつ咳払《せきばら》いをして、目の前に並ぶ七人の部下に述べた。

「今日ここに集まってもらったのは、他でもない、いま我々が遂行している〝任務〟のことだ。この〝任務〟も、すでに最終局面に入っている。だが、ここへきて、隊員の中から思わぬ犠牲を出した。もちろん、これ以上の犠牲は許されない。

いずれにしても、今回の〝任務〟は一日も早く結着させなければならない。幸いあと二、三日もすれば、補充の隊員がここに到着する目処がついた。そうすれば一気に攻勢に出ることができるだろう……」

〝少佐〟は話しながら、自分はいったい何をやっているのだろうと、いつにない不安を感じていた。

そして、七人の部下を前に、話を続けた。

「今回の〝任務〟の最終の作戦決行日は四日後、五月一三日の土曜日とする。我々は全員で〝標的〟が潜伏する愛知県内の村に侵攻し、第一の目的であるマイコ・サガとその娘を〝保護〟する。その上で〝標的〟の元セルフ・ディフェンス・フォースの三人の日本人を抹消する。早いところ〝任務〟を片付けて、たんまりとドルを握り、太陽の輝くカリフォルニアに帰ろう……」

話を終えて〝少佐〟は副官のダニエル・ホランドを呼んだ。

「〝大尉〟、話がある。ちょっと私の部屋に来てくれ……」

「はい、何でしょう……」

〝大尉〟が、後ろについてきた。

〝少佐〟は自分の部屋に入り、ドアを閉めた。

「〝大尉〟、例の兵員の補充の件は、どうなっている。いつこちらに到着するんだ?」

「はい、明後日の一一日早朝に中部国際空港着、遅くとも夕刻にはこの〝基地〟に入れるかと思います……」

「わかった。それまでに装備の準備を頼む。それから補充要員が着いてから一三日の作戦決行まで、あまり時間がない。現場での混乱が起きないように、段取りのブリーフィングの準備も進めておいてくれ」

「承知しました。やっておきます」

「それと、もうひとつ〝USA〟にアクセスして、奴らが潜伏しているトヨネ・ビレッジの地形とその他の情報を収集しておいてくれ……」

〝USA〟とは、アメリカ合衆国が運用する軍事衛星のことだ。

ロシアのコスモスに相当するもので、一九八四年以来アメリカは三〇〇基以上のUSA衛星を打ち上げ、現在でも地球の軌道上で数十基が運用されている。中でもロッキード・マーティン社が製造するKH型の偵察衛星は光学画像による解析機能を持ち、地上の解像度は数センチに及ぶといわれている。そのUSA衛星から得られる情報はアメリカ国防総省だけでなく、特定の軍需産業や一般企業にも払い下げられている。

「承知しました。やっておきます」

〝大尉〟は小さく敬礼し、踵を返して部屋を出ていった。

〝少佐〟はベッドサイドの冷蔵庫を開け、バドワイザーを出し、栓を抜いた。

冷たいビールを喉に流し込み、溜息をついた。

やはり、勝負を降りるわけにはいかない。

この任務が終われば、莫大なドルを手にすることができるのだ。

第四章　ブードゥーの呪い

1

村は、静穏だった。

見上げれば紺碧《こんぺき》の空はどこまでも高く、新緑の山々は眩《まばゆ》いほどに輝いていた。

時が、ゆったりと流れていく。

ふと耳を澄ましてみても、清流のせせらぎと小鳥の囀《さえず》り、南の風に揺れる梢のかすかなざわめきしか聞こえない。

だが、風戸は、村田や宇賀神、麻衣子とその娘と森の中の家で暮らしながら、得体の知れない何者かが忍び寄る気配を感じていた。

そのひとつは一昨日だったか、村役場の安藤《あんどう》という男が立ち寄り、こんな話をしていったことだった。

――昨日、古いジープに乗っている二人連れを知らないかという人が来て、それなら村田さんのところだろうとこの家を教えたのだが、訪ねてこなかったか？――。

安藤によると、村役場に来たのは四十代くらいの男の二人連れで、もちろん日本人。ジープに乗っている二人の友人だといっていたが、名前はわからないという。

だが、風戸も宇賀神も、そんな〝友人〟には心当りがなかった。

この家にはそんな者は訪ねてこなかったというと、安藤は首を傾げて帰っていった。

もうひとつの不安は、麻衣子と陽万里のことだ。

あの〝事件〟があってから、麻衣子は自分から率先して風戸と話さなくなっていた。

いや、風戸だけではない。麻衣子は常に陽万里と一緒にいるだけで、宇賀神や村田にも心を閉ざしてしまったかのように見える。

昨日、村田と宇賀神が出掛けている間に風戸の方から麻衣子に声を掛け、少し話してみた。

――あのようなことが起きたし、やはり君と陽万里ちゃんは我々と別れて別行動を取った方がいいのではないか――。

だが、麻衣子はやはり同意しなかった。

――私たちはここにいます――。

風戸は、麻衣子がそこまで自分たちと一緒に居たがる理由が理解できなかった。まるで、運命を共にしようとしているかのようにさえ思えた。

――我々と一緒にいる本当の理由があるなら、聞かせてほしい――。

風戸は、麻衣子にそう訊いた。

麻衣子がこの村にいる本当の理由が、陽万里の親権や、アメリカに住む両親と兄のことだけではないように思えたからだ。

麻衣子はなかなか答えなかった。

だが、最後は諦めたように、こんなことをいった。

――私がここにいた方が、あなたたちが少しは安全だと思うから――。

風戸は、意味がよくわからなかった。だが、思い当ることはあった。

あの時、風戸らが乗るジープを追尾してきた奴らは、銃を持っていたにもかかわらず一発も発砲してこなかった。

つまり、それが麻衣子のいう〝安全〟ということなのか……。

だが、それ以上訊こうとしても、麻衣子は口をつぐんでしまう。

そしてやはり、最も気にかかるのは、村田のことだ……。

風戸らのこの村での情況は、やはり敵に筒抜けになっているとしか思えない。

しかも風戸のジープ――73式小型トラック――には、GPS発信機が取り付けられていた。

もしこの村に内通者がいるとすれば……。

風戸は、考える。

やはり、村田以外の可能性は有り得ない……。


五月一〇日、水曜日――。

その日も村の平穏な一日が暮れようとしていた。

夕刻に近所のキネ婆さんが大根の煮物を持ってきてくれて、麻衣子がハンバーグとサラダ、コーンスープを作り、いつものように五人で夕食の食卓を囲んだ。

食事を終えると麻衣子と陽万里は自室に戻り、宇賀神がこれもいつものようにウイスキーを持ち出してきて、三人分の水割りを作った。だが、風戸はグラスを傾ける振りをして、あまり飲まなかった。

夜九時を過ぎると、やはり村田がグラスを置き、座卓から腰を上げた。

「さて、夜の見回りでもしてくるか……」

アイフォーンをポケットに入れ、家を出ていった。

風戸は宇賀神に目配せを送り、三分ほどしてから立った。

敵から奪ったGLOCKを一挺、カーゴパンツのベルトに挟んだ。宇賀神には、村田のことをもう話してある。

納屋との間の裏口から家を出て、村田の後を追った。先日、麻衣子を追った時に気配に気付かれたので、今回は一〇〇メートル以上の距離を空けた。

森の闇の中に、村田の後ろ姿は完全に吞み込まれて消えた。

だが、村田が行く場所はわかっている。

Wi-Fiの入っている家を出てしまえば、この近くにスマートフォンの電波が届く場所はひとつしかない。林道から作業道を上がった、尾根の中腹にある高台だけだ。

風戸は気配を殺して作業道を上った。

幸い、風戸の方が風下にいた。だが、村田も元〝特戦群〟の隊員だったのだから、いずれは気付かれるだろう。

それでも、かまわなかった。

気付かれた時には、勝負は終わっている。

間もなく、森の切れ目に高台の空が見えてきた。

思ったとおり、薄明かりの月光の中に立つ村田の影が見えてきた。

まだ、距離がある。声は聞こえてこないが、アイフォーンで誰かと話しているようだ。

風戸は気配を殺し、樹木の陰に身を隠しながら村田に近付いた。

村田はまだ、風戸に気付いていない。電話で話す声が、聞こえてきた。

風戸はベルトから銃を抜いて、村田の背後から歩み寄る。

その時、気付かれた。

村田が振り向き、相手に何かをいって電話を切った。

風戸が銃を持っているのを見てアイフォーンを足元に落とし、両手を上げた。

「誰と話していたんだ?」

風戸は村田に銃を突きつけた。

「俺がいうと思いますか?」

村田が風戸を見つめ、口元に薄い笑いを浮かべた。

2

戸井田は電話の切れたアイフォーンを見つめ、溜息をついた。

——気付かれたようです。切ります——。

それが村田の最後の言葉だった。

「くそ……」

電話をかけなおすか?

いや、だめだ。

それならメールを送るか？

それも、だめだ。わざわざ村田のアイフォーンに、インサイダーの証拠を残すことになる……。

「どうかしましたか？」

この時間まで戸井田と共に防衛省庁舎に残っていた元〝特戦群〟の中島が、見つめていたパソコンの画面から目を離して戸井田を振り返った。

「いや、大したことじゃない……」

戸井田は適当にはぐらかすつもりだった。

だが、中島がさらに訊いた。

「いま話していたのは村田ですね」

戸井田のインサイダーの一人が元〝特戦群〟の村田であることは、すでに中島にも話していた。

「そうだが……」

仕方なく、認めた。

「もしかしたら村田がインサイダーだということが、風戸たちに見抜かれましたか？」

中島がいった。

どうしてこの男は、これほど勘が鋭いのか……。

戸井田は、認めるしかなかった。

「そうです……。話の途中で村田が〝気付かれたようだ〟といって、電話が切れた……」

「まあ、風戸も私の元部下ですから、有り得るでしょうね」

中島は、特に驚いた様子もなかった。

これまで戸井田は陸自のいろいろな部署から〝別班〟に集められた者たちと接してきたが、中島のようなタイプの男と組んだのは初めてだった。

「どうなると思う？」

戸井田が訊いた。

「どうなる、とは？」

中島が訊き返す。

「つまり……風戸たちは村田をどうするのか、ということですよ。拷問にでもかけるのか、もしくは……」

戸井田がいうと、中島が頷いた。

「ああ、そういうことですか。まあ風戸が村田をスパイだと見抜いたら、拷問くらいはやるでしょう。必要があれば、殺す。少なくとも〝特戦群〟では、そう教えられていますからね」

中島が、平然といった。

「それを、止める方法がありますか……？」

戸井田が中島を見つめる。

中島は、少し考えて頷いた。

「私にまかせてもらえれば、やり方はあるかと思います。しかし、その前に、知りたいことがあります」

「何をですか……」

戸井田が首を傾げた。

「あの二〇一六年七月一二日の出来事ですよ。なぜあのジュバのテレイン・ホテルで起きた戦闘が、これほど大きな問題になったのか。なぜあの戦闘が原因で〝五班〟の私の部下が陸自を追放されたのか。なぜ〝抹消〟されることになったのか。なぜ村田が〝別班〟のインサイダーになったのか。その本当の理由ですよ」

戸井田はしばらく考えた。

だが、中島もいまは〝別班〟の一員だ。

いつまでもこの案件の実態を隠していたのでは、任務を遂行するのは難しい。

「わかった。いまここで教えられることは、すべて話しましょう……」

戸井田は諦めたように溜息をついた。


中島は小さな無人のミーティングルームに入り、照明のスイッチを入れた。

四人掛けのテーブルの椅子を引いて座り、その前にプラスチックのカップに入ったコーヒーを置いた。

戸井田も同じようにコーヒーを手に、中島の正面に座った。

「さて、何から話すか……」

戸井田は、まだ迷っているようだった。

「まずは、元〝五班〟の隊員たちが陸自を追放され、〝抹消〟されなければならない本当の理由です。確かに彼らは任務上のミスを犯し、戦闘に巻き込まれ、双方に犠牲者を出した。しかし、彼らは元々兵士です。二〇一六年のジュバでの出来事が、〝抹消〟されるべき理由になったとは思えない……」

中島は、回想した。

あの時は、確かに異常だった。陸自のトップの陸上幕僚監部だけでなく、裏で防衛省、外務省、さらに内閣に至るまで、必要以上に動揺している兆候が垣間見えた。

まあ、後に防衛大臣の引責辞任にまでつながるほどの事件だったのだから、当然なのかもしれないが……。

戸井田はしばらく頭の中を整理でもするかのように考え込んでいたが、しばらくするとコーヒーをひと口飲み、徐《おもむろ》に切り出した。

「中島さん、あの時、ジュバのテレイン・ホテルを襲ったのは、南スーダン政府軍のどんな部隊だったか覚えていますか……」

予想外のことを訊かれ、中島は少し戸惑った。

だが、知っていることをそのまま答えた。

「サルヴァ・キール大統領直属の警護隊だったと記憶していますが……」

これは、事件の後に知ったことではない。

テレイン・ホテルが暴徒に襲撃された直後、UNMISS（国連南スーダン共和国ミッション）から、その武装集団が大統領警護隊だという報告を受けていた。

「それならば中島さんは、途上国、特にアフリカ諸国の大統領警護隊の隊員が、どのような基準で選ばれるか知っていますか」

どのような基準だって？

「正規軍きってのエリート部隊だとは聞いていますが……」

中島はそういって首を傾げた。

「そのとおり、エリート部隊なんです。つまり、その〝エリート〟の意味ですよ……」

戸井田が説明する。

アフリカ人は一般に、子沢山が多い。部族、宗教、言語を問わず、現代も一夫多妻を容認する風土がある。

南スーダンのサルヴァ・キール大統領はディンカ人でありながら、敬虔《けいけん》なキリスト教徒でもあるとされている。少なくとも表向きは、そういわれている。だが、ディンカ族も他のアフリカ人の例に漏れず、二親等、三親等以内の親族が多い。

大統領にとっての〝エリート〟とは、〝信用できる者〟をいう。その〝信用できる者〟の基準は、近しい〝親族〟ということになる。そう考えていけば、〝エリート部隊〟である大統領警護隊が、大統領の〝親族により構成された部隊〟であるということは明らかだ。

「まさか……」

中島は、そんなことは考えてみたこともなかった。

「まあ、そういうことなんですよ。あの〝ジュバ・クライシス〟の時にテレイン・ホテルを襲撃して国連職員を暴行、略奪、白人女性をレイプしまくった大統領警護隊の隊員は、ほとんどがサルヴァ・キール大統領に近しい親族だった……」

だから、〝エリート〟であるはずの隊員たちには、自分たちは大統領の親族であるという驕《おご》りがあった。その驕りが、あの馬鹿げた事件を引き起こした。南スーダン政府軍の治安部隊も、強硬な武力鎮圧はできなかった。

「あの警護隊約一〇〇人の大半は、大統領や妻の二親等、もしくは三親等以内の親族でした。息子や甥《おい》、従兄弟《いとこ》やその息子、妻の弟や甥たちだった……」

「するとあの時、ジュバのテレイン・ホテルで射殺された、大統領警護隊の三人の兵士たちは……」

「少なくとも死んだ三人の内の二人は、大統領の親族だったと聞いている。一人は息子だったという情報もある……」

中島は戸井田の話を、呆然と聞いていた。

「それならば風戸や村田、石井や久保田は……大統領の親族を殺してしまったということですか……」

「そういうことです。だからあの時、日本政府はジュバの事件に日本の自衛隊が関与したことを徹底して隠蔽したんですよ……」

UNMISSの要請を断って、アメリカ大使館が介入しなかったのも、そのためだった可能性がある。もし海兵隊を出動させていたら、自国の軍隊と南スーダンの大統領の親族が殺し合うことになるからだ。

テレイン・ホテルの銃撃戦に日本の自衛隊が関与したことは、何年もの間、発覚しなかった。それが幸いし、日本がPKOを撤退した後も、中国がほぼ独占している南スーダンの石油権益に食い込み、現在まで利権を確保し続けてきた。

「それで、生き残った〝五班〟のメンバーが自衛隊から追放されたわけか……」

「そうです。万が一、あのテレイン・ホテルの事件に日本のPKO部隊が絡んでいたことが明るみに出た時に、その時の実行部隊のメンバーが自衛隊に、しかも〝特戦群〟に残留しているとわかったらまずいことになる……」

「それならば、班長だった私と、村田は。村田も他のメンバーよりも、陸自に長く残っていたと聞いているが……」

「村田壮介は、〝特戦群〟の中でも語学に秀でていた。あの第一〇次隊で南スーダンに派遣されることが決まってから、現地のディンカ語を独自に学んでいた……」

あのテレイン・ホテルの銃撃戦の時、村田は重傷を負って生きていた兵士が泣きながら叫ぶのを聞いていた。

――そこに死んでいるのは俺の従兄弟たちだ。一人は、大統領の息子だぞ――。

「すると、村田はそれを……」

「そうです。仲間にはいわなかったが、査問会議の席で神戸政人陸将補に報告した。それで上層部は、銃撃戦で死んだ政府軍の兵士が大統領の親族だったことを知った……」

だから村田は、すぐに追放にはならなかった。

他のメンバーよりもおよそ二年遅れで除隊。だがこれはあくまでも形式的なもので、その後は情報部〝別班〟の戸井田の部下に編入されてスリーパーエージェントとなった。理由は、今回のようなトラブルが起きた時に、元〝五班〟のメンバーの行動をコントロールするためだった。

そしていまも、村田は戸井田のインサイダーとして任務に就いている。

「すると、私は……」

中島がいった。

「同じですよ。もし今回のようなことが起きた時に、中島さんも〝別班〟に必要だった。神戸さんが、そう判断した。だから〝特戦群〟に残されていた……」

戸井田が続ける。

あのテレイン・ホテルに陸自の〝五班〟がいたことは、都合よく秘匿され続けた。あの日、行動を共にした民間警備会社の〝G４S〟のメンバーも日本の外務省から莫大な口止め料を受け取り、秘密を守り続けた。

だが、予期せぬことが起きた。

事件から七年後の二〇二三年三月二九日、日本の小出太郎《こいでたろう》外務副大臣が、南スーダンのクレン・アクエイ・ギャラン駐日南スーダン共和国大使の表敬を受けた。

この時、会談には外務省の真島義人《まじまよしひと》通訳が同席し、英語にディンカ語をまじえ、ここ一〇年以上にわたる日本の南スーダンへの貢献についての話など友好的な雰囲気で進められた。

ところが会談も終盤に差し掛かった時だった。自分の英語力を披露でもしたくなったのか、小出外務副大臣が通訳を介さずにとんでもないことを口走ってしまった。

――大使は二〇一六年七月に、ジュバのテレイン・ホテルを武装集団が襲撃した事件を覚えていますか。あの時、武装集団を鎮圧して最後の女性の人質三人を救出したのは、日本のPKO部隊だったのですよ――。

小出は得意満面だったらしいが、ギャラン駐日大使や真島通訳の顔は、その場で青ざめたという。

「なるほど……。今年の、三月二九日ですか……」

「そうです。その後、南スーダン政府から、あの二〇一六年七月のテレイン・ホテルの事件に関与した自衛隊員全員の名簿を差し出すようにと要求が来た。外務省がそれを断りきれずに、当時の〝五班〟八人全員の名簿を南スーダン政府に差し出してしまった……」

確かに時系列は合っている。

元〝五班〟の隊員の不審死が始まったのは、そのおよそ三週間後からだった。

「なぜ外務省は、その不条理な要求をはねつけなかったんですか」

中島は、怒っていた。

「私も最初は、その理由を知らされていなかった。しかし外務省側を調べてみて、理由が判明した。石油ですよ。南スーダン政府は日本が自国に持つ石油利権をすべて剥奪すると脅してきたそうだ……」

「つまり、元〝五班〟の岩田や石井、久保田は、日本が南スーダンに持つ石油権益のために〝売られた〟ということですか……」

「そういっても間違いではない。国が保有する莫大な利権の前では、一兵士の立ち位置など、所詮はその程度のものだ。あなたも、私も含めてね……」

わかってはいるつもりだったが、いたたまれない話だ。

「すると、久保田や石井、岩田を殺したのは……」

中島がいうと、戸井田が頷いた。

「この件に関しては、南スーダン政府の大統領が直接関与しているのかどうかはわからない。しかし、政府の高官の誰かが、親族を殺された復讐に〝ブードゥーの呪い〟を仕掛けたことは確かでしょう……」

「〝ブードゥー〟……ですか……?」

中島は、戸井田が何をいっているのかわからなかった。

「そうです……〝ブードゥー〟ですよ……」

〝ブードゥー〟は、西アフリカや中央アフリカ、メキシコ湾のハイチ共和国、アメリカ南部に広がる民間信仰のひとつだ。正式な宗教として認められた教団ではなく、布教も行なわれない。助けを求める者は拒まず、教義もなく、儀式は神の使いの祈禱師《きとうし》によるダンスや歌、動物の生贄《いけにえ》、霊の憑依《ひょうい》、呪術《じゅじゅつ》などの芝居がかった演出によって行なわれ、信仰が成り立っている。

〝ブードゥー〟を中心としたアフリカの類似信仰を含めた信者の数は、五〇〇〇万人以上になるといわれている。

戸井田が続ける。

「〝呪い〟とはいっても、本当に呪術だけで人を殺すわけではない。それは、自分たちの行為を正当化するためのひとつの手順にすぎない。復讐したい相手がいれば、〝殺し屋〟を雇う……」

「すると、例の〝ESS〟という民間軍事会社は……」

「そういうことです。奴らが〝ブードゥーの呪い〟の使者だということですよ。もちろん本当の黒幕との間には何重にもクッションが入っていると思うが……」

日本政府は、南スーダンの石油権益を失うことを怖れ、傍観しているしかない。あの〝ESS〟が日本の警察の目を気にせずに好き勝手に暴れられるのは、そういうことだったのか……。

「つまり、生き残った風戸や村田、宇賀神も、見殺しにするしかない。それでこの前、元〝特戦群〟の三人と〝ESS〟が戦ったらどちらが勝つかと訊いたんですね」

「そうです……。そして今回、時を同じくしてある〝偶然〟が起きた。それで事態が、より複雑になった……」

「どういうことです?」

中島が訊いた。

「隣国のスーダンから、この一件のキーマンの一人が急遽、帰国することになった。あの二〇一六年七月の事件でジュバのテレイン・ホテルにいて〝五班〟に救出された、MSFの長谷川麻衣子ですよ……」

中島と戸井田の話は、二時間以上にも及んだ。

時計の針はすでに、午後一一時を回っていた。

中島は最後に戸井田からアイフォーンを受け取り、小さく頷いた。

3

嫌な時間だった。

風戸は村田に銃を突きつけて家に戻り、麻衣子や陽万里に気付かれないように裏の納屋に連れ込んだ。宇賀神と二人で、村田を屋根を支える柱にロープで縛りつけた。

そしていまは、村田の顔にナイフの刃を当てている。

「このアイフォーンの暗証番号は、何番だ。あの高台で、誰と話していた?」

風戸は左手のアイフォーンを、村田の顔の前に近付けた。

だが、村田は口元に笑いを浮かべた。

「そんな芝居がかったやり方で、俺が吐くと思ってるんですか」

「俺は元〝特戦群〟の隊員だ。わかっているだろう。本当に吐かせようと思えば、方法はいくらでもある……」

〝特戦群〟は自衛隊の中でも唯一、拷問の方法を教え込まれる部隊でもある。

「風戸さん、俺だって元〝特戦群〟だったんですよ……」

村田のいいたいことは、わかる。

〝特戦群〟では拷問の方法と同時に、それに耐える訓練も行なう。当然、村田もその訓練を受けている。

おそらく村田は耳や鼻を削《そ》ぎ落としたくらいでは何も吐かないだろう。

風戸は、憂鬱だった。

兵士として、仲間の裏切りほど胸糞が悪いことはない。いつもは陽気な宇賀神も、納屋の入口に座り込んで顔を伏せている。

「俺のジープにGPS発信機を仕掛けたのは、お前か？」

「そうです。俺です……」

村田はあっさりと認めた。

「何のために？」

風戸が訊いた。

「いえません……」

「誰に頼まれた？」

「それも、いえません……」

こんな芝居じみたことをするくらいなら、銃で村田の頭を撃ち抜いて終わりにした方が気分がいい。

「話したくないなら、それでいい。終わりにしよう……」

風戸はナイフを腰のシースに仕舞い、かわりにベルトからGLOCKを抜いた。それを村田の頭に突きつける。

村田は目を閉じたが、まだ口元は笑っていた。

本当に、撃つか……。

トリガーにかかった指に力を入れはじめた時に、左手のアイフォーンが振動した。

村田が目を開け、驚いたように自分のアイフォーンを見つめた。

風戸はアイフォーンのディスプレイを見た。

――JUDAS（裏切り者）――。

ディスプレイに、相手の名がそう表示されていた。

電話がかかってきた時には、顔認証や暗証番号を入れなくてもつなぐことができる……。

風戸はそう思った瞬間に、電話を取った。

「はい……」

それだけをいって、相手の出方を待った。

しばらくして、相手の低い声が電話から聞こえてきた。

――村田、ではないな……。すると、風戸か？――

どこかで聞いた覚えのある声だった。

「まさか……。中島克巳一等陸曹殿ですか……？」

いや、いまは〝特戦群〟でさらに昇進しているはずだ……。

――よくわかったな。さすがは風戸だ。元気にしているのか――。

かつての上司にそう訊かれて、拍子抜けした。

「いったいこれは、どういうことなんですか。説明してください……」

異変に気付いたのか、宇賀神も風戸に歩み寄り、電話の声に耳を傾けている。

――その前に、急な用件がある。村田は、そこにいるのか。まだ、殺してないだろうな？――

「はい……生きてます……」

風戸はそういって、右手のGLOCKをベルトに戻した。

――それならよかった。いっておくが、村田は我々のインサイダーではあるが、裏切り者ではない。もし捕虜にしているなら、解放してやってくれ――。

風戸は、中島のいっていることの意味がわからなかった。

「それは、どういう意味ですか？」

――訳は、いずれ会った時に話す。その前に、確認しておくことがある。ジュバでお前たちが保護した長谷川麻衣子は、いま行動を共にしているのか？――

「はい、彼女が日本に帰国してから合流し、いまも娘と一緒に保護していますが……」

――それならいい。引き続き、保護しろ。彼女と娘の命を守れ――。

「了解しました。しかし……」

――質問はいい。もうひとつ、伝えておくことがある。三日後の五月一三日の深夜、もしくは一四日の未明にかけて、いまお前らがいるその家をある武装集団が襲撃する。岩田や石井、久保田を殺した奴らだ。敵戦力はおよそ一五名、全員がM4などの小火器で武装している――。

風戸は岩田や石井、久保田を殺した奴らと聞いて、頭の芯に炎が燻《くすぶ》り出すのを感じた。

「その武装集団の件、警察に通報したらどうですか」

それが日本の常識だ。

――いや、警察の介入は期待できない――。

やはり、そういうことか。

「それならば、我々にどうしろと？」

――武器は持っているか？――

「はい……。鹵獲したGLOCKが三挺と、あとは宇賀神がネットでコンパウンドボウやら何やらいろいろ買い集めてます……」

――それなら十分だろう。敵を、殲滅《せんめつ》しろ――。

中島が、低い声でいった。

「了解しました……」

――風戸、お前への用件は、以上だ。もしそこに村田がいるなら、電話を代わってくれ――。

「はい……お待ちください……」

風戸は腰のシースからナイフを抜き、柱の後ろで縛られている村田の手首のロープを切った。

村田が手首をさすりながら立ち、風戸からアイフォーンを受け取った。

「はい、村田です……。中島さん、お久しぶりです……」

電話で話しながら、村田は納屋を出ていった。

風戸と宇賀神は顔を見合わせ、首を傾げた。


一時間後――。

コナー・ベイカー〝少佐〟はベッドルームでアイフォーンを手に取った。

着信のバイブレーションが作動し、ディスプレイに文字が浮かび上がっている。

――JUDAS――。

ビールとウイスキーを飲み、今夜は半分眠りかけていたが、電話に出た。

「はい……」

そういった後で、大きなあくびをひとつした。

——〝ジュダス〟だ。寝ていたところをすまない——。

「急用なのか……?」

——そうだ。〝日程〟が確定した。予定どおり一三日の深夜、作戦を決行してくれ。相手のメンバーはカザト、ウガジン、ムラタの三人だ——。

「承知した。補充の人員も合流するので、予定どおり決行する。もうひとつ、マイコ・サガは村にいるのか……?」

——三人と一緒にいる。マイコ・サガと娘は殺さずに、生かしたまま捕獲しろ。彼女は三人とは別に、賞金が出るはずだ——。

「わかっている……」

——もし問題が起きたら、この電話に連絡してくれ——。

「了解した……」

電話が切れた。

〝少佐〟はアイフォーンをベッドサイドテーブルに置くと、もうひとつ大きなあくびをし、ベッドに潜り込んだ。


〝ジュダス〟は電話を切り、溜息をついた。

そして背後に立つ、中島を振り返った。

「終わりました……」

「賽《さい》は投げられた、ということですね」

中島がいった。

「そうです……。時間ももう遅い……」戸井田が腕のGショックを見た。「我々もそのあたりでラーメンでも食って、帰りましょうか……」

戸井田は中島と連れ立ち、防衛省庁舎の〝別班〟特別室を出た。

4

翌五月一一日――。

宇賀神健太郎は上半身タンクトップ一枚で、朝から汗を流していた。

村田が借りている裏山からヒノキの間伐材をチェーンソーで五本ほど切り出し、枝打ちをして、二メートルほどの丸太一五本に切り揃える。それを下に駐めてあるホンダの軽トラまで運ぶ。

丸太を肩に担いで歩く宇賀神の体に、強靱《きょうじん》な筋肉が盛り上がる。玉の汗が流れる。

宇賀神は途中で一度、肩の丸太を下ろし、長い髪を留めてある額のバンダナを外し、顔の汗を拭った。そしてまたバンダナを巻き直し、丸太を肩に担いだ。

軽トラの荷台に積み、次の丸太を運ぶ。

丸太をすべて軽トラの荷台に積み終えると、宇賀神は大きな体で狭い運転席に潜り込み、エンジンを掛けた。ギアを入れ、川沿いの林道を下っていく。

一キロほど行くと、川幅が次第に広くなり、みどり湖と呼ばれるダム湖になる。

この先で林道は県道四二八号線と対岸に渡る橋との分岐点に出る。だが、県道は土砂崩れのために通行止めになり、入口が閉鎖されていた。

宇賀神は、県道のゲートと橋の渡り口の手前で軽トラを路肩に駐めた。村で、古くから茗荷平《みょうがだいら》と呼ばれるあたりだ。

昔は炭焼き小屋があり、ミョウガがたくさん採れたのでそんな地名が付いたそうだ。だが、いまはたまにこのあたりの森に入るのは、地元の山菜採りや茸《きのこ》狩りの老人くらいのものだろう。

宇賀神は軽トラを降りてミネラルウォーターで渇いた喉を潤した。

そのペットボトルを運転席に放り込むと、荷台に回り、また丸太を肩に担ぎ上げた。

初夏の空が、汗で濡れた体に心地好い。しばらくはトレーニングもできなかったので、全身の筋肉が喜ぶような感覚があった。

宇賀神は道路脇の急な斜面を上り、丸太をすべて森の中に運び上げた。次に荷台の道具箱からスコップと木槌《きづち》を出し、それも森の中に運び込む。

森の斜面に適当な場所を見つけ、スコップで穴を掘った。チェーンソーとナタで丸太の一方を削って尖《とが》らせ、穴に差す。その頭を木槌で叩き、地面に立てる。

昔から、土木作業は得意だった。

宇賀神に限らず、陸自の隊員はすべてそうだ。塹壕《ざんごう》を掘る、輸送路を作る、陣地を構築するという土木作業が、銃を撃つ以前の陸自の隊員の基本だからだ。

あの南スーダンPKOの第一〇次隊の時だってそうだ。派遣された自衛隊は第一一普通科連隊、第七施設大隊を中心に、現地の道路補修やインフラ整備など、土木工事によってUNMISSに貢献した。そしてその技術が、世界一であることを世に知らしめた。

宇賀神も〝特戦群〟に選抜される以前から、塹壕掘りなどで土木作業を叩き込まれた経験がある。だから、体を鍛えられた。

こんな小さな〝トラップ〟を作るくらいの土木作業なら、一人で半日もかからない。

丸太を道路脇の斜面にコの字形に組み、そこに周囲の土や岩、石を放り込んでいく。

時折、手を休めて眼下の風景を眺める。

樹木の陰の向こうに、みどり湖の蒼《あお》い水面と、そこに架かる小さな橋が見える。箱庭のような風景だ。

その橋を、白い軽自動車——スズキ・アルト——が渡ってきた。軽自動車は手前の路肩に駐めてある軽トラの横を通り、林道を川の上流に向かって走り去った。

樹木の梢が邪魔してナンバーは見えなかったが、どうせ村役場の車だろう。村田の家の奥に住むキネ婆さんの様子でも見に来たに違いない。

軽自動車は、それから小一時間経ってから林道を下ってくると、また橋を渡って村役場の方角に戻っていった。

来る時も、帰る時も、路肩に駐めてある軽トラを気にする様子もなかった。

日本の田舎や山村では、白い軽トラックは風景の一部だ。極端なことをいえば、ステルス性があるようなものだ。

その意味でも、これほど便利な道具はない。

昼近くになって軽トラに戻り、荷台に座って握り飯を食っていると、今度は上流の方から風戸のジープが下ってきた。

宇賀神が軽トラの荷台から飛び降り、ジープを止めた。麻衣子と陽万里も乗っていた。

「すごいな。これ全部、お前が一人で作ったのか?」

風戸が運転席から山の斜面を見上げた。

「そうっすよ。まあ俺は〝特戦群〟の前は施設部隊だったんで、このくらいどうってことないっす。

ところで風戸さん、どこに行くんですか？」

宇賀神が残りの握り飯を口に放り込んだ。

「飯田《いいだ》まで買い出しに行ってくる。何かいるものはあるか？」

飯田は県境を越えた長野県側だが、このあたりでは一番大きな町だ。確か、ホームセンターも何軒かあったはずだ。

「それなら電気のコードを三〇メートルくらいと、配線用の圧着ペンチのセット、それに手ごろなスイッチをひとつ。あと黒色火薬が一〇キロほどほしいですね……」

黒色火薬そのものが日本で売っているわけがないが、木炭と硫黄、硝酸カリウムを混合し、乾燥させれば、簡単に作ることができる。それらの材料は、ホームセンターの園芸コーナーで肥料として売っている。作り方も、元〝特戦群〟の隊員ならば誰だって知っている。

「わかった。ホームセンターを回って、買い揃えてこよう。夕方までには戻る」

風戸がそういって、走り去った。

宇賀神は橋を渡っていくジープの後ろ姿を見送った。

蒼い湖水が、陽光にきらめいていた。

何とものどかな景色だった。

5

夜は庭にテーブルと椅子を並べ、炭を熾《おこ》し、風戸が買ってきた肉と野菜でバーベキューを楽しんだ。

肉を食い、ビールを飲み、暖かい火を囲んで語り合う。

自衛隊にいたことのある者は、みんなこんな夜を過すのが好きだ。若かったころの、辛くても、あの楽しかった時を思い出し、感慨にふけることができる。

もう一度あのころに戻りたいと願っても、だがそれは叶《かな》わない。

麻衣子と陽万里も、この平和な夜を楽しんでいた。

彼女たちは、もう三人の仲間のようなものだ。いつの間にか、風戸らの胸にもそんな感情が芽生えていた。

食事も終わり夜も更けると、麻衣子と陽万里は風呂に入るといって家の中に戻った。

三人の男たちはビールの缶をウイスキーのグラスに持ち替え、また話を続けた。

「さて……。嫌な話を、すませてしまうか……」

風戸がウイスキーのグラスを手に、そういった。

宇賀神が風戸の顔を見る。

村田はウイスキーをひと口飲み、俯きながら、二度三度と頷いた。そしていった。

「何でも訊いてください。答えられることは答えるし、無理なことは無理だ。それで俺が信じられないのであれば、拘束しておくにしろ処刑するにしろ自由にすればいい……」

「わかった。それじゃあ、最初の質問だ。村田、お前は何らかの組織のインサイダーだったのか？」

風戸が訊いた。

「そうです。そう考えてもらって、間違いじゃない……」

バーベキューコンロの炭火が、少しずつ小さくなってきた。

その燧火《おきび》と、テーブルの上のランタンの明かりで、村田の顔が赤く染まっていた。

「その組織の窓口が、〝ジュダス〟……つまり、中島元一等陸曹だということなのか……？」

だが、村田はその質問に少し考え、首を横に振った。

「それは半分当っているが、半分は違っている……」

「どういうことだ？」

「〝ジュダス〟というのは、まったく別の男です。俺も、あの電話が中島さんからかかってきたことに、驚いている……」

意味のわからない話だが、村田が嘘をいっている様子はない。

「それなら、〝ジュダス〟の正体は？」

「自衛隊の、上官です……」

「隊と、部署は？」

「それは、いえません……。もしいえば、俺は命令に背いたことになる……」

村田のいっていることは、奇妙だった。

「わかった。それなら質問を変えよう。村田、お前はもしかして、まだ自衛隊員なのか？」

村田は少し考え、頷いた。

「そうです……。自衛隊員、といって間違いではない……」

「陸自だな？」

「そうです……」

村田が頷く。

「隊と、階級は？」

「それはいえません……。俺が自衛隊員であることは、公式には極秘事項になっているからです……。防衛省の陸自の名簿を見ても、俺の名前は存在しない……」

いったい、どういうことだ？

「それなら、連絡を取っていた〝ジュダス〟という男と、中島さんも、お前と同じ隊、もしくは班に所属しているのか？」

村田が少し考え、答える。

「〝ジュダス〟は、そうです。中島さんも、いまはそうなのかもしれない……」

そうなのかもしれない？

また村田が、奇妙なことをいった。

だが、風戸はそのひと言で、ふとあることに思い当った。

「村田お前、まさか……〝別班〟にいるのか……？」

表面上は陸自を退役し、それでいて陸自配下のスリーパーとして指令を待ち、来るべき時が来たらスパイ、もしくはサボタージュ要員として暗躍する……。

そんなポジションは陸自情報部〝別班〟以外には考えられない。

村田は風戸の言葉を肯定もせず、否定もしなかった。

ただ手の中のグラスに反射するランタンの炎を見つめ、何かを考えるように俯いていた。

だが、否定しなかったということは、自分が〝別班〟の隊員であることを認めたのと同じだ。

風戸が続けた。

「しかし、なぜ陸自の上層部が我々元〝特戦群〟の生き残りを敵に売るようなことをするんだ？」

村田はしばらく黙っていたが、ふとこんなことをいった。

「陸自が我々のことを見捨てたわけじゃない……。でも、日本政府が我々のことを〝削除〟しようとしているのかといわれれば、否定はできませんが……」

回りくどい説明だったが、村田のいわんとしていることも理解はできる。

昨夜、中島は電話で確かにこういった。

――殲滅しろ――。

それは、日本政府と我々元〝特戦群〟の生き残りとの間に挟まれた陸自の幕僚監部の、究極の選択ではなかったのか――。

「村田さん、俺からもひとつ、訊きたいことがあります……」

それまで黙っていた宇賀神が、唐突にいった。

「遠慮はいらない。何でも訊いてくれ……」

村田が頷く。

「久保田のことです。あいつももしかして、村田さんと連絡を取っていたんじゃないですか？　この家に、いたんじゃないですか？」

宇賀神がそういってポケットから何かを出し、テーブルの上に置いた。

古い、ジッポーのライターだった。

ライターには〝特戦群〟の証《あかし》である剣、鳶、桜星、榊を図案化した部隊章のメダルが貼られ、蓋には〝Y・KUBOTA〟と名前が彫られていた。

「お前、これをどこで……」

風戸が宇賀神に訊いた。

「この家に来た翌週に、居間の茶簞笥《ちゃだんす》の引出しの中で見つけたんです……。でも、村田さんを疑いたくなかったから、いい出せなかった……」

宇賀神の言葉に村田が頷いた。

「久保田がこの家にいたことは、事実だよ……。〝ジュダス〟の命令で、ここに送り込まれてきた……。スーダンから帰国する長谷川麻衣子に連絡を取り、久保田が合流して、この家で保護する手筈になっていた……」

だが、手違いが起きた。

〝ジュダス〟の命令で浜名湖を偵察、敵のアジトに潜入した時に、久保田が捕らえられて捕虜になった。

村田は久保田の救出を試みたが、失敗した。

結果、久保田は敵の拷問を受け、処刑された——。

「久保田は、拷問を受けても何もいわなかった……。殺されるまで、耐えた……。苦しかったろうな……」

宇賀神は涙をこぼし、はなをすすった。

「その久保田を殺した〝敵〟と、二日後にここを襲撃する一五名の〝武装集団〟というのは、同じ奴らだな」

風戸が訊いた。

「そうです。同じです。奴らの正体は〝ESS〟……アメリカ海兵隊上がりの、民間軍事会社です……」

やはり、そうか。浜名湖で戦った時の格闘技の動きは、確かにアメリカ海兵隊のものだった。

「村田、最後に訊きたいことがある」

風戸がいった。

「何です?」

「村田、お前は俺たちの味方なのか。それとも、敵なのか?」

「味方です」

村田が、はっきりといった。

「信じていいんだな?」

「はい、信じてください……」

村田が風戸と宇賀神の目を見て、そういった。

6

五月一二日、前日——。

村田は午前中にジムニーに乗り、キネ婆さんを迎えに行った。

キネ婆さんはいつもの野良着ではなく、外出用の一張羅の上着を羽織って家の前で待っていた。頭には花柄のリボンの付いた帽子を被り、唇には薄く紅まで差して、両手にハンドバッグとボストンバッグを持って立っていた。

村田はキネ婆さんの前に車を停めて、ボストンバッグを荷台に積んでやった。

「こんな恰好で、しょうしくにゃ〜かね……」

キネ婆さんが助手席に乗り、少し恥じらうようにいった。

このあたりは愛知県でも長野県との県境に近いので、話す言葉も二つの県の訛《なま》りが入りまじる。

「ああ、似合ってるよ。まるでどこかのお嬢様みたいだぜ」

村田がいうと、キネ婆さんが本当に娘のように照れて笑った。

「でも、本当にええんかい。私がそらん良い宿に泊めてもらっても……」

キネ婆さんには、懸賞で当った二泊三日の温泉旅行に、自分のかわりに行ってくれないかと誘いだした。

「ああ、気にしなくていいよ。いつも世話になってるし。俺は忙しいし、どうせただなんだから誰か行かないともったいないじゃないか……」

村田はジムニーをキネ婆さんの家の庭でUターンさせ、林道を下った。

「でも、だいじょうぶかな……。うちには鍵がにゃ〜し……」

この村には鍵がなかったり、壊れたまま直していない家が多い。泥棒なんて、いないからだ。

「心配いらないって。麻衣子さんと陽万里ちゃんが婆ちゃんちに泊まって留守番してくれるっていってたし。楽しんできなよ」

「そうじゃんねぇ〜」

キネ婆さんは上機嫌だった。

村田とはもう隣同士で三年の付き合いになるので、気心も知れている。

間もなく車は、村田の家の前を通る。畑に出て作業をしていた風戸や宇賀神、庭で遊んでいた麻衣子と陽万里も車に手を振った。

キネ婆さんも助手席から手を振っている。

村田は林道を下った。

今日はこれから長野県飯田市の天龍峡《てんりゅうきょう》温泉《おんせん》の宿までキネ婆さんを送る。明日は宿に頼み、天龍峡名物の川下りも予約してある。

明後日、一四日の昼ごろにキネ婆さんを迎えに行くころには、すべてが片付いて村は安全になっているだろう。

村役場の前を通り、国道一五一号線に出る手前で一台の静岡ナンバーの軽自動車とすれ違ったが、村田はまったく不審には思わなかった。


清水警察署刑事課の鈴木忠世士警部補は、愛車の白いスズキ・アルトのステアリングを握っていた。

運転しながら、ナビを見る。もう車は、豊根村に入っている。助手席では部下の大石正伸巡査部長が、地図と外を交互に見ながら道を探している。

「あ、あれですね。あそこに〝星空キャンプ場〟という看板が見える……」

大石がそういって、前方の電信柱を指さした。

「ああ、見えてる……」

鈴木は看板のとおりに、その先の道を左に曲がった。

休みを取ってキャンプをしよう……といい出したのは、鈴木だった。

二人ともゴールデンウィークはほとんど休めなかったし、〝上〟からはいつも少し公休を消化しろといわれていた。

それならば男同士でキャンプでもやろうかということになり、この豊根村の〝星空キャンプ場〟をネットで探して予約を取り、二人連れ立ってやってきた。

キャンプとはいっても、遊びではない。

いわば、公休を使った〝捜査〟だ。

二人はすでに二度この豊根村を訪れて風戸と宇賀神、そしてもう一人の男と女がいるダムの奥にある家の様子を探っていた。だが、昼間来てみてもただのどかなばかりで、不審な様子はまったくなかった。

あの家にいる女と娘は、五月一日に浜松市の三ヶ日町で起きた轢き逃げ事故の〝現場〟から姿を消した母子ではないのか……。

それならば一度、奴らの夜の様子を見てみようということになり、鈴木がこのキャンプを企画した。

本来〝捜査〟ならば道義として愛知県警を通さなければならないのだが、プライベートのキャンプの途中に何かが起きても、後から言い訳はつく。

キャンプ場は村の中心部からそう離れていない場所にあった。

森を切り開いた広大な敷地の中に小川が流れ、シャワールームや炊事場もある環境の良い施設だった。芝が張られ、そこをオートキャンプ用に二〇区画ほどテントスペースが区切ってある。

きっと子供を連れてきたら、喜んだだろう。

だが、まだ金曜日の午後ということもあり、鈴木たち以外には一組しかテントを張っていない。

鈴木は自分たちの区画にアルトを駐め、大石と二人でテントを張った。去年の夏休みに家族で一度使っただけの、五人用の大きなテントだ。タープも付いている。

他にテーブルと椅子が二脚、ビールや氷が入ったアイスボックス、ツインバーナー、バーベキューセット、食料の入った段ボール箱など、次から次へといろんな物が出てくる。

「こんな小さな車に、よくこれだけ積めたもんですね……」

大石が荷物を下ろすのを手伝いながら、しきりに感心する。

「ああ、こいつリアシートを畳むとけっこう積めるんだよ。俺の苗字が〝鈴木〟だから昔からスズキの車が好きでね。日本は狭いんだから、車も小さな方がいい……」

妻の仁美は大きなワゴン車に好んで乗るが、あんなものどこがいいのか、鈴木にはわからない。アルトの方が混み合う市街地をきびきび走れるし、4WDなので林道だって平気で行ける。

それに、何といっても燃費が良くて、経済的だ。

二人で無駄口を叩きながらキャンプの準備をしていたら、もう陽が西に傾きはじめていた。セットしたテーブルと椅子に座り、小川と森の風景を眺めながら少し休んだ。

それにしても気分がいい。男同士のキャンプなんて、何年振りだろう……。

大学時代は登山をやっていたのでよくこんなことをしていたが、警察に入ってからは記憶にない。少なくとも、結婚してからは初めてだろう。

「さて、日の暮れる前に奴らの家の偵察に行こう。戻ってきたら早目に飯にして、一杯やろう」

風戸や宇賀神のいる家は、村役場の反対側のダムの上流にある。同じ村内でも、車で片道二〇分以上はかかるだろう。

「一杯やろうって……。今日は深夜に〝張り込み〟をやるんじゃなかったんでしたっけ……?」

大石が首を傾げる。

「まあ、固いことというな。深夜の偵察は明日でいい。今夜はのんびりやるさ……」

鈴木はそういって、スズキ・アルトの運転席に乗った。


同日、夜——。

〝少佐〟はピザやフライドチキン、ハンバーガー、ビールの並んだテーブルの椅子から立ち、補充したメンバーを含めて一四人の隊員を前にちょっとした訓示を述べた。

「いよいよ、明日だ。今日、ここにこうして集まった仲間を、私は誇りに思う。とにかく今夜は、最後の夜だ。そして明日、目が覚めたら、すべての武器と装備をもう一度確認しろ。そしてこの基地を出たら、たったひとつの目的を遂行するために全力を尽くせ。わかったか！」

「イェッサー！」

隊員たちから、気勢が上がった。

「ビート・ゼム！（奴らをやっつけろ）」

〝少佐〟が、拳を突き上げた。

「ビート・ゼム！」

隊員たちが、応じる。

「ビート・ゼム！　ビート・ゼム！　ビート・ゼム！」

「ビート・ゼム！　ビート・ゼム！　ビート・ゼム！」

「今夜は、楽しめ！」

「オー！」

隊員たちはバドワイザーの栓を抜き、頭上に掲げた。

〝少佐〟はしばらく隊員たちとビールを飲んで騒いでいたが、やがて一人で場を抜け出した。

自室に入り、明かりをつけた。

ベッドサイドテーブルに歩み寄り、引出しを開けた。

そして中からツギハギだらけの、奇妙な布の人形を取り出した。

人形には〝VOODOO〟、〝REVENGE〟、〝CURSE〟などの不気味な文字が刺繍《ししゅう》されている。

〝少佐〟は人形を左手に持ち、見つめながら、口の中で呟いた。

——ブードゥーなんて、クソ食らえだ……。だが、ジョン・リードとウィリー・ブラウンの仇は、きっと取ってやる……。絶対に、だ——。

〝少佐〟はポケットの中からマルチツールを出し、細いナイフを起こすと、その刃で人形を壁に串刺しにした。

7

五月一三日——。

この日の豊根村の気温は早朝に一一・四度、予想最高気温一八・二度。朝からどんよりとした雲に周囲の山々の尾根が霞んでいた。

「午後から雨になりそうだな……」

宇賀神がハムエッグと納豆の朝食を食いながら、おっとりといった。

「まあ、〝雨天決行〟っていうやつだろう。少しくらい雨が降った方が、地の利があるこちらに有利だ……」

風戸も箸を動かしながら、答える。

「まあ、雨は嫌いじゃないですけどね。でも、せっかく納屋で乾燥させている黒色火薬が湿気《しけ》ちゃうとまずいんですよ。何とか濡れないように運ぶ方法を考えないと……」

宇賀神がそういってタクアンを二切れ口に放り込み、茶わんの飯を掻《か》き込んだ。

「天気、ウェザーニュースで調べてみましょうか」

麻衣子が箸を置いてアイフォーンを手にし、検索する。

「どんな具合だ？」

風戸が訊く。

「そうですね……。雨が降りはじめるのは午後三時から四時ごろみたい……。最初は一時間に一ミリくらいの小雨だけど、夜の八時ごろから強くなりはじめて、日付が変わる深夜あたりには土砂降りになりそう……」

「そうか。よし、早いところ飯をすませて、準備に取りかかろう……」

今夜、戦闘があるとは思えないほど和やかな雰囲気だった。

だが、村田だけは黙々と飯を食うだけで、ひと言も話さない。

食事を終えると、宇賀神が居間に大きな段ボール箱を運び込んだ。

「みんな、まだあるから手伝ってくださいよ……」

風戸と村田も、納屋にあった段ボール箱を運ぶのを手伝った。その数、大小合わせて全部で七つ。

それを宇賀神が、ベルトからマルチツールを抜いてナイフの刃を起こし、次々と開けていく。

「まずこの箱は、各自の野戦服です。ひとつずつ分配しますから、サイズと上下揃っているか、ベルトや帽子が入っているかを確認してください。まずこのXLは、風戸さん。この2XLは、あっこれは自分のだ。そして、このLが村田さん。みんなちょうどいいと思います……」

宇賀神が一人ずつに迷彩の野戦服の上下を配っていく。

風戸は自分の分を受け取りながら、まだ二〇歳の時に陸自に入隊した時のことを思い出していた。

初めて新品の野戦服を配られて仲間とそれを着た時には、うれしくて心が躍ったものだ。

風戸は野戦服を広げて、少し驚いた。

「宇賀神、これ、〝本物〟の自衛隊の野戦服じゃないか……」

「そうですよ。パターンも生地も、現行の2型の正規品です。いまは楽天にも自衛隊のPXショップがありますから、〝本物〟も簡単に手に入ります。そしてこのMは、麻衣子さん……」

陸自の隊員、中でも〝特戦群〟にいた者は暗闇でも味方の野戦服を見分ける訓練を受けているので、これを着ていれば同士討ちを避けられる。

だが、その時、陽万里がちょっと寂しそうな顔をした。

「私のは……」

「陽万里ちゃんのか……。この自衛隊の野戦服は、みんな大人用のなんだよね……」

宇賀神が眉を八の字にして、悲しそうな顔をした。

「うん……」

「でも、これならあるよ。一三〇センチのキッズサイズの迷彩服！」

宇賀神が段ボール箱の中からひと回り小さな包みを取り出すと、陽万里の表情が輝いた。

「やったァ〜。私のもあった〜！」

陽万里が包みを抱き締めて、飛び跳ねて喜んだ。

風戸は周囲の仲間の表情を、冷静な目で観察していた。

穏やかだった。

不自然なほどに、平穏だった。

全員が無理をして沈着を装っているのか。それとも、本当にこのまま何も起こらずに時間だけが過ぎていくのか――。

「どう……見て。似合うでしょう……？」

麻衣子がＴシャツの上から野戦服を羽織り、まるでファッションモデルのようにくるりと回った。

風戸も思わず、表情が緩んだ。

実際によく似合っていたし、美しくもあった。

「さて、次は俺と風戸さん、村田さんの三人だけ。ポンチョです。フリーサイズだから、体に合わなくても何とかしてください。そして次は……これも高かったので俺たちだけで八倍デジタルズームの赤外線ナイトビジョンが三個……トランシーバー、これは四台……。それにＢＵＣＫの１１９番のハンティングナイフが三本と、ＸＨＰ１６０ＬＥＤ、一万ルーメンの高輝度タクティカルライトが麻衣子さんの分も含めて四本……」

宇賀神はアマゾンや楽天で買い集めた品物を皆に配りながら、どこか楽しそうだった。

こいつだけは本当に、いまの情況を無邪気に楽しんでいるのかもしれない……。

「それじゃあいま配った物をもう一度、各自すべて確認してください。そして今夜は早目に夕食をすませたいので、16・00時にここに集合してください。その時には、野戦服を着用していま配った装備を各自すべて身に着けてくること」

宇賀神が完全に仕切っている。

風戸はその張り切り方を見て、おかしくなった。

「さてと。それじゃあ俺は、雨が降り出す前にトラップを仕上げてきますから」

宇賀神が空になった段ボール箱を畳み、ビニール袋をゴミ袋に詰め込んだ。

「俺も手伝おう……」

それまで無言だった村田が、ゆっくりと立ち上がった。

二人が肩を並べて、家を出ていく。

風戸はその後ろ姿を見て、いいようのない不安に駆られた。

村田のことを、本当に信じていいのか……。

8

浜名湖の周辺は、朝からよく晴れていた。

湖畔の浜松市中央《ちゆうおう》区庄内町に住む吉野光造《よしのこうぞう》は早朝からプレジャーボートで沖に釣りに出て、午前一〇時前にマリーナに戻ってきた。

歳《とし》も七〇を過ぎて仕事も数年前に定年退職し、やることもなく、天気の良い日には湖に釣りに出ることを日課にしていた。

浜名湖には海水が流入しているので、弁天島の南まで下れば海の魚が釣れる。今日の獲物は季節のアジが二〇尾ほどに、それを一匹掛けして釣った六〇センチほどのスズキが二尾。ほんの数時間としてはまずまずの釣果だった。

吉野はボートを自分の桟橋に係留し、獲物の入った重いアイスボックスを陸に上げた。釣り具を担ぎ、自分も桟橋に飛び移った。

木陰に駐めてある軽トラに荷物を運ぶ。荷台に荷物を載せ、ポロシャツのポケットからタバコを出して一服火を付けた後、視線を上げた時に、奇妙な光景が目に入った。

湖を見下ろす丘の上の木陰の中に、動く物が見えた。

人、だ。何人かの黒装束の男たちが、木立の中を歩き回っているように見える。

何をやっているのだろう……。

確かあの丘の上には、貸別荘が二棟、建っていたはずだ。そこを一カ月ほど前から、奇妙な外国人の一〇人以上のグループが借り切っていると聞いている。

吉野が借りているマリーナの隣の桟橋に係留してあるクルーザーも、その外国人たちがレンタルしているものだ。

タバコをくゆらしながら、ぼんやりと丘の上の様子を眺めていた。どうやら黒装束の男たちは、車に荷物を積み込んでいるらしい。貸別荘の敷地は木立に囲まれているので、下のマリーナから吉野に見られていることには気付いていないらしい。

それにしても、あの外国人の男たちは何者なのだろう。

そういえば二週間ほど前だったか、このマリーナの対岸の大崎の別荘地で、轢き逃げ事件が起きてニュースになった。あの事故も、地元では外国人がやったという噂がある。

まさか、この上の貸別荘に泊まってる奴らが犯人なんじゃないだろうな……。

吉野はタバコを吸いながら、そんなことを思っていた。

短くなったタバコを、地面に落として足で踏み消した。

軽トラに乗ろうと思ってもう一度、丘を見上げた。その時に、信じられない光景を目にしたような気がした。

いま男が運んでいたものは、軍用のライフル銃ではないのか……。

だが吉野は、確かに見たはずの光景を頭の中で打ち消した。

まさか。そんなことがあるわけない。

もしライフル銃に見えたのだとしたら、高校生の孫の翔太《しょうた》が最近夢中になっているエアガンか何かだろう……。

吉野は軽トラに乗り、エンジンをかけた。


四台の車の前に、一四人の兵士が並んだ。

〝ESS〟の部下が七人に、新しくアジア圏で活動する軍事警備会社から補充したメンバーが七人。それに〝少佐〟自身を加えて計一五人――。

車は〝少佐〟が日本で調達した黒いジープ・ラングラー・ルビコンが二台と、補充したメンバーが空港で借りてきたやはり黒のランドクルーザーが二台――。

〝少佐〟も含めて一五人の兵士は全員が黒のタクティカルジャケットとパンツ、ブーツで身を固めていた。

まるで、ニンジャかデルタフォース（第一特殊部隊デルタ作戦分遣隊）のようだ！

意図したわけではなかったが、作戦決行が今日の深夜と決まったいまとなっては、理想的な小隊に仕上がった。

現地は今夜、雨になる。この黒い〝小隊〟が雨と闇に紛れて山間部で行動する。日本の元セルフ・ディフェンス・フォースの男たちもこの〝ニンジャ〟のような小隊に襲われれば、手も足も出ないだろう。

〝少佐〟は一四人の〝ニンジャ〟を前に、後ろ手を組み、インストラクションを行なった。

「いよいよ、今夜だ。すでに各自、準備も終え、心構えもできていることと思う……」

寄せ集めの兵士ではあるが、さすがは全員、軍隊経験者たちだ。

場をわきまえている。

昨夜の壮行パーティーの時は飲んだくれて大騒ぎしていたが、今日は全員が無言で〝少佐〟の言葉に耳を傾けている。

〝少佐〟は型どおりに咳払いをひとつして、言葉を続けた。

「任務を完遂しろ。ミスを犯すな。我々は世界最強の軍隊、USマリーンの兵士だったことを忘れるな。以上だ」

〝少佐〟のスピーチの後を、副司令官の〝大尉〟――ダニエル・ホランド――が引き継いだ。

「さて、実務の指示に移ろう。今日はこれからランチを早めに摂り、体を休めておけ。今夜は一睡もできない可能性もあるので、できれば昼寝をしろ。予定では一四時に司令部、いつもの二号棟のリビングに集合。その時に現地までの地図と、〝USA〟から収集した現地の地形や主な情報を各自のアイフォーン、もしくはタブレットに送信する。また今夜の天候は雨になると予想されるので、配布したポンチョの他に各自が適切な準備をおこたらないこと……」

〝少佐〟は斜め背後に立ち、全体を見渡しながら、〝大尉〟の言葉に耳を傾けていた。

すべてが、予定どおりに進んでいる。

今夜から明日の未明にかけて我々は〝任務〟を完遂し、全員がこの基地に帰還して〝バービー〟を〝ジュダス〟に引き渡す。そしてすべてを撤収して解散。各自が別便で、本国に戻る……。

何も問題はない。すべてが、完璧だ。

だが……。

この胃の中に鉛を呑み込んだような不安は、いったい何なのだ……???

9

清水署の鈴木刑事はキャンプチェアに座り、山に囲まれたどんよりとした空を見上げた。手にはポカリスエットのペットボトルを持っていた。

昨夜、久し振りのキャンプで少し飲み過ぎたせいか、この曇り空のように頭が重い。テントの向こうのツインバーナーでは、部下の大石刑事が何かを作っている。

「大石、朝飯はまだか」

鈴木はポカリスエットを飲みながら訊いた。

「朝飯っ……て、もう昼飯の時間ですよ。はい、これ飲んで待っててください」

大石がマグカップに入ったコーヒーを持ってきて、鈴木の足元の収納ボックスの上に置いた。

「朝でも昼でも何でもいい。飯は何だ?」

鈴木がペットボトルを置いて、マグカップを手に取った。

荒れた胃が受け付けてくれるかどうかわからないが、いまの鈴木には毒のような臭いがするコーヒーをすすった。

「飯はカレーです」

カレーも胃が受け付けそうもない。

「何か、他の物はないのか……」

「キャンプにはカレーだといったのは鈴木さんでしょう。もうすぐできるから、待っててくださ い」

仕方なく、カレーを食った。

休み休み食いながら、溜息をつく。

下を向くと吐きそうなので、無理に呑み込んで空を見上げた。いまにも雨が降ってきそうだった。

「そろそろ降りそうですね……」

大石がカレーを美味そうに食いながら、いった。

「そんなことはわかってる……」

「これを食い終わったら、早めにキャンプを撤収しませんか」

「いや、だめだ。今夜もここに泊まるんだから。深夜の偵察から戻ってきても、寝る場所がなくなる……」

「雨が降り出してからじゃ、面倒ですよ。今日は土曜日だっていうのに他のキャンパーは誰も来ないし、〝あちらさん〟も帰り支度を進めてるし……」

昨夜、一緒だった家族連れのキャンパーも、早々とテントやテーブルを撤収して車に乗り込み、走り去った。

広いキャンプ場に残されたのは、鈴木と大石だけになった。

黙っている鈴木に、大石がいった。

「本当に今夜、あのダムの向こうまで行って〝張り込み〟やるつもりなんですか……」

「当り前だ。そのために来たんだろう」

鈴木がカレーを何とか半分だけ食べて、皿をテーブルの上に放り出した。

「無駄だと思いますけれどね……」

「いいからカレーを早く食っちまえ。食ったら昼間の〝偵察〟に出かけるぞ」

「はいはい、わかりましたよ……」

大石が急いでカレーを掻き込んだ。

10

同日、12《ヒトニー》・50《ゴーマル》時——。

〝別班〟の中島克巳二等陸尉は、市谷本村町の防衛省庁舎ビルの地下駐車場にいた。

陸自の迷彩の野戦服を身に着けている。濃緑色に塗られたアタッシェケースと、もうひとつ大きなボストンバッグを庁用車の業務車1号——濃緑のプリメーラワゴン——の荷台に載せ、リアゲートを閉じた。

足音に気付き、振り返った。

背広を着た戸井田が歩いてきて、中島の前で立ち止まった。

「中島さん、野戦服なんか着てどこに行くつもりですか？」

戸井田が訊いた。

「どこにって、豊根村ですよ。部下たちがこれから戦闘任務に就こうというのに、本来なら指揮官である私がここで手をこまねいているわけにはいかんでしょう」

中島には、過去の苦い記憶がある。

二〇一六年七月一二日、南スーダンの首都ジュバ——。

なぜあの時、自分は、班長として実行部隊と共にテレイン・ホテルの現場に向かわなかったのか。

もし自分がいたら、あの戦闘は防げたかもしれない。松浦は死ななくても済んだかもしれないし、自衛隊が大統領の親族を射殺することはなかったかもしれない——。

「そのような恰好で庁用車に乗って行動したら、自衛隊であることを宣伝しているようなものだ。この件に、〝別班〟が絡んでいることは、絶対的な機密なんですよ」

「それなら戸井田さんは、どうするつもりなんですか。現地には行かずに、ここで高みの見物ですか。いずれにしても犠牲者は出ます。その後片付けを誰がやるんですか。もし風戸、村田、宇賀神の三人が生き残ったとしたら、誰が救出するんですか。私が行かなかったら、誰が責任を取るんですか」

中島は、一気に捲《まく》し立てた。

「それは……」

「戸井田さんは、現地に行かないつもりですか?」

中島が訊くと、戸井田は困惑する様子を見せた。

「私は、他にやらなければならないことがあって……」

「彼らの命よりも大切なものが、他にあるんですか……それは、どういうことですか……?」

戸井田が、しらを切った。

だが、明らかに動揺している。

「筋書きを話しましょうか」

中島がいった。

「どうぞ……」

「戸井田さん、あなたは〝ESS〟と元〝特戦群〟の三人が戦うことを、好都合だと考えている。長谷川麻衣子をトロフィーにして両者を戦わせ、どちらが勝ってもいい。その上であなたは、勝った方に付く……」

「なるほど……。続けてください……」

「結果がどうなっても、不都合は起こらない。長谷川麻衣子は、勝ち残った方から保護すればいい。もし〝ＥＳＳ〟が勝ち残れば日本政府の保護の下に超法規的な措置で海外に脱出させ、逆に元〝特戦群〟の三人が生き残れば全員を抹殺する……」

もしくは村田だけがこの〝別班〟の隊員として救出されるのか……。

中島の言葉に、戸井田が静かに頷く。

「読みが鋭いですね。大方、当っています。しかし、決定的なところで中島さんは考え違いをしている……」

「ほう……。どこがですか……？」

「まず、私は、どちらが勝ってもいいとは考えていない。その上で、しかるべき準備をしている」

「準備？」

「そうです。結果がどうなるにしても、現場は凄惨なことになるでしょう。その後始末まで、警察にまかせるわけにはいかない。だから私は、現場に行く前に〝他にやらなければならないこと〟があるんですよ」

戸井田のいうことにも、一理ある。

「なるほど。他には？」

「そして中島さんは、まだ長谷川麻衣子の正体を知らない……。私は、まだ話していない……」

「確かに……」

そうだ。

長谷川麻衣子は、何者なのか。ただのMSFの職員などでないことは確かだ。

「実は、彼女の本当の身分は……」

戸井田が中島に歩み寄り、肩に手を置き、何かを囁《ささや》いた。

中島はその言葉に、耳を傾けた。

何だって？

まさか、そんなことが……？？？

「そういうわけです。もし中島さんがどうしても豊根村に行くというなら、それでもかまわない。先に行って、待っていてください。私も後から、合流します……」

戸井田はそれだけいうと、振り返ることなく、歩き去った。

11

宇賀神はトロ箱の中の黒色火薬を手に取り、出来具合を確認した。

良い出来だ。狭い納屋の中で一昼夜、乾燥機をかけっぱなしにしていたので、よく乾いていた。

匂いを嗅ぎ、手を払って頷いた。

ホームセンターで買い集めたあり合わせの材料で作った黒色火薬だが、これなら十分に使えるだろう。

宇賀神はこの火薬を村田と共に大小数本のペットボトルに分け、棒で圧縮し、電極を埋め込んだ。

そのコードを蓋に開けた穴から出して、口を閉める。その周囲をボンドで固めて湿気が入らないようにすれば、宇賀神流のダイナマイトのできあがりだ。

「器用なもんだな……」

村田が手を休め、感心して見ている。

「うん、俺、〝施設科〟の出身なんですよ。だから、このくらいはお手の物です……」

宇賀神が手際よく作業を進める。

「そうか……。お前、〝えび茶〟（陸上自衛隊施設科の識別色）だったのか……」

「そうっす。〝えび茶〟です……」

宇賀神は、村田と話をしながら作業を進めることが楽しかった。

自衛隊時代の仲間は、みな永遠の友人だ。その友人が裏切るなどということは、絶対に有り得ない。


宇賀神は大小六本の〝ダイナマイト〟と農機具やバイクから外したバッテリー、風戸が買ってきた防雨延長コードや配線コード、屋外用センサースイッチ、圧着ペンチやその他の工具などを軽トラに積み込み、川沿いに林道を下った。

みどり湖の橋の渡り口の手前で、軽トラを山側に寄せた。

村田と二人で、〝ダイナマイト〟と工具一式を茗荷平に向かう斜面に運び上げる。

一昨日、宇賀神が丸太一五本をコの字形に組んだ場所に荷物を下ろし、中に放り込んだ土や岩、石の間に二本の〝ダイナマイト〟をビニール袋に入れて埋め込む。そしてキャップから出ている電極のリード線に、延長コードを繋ぐ。

「そこの工具箱を取ってください」

宇賀神が自分よりも一段下にいる村田に指示を出す。

「これか？」

「そうです。それと、スイッチと、その向こうの小さな箱も……」

宇賀神は村田から工具箱を受け取り、圧着ペンチで慣れた手つきで配線していく。繋ぎ目のカシメをペンチで潰し、そこにさらにビニールテープを厳重に巻く。

こうしておけば、配線が雨に濡れてもだいじょうぶだ。

宇賀神は接続したコードの先端を持って、さらに斜面を上った。

大きな岩の陰に回り込み、そこでコードを切断し、スイッチとバッテリーを繋ぎ、手頃な木の幹にインパクトドライバーで固定する。

「よし、これでいい。次の場所に移動しましょう」

宇賀神は村田と共に斜面を下り、軽トラに乗った。

フロントガラスを、雨粒が濡らしはじめた。

12

雲は忍び寄るように空から下りてきた。

周囲の山々の間の谷を流れ、やがて霧となって、森の中にまで浸透していく。

風戸は縁側に立ち、次第に消えていくガラス戸の向こうの風景を眺めていた。

このままではあと数分のうちにも、視界のすべてが霧に呑み込まれてしまうだろう。

風戸は、二〇一四年二月から三月にかけて、米カリフォルニア州コロナド基地で行なわれたネイビーシールズ（米海軍特殊部隊）との合同訓練に参加した時のことを思い出していた。

日本から渡米した〝特戦群〟のメンバーは風戸を入れて一〇名だった。ほとんどは基地内のビーチを使った上陸訓練だったが、最終日を含む二日間だけは、北のサン・アントニオ山麓にヘリで移動し、エンジェルス国有林の中で〝特戦群〟、シールズ共に一〇人対一〇人の実戦演習が行なわれた。

あの時がそうだった。今日と同じように、サン・アントニオ山麓は濃霧だった……。

結果は二戦して、〝特戦群〟がポイントで10―0、7―3の完勝だった。

問題は、そのポイントの内容だった。シールズが失ったポイントは大半が濃霧による同士討ちだった。日本側が失った3ポイントの内の1ポイントも、同じように同士討ちによるものだった。

味方を撃ったのは、風戸だった……。

あの時のサン・アントニオの天候は、今日とよく似ていた。さらにこれから雨が強くなり、戦闘が深夜であることを考えると、あの時よりも条件が悪い……。

こちらは三人しかいない。

もし同士討ちが起これば、致命的だ……。

時刻は16《ヒトロク》・00《マルマル》時を過ぎた。

風戸は縁側を離れ、皆が待つ居間に戻った。

すでに全員が迷彩の野戦服に着替え、座卓を囲んでいた。

座卓の大皿には、握り飯が山になっていた。

今夜の夕食はこれで簡単にすませ、残った分は各自が非常食として好きなだけ持っていけばいい。

「さて、腹ごしらえをしておくか……」

風戸が村田、宇賀神、麻衣子、陽万里の輪に加わって座り、握り飯をひとつ取って頬張った。

〝腹ごしらえ〟というい方がおかしかったのか、陽万里が声を出さずに笑っている。

「ところで風戸さん、銃はどうするんですか。ＧＬＯＣＫを何挺か手に入れてるんでしょう？」

宇賀神が握り飯を食いながら訊いた。

風戸は一瞬、考えた。

できれば銃を持つのは自分だけにしたいという思いはあった。他の仲間に、人を殺させたくはない。それに、村田に銃を持たせていいものかどうか……。

「ＧＬＯＣＫ17が三挺だ。マガジンが五本と、弾は9ミリパラベラムが六〇発と少しある……」

「それ、あるなら使いましょうよ。どうせあちらさんはＭ４か何かで武装してるんだし、いくら俺たちが元〝特戦群〟だって丸腰じゃ戦えない……」

「そうだな。取ってこよう……」

風戸は握り飯を口の中に押し込むと座卓から立ち、自分の部屋に戻った。押し入れの中からボストンバッグを出し、それを持って居間に戻ってきた。

バッグからＧＬＯＣＫを三挺とマガジンを出し、畳の上に並べた。

「宇賀神、村田、ＧＬＯＣＫ一挺とマガジンを二本ずつ取ってくれ。ホルスターはひとつしかない。俺は予備マガジンもホルスターもいらない……」

宇賀神が一挺を手に取った。村田も、一挺――。

だが、それを見ていた麻衣子がいった。

「待って。私も、銃がほしいわ……」

風戸が宇賀神、村田と顔を見合わせた。

「銃を使えるのか？」

風戸が訊いた。

「当然でしょう。アフリカなどの紛争地域に行くMSFの職員は、ほとんど銃の扱い方くらいの訓練は受けてるわ。銃は一挺、弾は二発あればいい。それで、私に銃が必要な理由はわかるでしょう」

なるほど、そういう理由か。

二発の弾は、自分と、陽万里の命の分ということか。

「麻衣子さん、これを使いなよ。俺はネットで買ったコンパウンドボウがあるからいい……」

宇賀神が手にしていたGLOCKを手の中で回し、グリップを麻衣子に差し出した。

「いや、俺は銃はいらない。俺の分を使ってくれ」

村田がいった。

「なぜだ？」

風戸が訊く。

「俺は、自分のSIG P220を持っている。それを使います」

SIGは陸自が正式に装備する自動拳銃だ。

確かに村田が〝別班〟ならば、銃の一挺くらい支給されていても不思議はない。

麻衣子が村田の分のGLOCK17を手に取った。

マガジンを抜き、スライドを引いて、チャンバーに弾が入っていないことを確かめる。

弾の数を数え、マガジンを銃に戻す。その一連の動きだけで、麻衣子が銃の扱いに慣れていることがわかる。

「やっぱり弾は五発もらっておくわ。私も、戦うことになるかもしれないし……」

麻衣子がGLOCKを、ウエストポーチに仕舞った。

陽万里がその様子を、不思議そうに見ていた。

夕食の後、風戸はジープで麻衣子と陽万里をキネ婆さんの家まで送った。

霧が濃くなりはじめていた。雨も強くなってきている。

一本道で三〇〇メートルしか離れていないキネ婆さんの家まで、道に迷うような錯覚があった。

ジープを降りて、ドアを開ける。村田がいっていたとおり、ドアの鍵は壊れていた。

電気のスイッチを入れると、まるでキネ婆さんがそこにいるような部屋の光景が浮かび上がった。

陽万里が自分の家のように上がり込む。二人がここに遊びにくるのは、これが初めてではない。

「それじゃあ、俺はこれで。九時を過ぎたら、部屋の明かりを消してください。何かあったら、携帯かトランシーバーで連絡を……」

「わかりました。だいじょうぶです」

「それじゃあ、行きます。明日、迎えに来ます……」

風戸は家を出て、ジープに乗った。

時刻は17《ヒトナナ》・00《マルマル》時を過ぎた。

13

同時刻——。

〝ESS〟の最後の一台のジープ・ラングラー・ルビコンが浜名湖の基地を出発した。

〝少佐〟は助手席から長らくバカンスを楽しんだ湖畔の貸別荘を振り返った。

なぜか、これが見納めのような気がした。

まさか……そんなことはない。

この〝仕事〟が終わったらもう一度ここに戻ってきて、夕暮時の湖を眺めながら最高のバドワイザーを飲むことになるはずだ……。

〝W‐5〟（五等准尉）――エミリオ・オチョア――の運転するジープ・ラングラーは、大崎を出て三ヶ日ICから東名高速に入り、さらに三ヶ日JCTから新東名高速の引佐《いなさ》連絡路に分岐して北東へと向かう。

他の三チームはすでに一時間前、一時間半前、二時間前に浜名湖の基地を出発し、別ルートで豊根村に向かっている。

〝少佐〟は走る車の中でアイパッドを操作し、最終情報をチェックした。

〝USA〟によると、トヨネ・ビレッジにある奴らの拠点の周辺は人家がほとんどない地域で、コマダテ・リバーに沿って南北に抜ける林道――県道四二九号線――で向かうしか進入路はない。だがこの林道は拠点の北側が土砂崩れのために通行止め。南側も下流のミドリ・レイクの先は崩れて通れなくなっている。

結局、奴らの隠れ家に向かうには、村役場の前を通ってミドリ・レイクの橋を渡り、突き当りの林道を左に折れ、川沿いに北上するしかない。ルートがひとつだけだということは、つまり、奴らはすでに〝バッグ・マウス〟（袋の鼠）だということになる。

元セルフ・ディフェンス・フォースだか何だか知らないが、日本人はやはり間抜けだ。

〝USA〟の衛星写真によると、この林道に沿って建つ民家は五軒。〝ジュダス〟の情報では手前から四軒目――奥から二軒目――が奴らの隠れ家だということだ。

隠れ家は、衛星写真を見る限りではごく普通の日本の民家のように見える。

敷地内に、車らしきものが三台。そのうちの一台は旧式のジープのようだ。

そしておそらく、この家に〝バービー〟とその娘もいるだろう。

完璧だ。

こちらの準備と作戦に、抜かりはない。

その時〝少佐〟は〝USA〟の衛星写真を見ていて、興味深いことに気が付いた。

同じ場所を、今度はグーグルマップでチェックした。

やはり、そうだ。林道の北側の土砂崩れがある手前に、右に折れる小さな分岐点がある。その道は橋でコマダテ・リバーの上流を渡り、間もなく家が数軒建つ集落で行き止まりになっている。

ちょうど、奴らの隠れ家の対岸あたりだ。

川をはさんで、直線距離で二〇〇メートルも離れていない。

これは、使えるかもしれない……。

〝少佐〟はすぐにアイフォーンを手にし、先発隊の班長として村に向かった〝大尉〟ことダニエル・ホランドを呼び出した。

電話は、呼び出し音が一度鳴るか鳴らないかのうちに繋がった。

「〝大尉〟、私だ」

——〝少佐〟、何かありましたか——。

〝大尉〟の、落ち着いた声が聞こえてきた。

「いま、どこにいる。現在の位置を教えてくれ……」

——いま、国道一五一号を北上中です。ちょうど、トウエイ・タウンという集落のあたりです。

このままゆっくり行っても、あと三〇分ほどで村に入ります――。

「天候はどうだ？」

――雨が降りはじめました。村の方向の山々には、かなり霧も出ているようです――。

「そうか。それならかえって都合がいい。作戦を、少し変更したい……」

――変更、ですか？――

「そうだ。変更だ……。君たちB班は村に入ったら、奴らのシークレットベースの北側に回ってくれ……」

――北側ですか？　しかしそのルートは土砂崩れで進入不可では？――

「そうだ。車輛は入れない。しかしその手前に、右に入る細い道がある。川を渡って、小さな集落に向かう道だ……」

――いま、グーグルマップで確認しました。入口から一・五キロほどで行き止まりになっていますが、ちょうど目的地点の対岸に出ますね――。

「そうだ。奴らのシークレットベースから、二〇〇メートルほどの地点だ。村に着いたらその道を調べてみてくれ。もしその道の終点から川を渡って目標地点にアプローチできるようなら、君を含むB班四名はそこに残ってくれ。もしアプローチが不可能なようなら、最初の作戦のとおり南側の集合地点でC班と合流しろ。我々A班も予定どおり集合地点に向かう」

――了解しました――。

電話を切り、〝少佐〟は口元に笑いを浮かべた。

何事にも臨機応変に対応する。

それは海兵隊の伝統であり、モットーだ。

14

時計は18《ヒトハチ》・30《サンマル》時を過ぎた。

風戸は自分の腕の時計を確認した。

幸い村田や宇賀神も同じようなカシオやシチズンの電波ソーラーの腕時計を使っているので、三人の時計を合わす必要はない。

「そろそろだな。19《ヒトキュー》・00《マルマル》時になったら各自この家を出て、それぞれの持ち場に向かい、敵を待つ。この家の明かりは、消しておく。何かあったら、連絡はなるべく無線機を使え。質問は？」

宇賀神が小さく挙手をした。

「本当に……〝殺っちゃって〟いいんですよね……？」

「そうだ。中島さんは〝殲滅〟しろといった。つまり、そういうことだ」

自衛隊で上官の命令は絶対だ。

いまでも中島が我々の上官であるかどうかは別としても……。

「了解。はっきりしているなら、それでいいんです……」

宇賀神が笑みを浮かべ、頷く。

だが、心なしか表情が硬い。

無理もない。宇賀神は二〇一六年七月一二日、あのテレイン・ホテルの戦闘現場にはいなかった。

〝特戦群〟ではきわめて能力の高い隊員だったし、戦闘の訓練は叩き込まれているが、まだ人を殺した経験はない。

「それじゃあ最後に、これを……」

宇賀神が箱の中から迷彩フェイスペイントを三個出し、風戸と村田にもひとつずつ放った。

本当に、宇賀神は何でも持っている。

19《ヒトキュー》・00《マルマル》時――。

まずフェイスペイントで顔を迷彩に塗った宇賀神が長い髪をバンダナで縛り、コンパウンドボウと矢筒を肩に掛け、小さな敬礼をして雨の中に出ていった。

その二〇分後――。

村田がポンチョを着込み、雨用の迷彩のハットを被った。

腰のベルトには陸自の制式拳銃ＳＩＧ Ｐ２２０ＩＣとマガジン、タクティカルライト、ナイフ、トランシーバーが並んでいる。

「気を付けろよ。無理をするな。一人でも殺られたら、終わりだ」

全員無事帰還が、自衛隊時代と同じく任務の最上位だ。

「わかってます。それじゃあ、行ってきます」

村田も小さな敬礼をして、家を出た。

風戸は一人で、基地――村田の家――に残った。

宇賀神がみどり湖の橋を渡った地点のトラップで、敵の侵入を食い止める。ここで敵が全滅、もしくは引き返せば、問題はない。

だが相手も元海兵隊だ。そう簡単にはいかないだろう。トラップで半数を無力化できたとしても、まだ戦力は敵の方が上だ。

村田は中間地点でアンブッシュを仕掛け、その生き残った敵を待ち受ける。宇賀神は各所に仕掛けた第二、第三のトラップを駆使しながら、背後から追跡する。

この第2ポイントを突破されたら、最後の砦を守るのが風戸の役目だ。この基地から先の麻衣子と陽万里がいる家までは、絶対に敵を入れない――。

だが、この時、風戸の脳裏をもうひとつのネガティブな要因が掠めた。

もし敵が林道の逆側から土砂崩れの跡を越えて侵入してきたらどうなるのか――。

いや、無理だ。あの土砂崩れが起きた地点の谷は、断崖絶壁だ。

敵は、こちらの寝込みを襲うつもりで攻めてくるはずだ。元海兵隊ならば技術的にはあの谷を越えられたとしても、それだけのリスクを冒す理由がない。

だが……。

風戸はもうひとつの可能性を考えた。

この家の目の前を流れる川の対岸にも、古い道と廃村になった集落がある。

まさか、そんなことが……。

15

宇賀神は軽トラックに乗り、林道をみどり湖に下った。

霧が濃くなってきていた。軽トラにはフォグランプがついていないので、ほとんど何も見えない。

ハロゲンのヘッドライトの弱々しい光は、すべて真っ白な霧の闇に吸い込まれて消えてしまう。

宇賀神は、霧に拡散する光の中に急に現れては消える路面や斜面の記憶を頼りに、ゆっくりと軽トラを進めた。

途中、古い神社のあるあたりまで下りてくると、急に霧が少し薄くなった。このくらいならば、何とかなる。

宇賀神は溜まっていた息を吐き、アクセルを踏んだ。

みどり湖を渡る橋のたもとまで下ると、だいぶ視界がよくなった。

橋の欄干と霧の流れる眼下の湖面が、橋梁灯《きょうりょうとう》の反射で青白く光っていた。対岸に、村の明かりが見える。

だが、日没後のこの時間になると、視界の中にまったく人の気配はない。

まだ、誰も来ていない……。

宇賀神は林道を少し戻り、橋からは見えない位置に軽トラを駐めた。荷台からコンパウンドボウと矢筒を下ろし、それを肩に掛けて茗荷平の急な斜面を上った。

雨で、足が滑る。だが宇賀神は体と手を使い、タクティカルブーツの靴底を斜面や木の根に食い込ませながら、まるで野生動物のような速度で泥の崖を這い上っていく。

そうだ。こうしていると、本当に自分が熊にでもなったような気分になる。

二〇メートルほど上り、トラップの囲いのある地点まで辿り着いた。

ベルトからタクティカルライトを抜き、トラップを点検する。囲いにも、配線にも異状はない。

宇賀神は配線のケーブルを伝いながらさらに二〇メートルほど斜面を這い上り、樹木の間に張った迷彩のタープの下に滑り込んだ。

地面に板や筵《むしろ》を敷いた床に胡座をかき、ケーブルの先のトラップのスイッチを手元に引き寄せた。ポンチョのフードを頭に被り、ベルトのポーチからニコンの双眼鏡を出して眼下を覗いた。

森の中はかなりガスっていた。タープを叩く雨音もうるさい。

だが、ここからならば、橋梁灯に光る橋がよく見える。渡ってくる車を見落とす心配はない……。

宇賀神はベルトからトランシーバーを抜き、周波数を合わせ、風戸と村田の二人に連絡を入れた。

「こちらハンミョウ……。ただいま第1ポイントに到着。現状、異常なし……。これより監視に入ります……」

——了解。監視を続けてくれ——。

風戸からの返信を確認し、トランシーバーを切った。

ポケットからラップに包んだ握り飯を出して食いながら、双眼鏡で橋を見張った。


霧の中に、赤い鳥居の影が現れた。

村田はジムニーの速度を落とし、鳥居の前で止めた。

ジムニーをバックで鳥居の中に入れ、ライトを消してエンジンを切った。周囲は完全に霧と闇に包まれた。

本部——村田の家——からおよそ二・三キロ、橋のある第1ポイントから二・二キロのほぼ中間地点。みどり湖の湖畔にある無人の古い神社が、村田が守る第2ポイントだ。

闇に目が馴れるのを待っていると、助手席に置いたトランシーバーが鳴った。

——こちらハンミョウ……。ただいま第1ポイントに到着。現状、異常なし——。

村田は宇賀神と風戸の交信を聞いた後で、自分もコードネームで連絡を入れた。

「こちらカマキリ……。いま第2ポイント着……。現況、異常なし……」

——カマキリ、了解した。ハンミョウからの次の報告を待て——。

「了解……」

トランシーバーを切って助手席に放った。

村田は息を吐き、アイフォーンを起動させた。闇の中に、ディスプレイの四角い小さな光が浮かび上がる。

やはり、そうだ……。

アイフォーンの画面の右上には、〝4G〟のアンテナが二本立っていた。ここからならば、アイフォーンが使える……。

村田はアドレス帳の中から〝少佐〟のメールアドレスを探し、短いメールを作成した。

〈――トヨネ・ビレッジのポイントAに仕掛けられたトラップは無力化された。安心して通過せよ。
ジュダス――〉

村田はメールを送信し、アイフォーンを閉じた。


〝少佐〟の乗るジープ・ラングラー・ルビコンは浜松いなさジャンクションで三遠南信自動車道に入り、浜松いなさ北ICで降りた。その後は県道三五九号線から二九九号線に入り、北に向かっていた。

時刻は19・45時――。

ポケットの中のアイフォーンが振動し、メールが着信したことを知らせた。

メールをチェックする。

〝ジュダス〟からだ。

二つあるメールアドレスのうちの、〝緊急用〟からの連絡だった。

〈――トヨネ・ビレッジのポイントAに仕掛けられたトラップは無力化された。安心して通過せよ。

ジュダス――〉

〝少佐〟はメールを読んで首を傾げ、車に乗っている他の部下たち三人にこのことを話した。

「おい、みんな聞け。このメールは面白いぞ。どうやら日本の元セルフ・ディフェンス・フォースたちは、我々が攻めてくると知ってポイントAにトラップを仕掛けたらしい」

隊員たちの間から、驚きの声が上がった。

「しかしそのトラップは、呆気なく無力化されたそうだ」

〝少佐〟がいうと、今度は部下たちの間から笑い声が上がった。

「しかも我々の〝インサイダー〟の〝ジュダス〟は、ポイントAを安心して通過せよといっている」

後部座席の一人が、これに応じた。

「それなら我々は、そのポイントAから堂々と乗り込んでやろうじゃないか！」

「そうだ。海兵隊らしく堂々とな！」

ジープに乗っている全員から、気勢が上がった。

20・20時――。

豊根村の北側から、県道四二九号を黒いジープ・ラングラー・ルビコンが一台ゆっくりと下ってきた。

〝大尉〟ことダニエル・ホランドはジープの助手席に座り、ブラックライトのフォグランプが照射する幻想的な闇の光景に注意深く視線を這わせた。

県道とはいっても、林道のような荒れた道だ。しかもいまは強い雨が降り、霧が出ている。ナビがなければ、どこを走っているのかもわからない。

「もうそろそろのはずですが……」

ドライバーの〝E-3〟（上等兵）――ジョン・ペレス――がいった。

「わかっている……」

〝大尉〟――ダニエル・ホランドがナビの画面を見ながら答える。

だが、いつの間にかナビの分岐点を通り過ぎた。そこからさらに一〇〇メートルほど進んだところで、林道は土砂崩れのために行き止まりになった。

ジープが停まった。

「道の右側に分岐点なんかあったか？」

〝大尉〟がいった。

「何も見えませんでした……」

〝上等兵〟が首を傾げた。

「お前たちはどうだ？」

〝大尉〟が後部座席を振り返る。

「俺たちも何も見えませんでした……」

二人の部下が口を揃える。

「バックできるか?」

〝大尉〟が訊いた。

「この細い道で霧の中をバックするのは難しいですね。片側は谷ですし……」

〝上等兵〟が答える。

「よし、車を降りて調べてみよう。サム、俺についてこい。他の二人は車の中で待て」

「ラジャー!」

〝大尉〟は部下の〝E‐6〟(二等軍曹)――サミュエル・ムーアと二人で車を降り、タクティカルライトをつけて林道を戻った。

だが、LEDライトの光は霧に吸い込まれて、ほとんど何も見えない……。

左手の谷の遥か下方から、川の流れる音が聞こえてくる。それ以外には、自分たちの足音しか気配はない。

「そろそろのはずだ。道の分岐点があるとしたら、左の谷の側だ……」

「ラジャー」

二人は谷川にライトを向けて、林道を進んだ。霧の中に現れては消えるのは、植林されたヒノキの影ばかりだった。

だが、しばらくすると、そのヒノキの植林が切れているところがあった。

「ここか……?」

「そのようですね……」

植林が数メートルにわたり途切れた場所から、急角度で谷に下る道があった。日本のミニトラック(軽トラック)がやっと走れるほどの、狭い道だ。

「下りてみよう……」

〝大尉〟はタクティカルライトの光だけを頼りに、奈落の底に落ちていくような急坂を下った。濡れている路面にモス（苔）が生えているのか、ブーツの靴底が氷の上を歩くように滑った。川の音が、次第に近くなってきた。

数十メートルほど下りたところで、二人は足を止めた。

橋があった。すぐ下に、川が流れている。

コンクリートでできたしっかりとした橋だが、やはり幅は狭い。日本車ならば渡れるが、フルサイズのジープ・ラングラーでは難しいかもしれない。

〝大尉〟はサムを連れて橋を渡り、さらに奥へと進んだ。

道は川からそう高くないところに、下流に向かって続いていた。

左手は森ではなく、開けている。牧柵のようなものが続いていたり、小屋やサイロがあるところをみると、このあたりは牧場だったらしい。

霧の中を、橋から数百メートルは進んだだろうか……。

周囲に、集落らしき何軒かの建物の影が現れた。道の両側に、古い家や倉庫のようなものが並んでいる。

だが、明かりがまったくついていない。人の気配もない……。

「ゴーストタウンだな……」

〝大尉〟がいった。

「そのようですね……」

そこで一度、立ち止まり、アイフォーンを出してスクリーンショットで保存した地図を確認した。

確かに、グーグルマップにもこの集落は記されている。もし現地点がこの地図上の集落だとしたら、敵の〝基地〟はちょうど対岸あたりのはずだ……。

「川の方に行ってみよう……」

〝大尉〟は建物の間を抜け、川の方角に向かった。

裏は、森になっていた。だが、森を抜ける小径があった。

その小径を下っていくと、数メートルの高さの石垣があり、その下に大きな石がころがる川原があった。

〝大尉〟は部下と二人で石の階段を下り、川に向かった。間もなく、水辺に出た。

霧の暗闇の中に、川が勢いよく流れていた。対岸に、家の明かりが見えた。

あれが、元日本兵の〝基地〟か……。

川を渡れば、すぐ目の前だ。

「どう思う?」

〝大尉〟がサムに意見を求めた。

「この川を渡れるかどうかということですか。不可能ではないかもしれませんが、水深がまったくわからないし、流れも速い。リスクはありますすね……」

確かに、サムのいうとおりだ。

雨が強いせいか、流れが速い。

だが、もしこちら側の木から対岸までロープを張れれば……。

川幅は一〇メートル、木から木までは三〇メートルほどしかない。

「よし、一度、車に戻ろう……」

〝大尉〟は川原から後退し、霧の中に姿を消した。


麻衣子は陽万里と二人で、キネ婆さんの家に潜んでいた。

早目に陽万里を寝かしつけ、風戸にいわれたとおり、午後九時には家の明かりを消した。

いまは暗闇の中で、窓の外を流れる暗い霧の風景を眺めていた。

何も見えない……。

だが、その時、遠くで何かが光ったような気がした。

村田の家の方ではない。川の対岸のあたりだ。しかも、近い……。

光はすぐに消えた。だが、しばらくすると、また霧の中で光った。

今度は、すぐに消えなかった。しかも、二つ……。

まるで霧の中にホタルでも飛び交うように、二つの光が揺らめくように動いている……。

あのあたりには、古い集落があったはずだ。

だが、何年も前に廃村になり、いまは誰も住んでいない……。

光が、動いている。あれは確かに、人間の動きだ。しかも、二人……。

対岸に、誰かがいる……。

麻衣子はアイフォーンを手にし、風戸にショートメールを入れた。

〈――川の対岸に光が見える。誰かがいる――〉

風戸は、そのメールを読んだ。

対岸で光が動いていることは、すでに風戸も気付いていた。

敵が対岸から攻撃を仕掛けてくるのか。もしくはこの雨のために、村役場か消防団の者が川の様子でも見に来たのか――。

だが、数分前まで動いていた光は、いまはもう見えなくなっていた。

麻衣子に返信を打った。

〈――川の方を偵察しながらそちらに行く。明かりを消してWi‐Fiを切れ。今後はトランシーバーで連絡を取る――〉

風戸は家の外に出た。

雨と、霧の中に姿を消した。


三〇分後――。

〝少佐〟が指揮するA班は、豊根村の入口に近い道路脇の空地にジープを駐め、時間を調整していた。

同じ空地の離れた場所に、やはりC班が乗る黒いランドクルーザーが見える。W‐3（三等准尉）ことウィリアム・ジョーンズが班長を務める補充兵との混成チームだ。

そこにもう一台、E‐9（上級曹長）ことヘンリー・クラークが班長の混成チーム、D班の黒いランドクルーザーが霧の中に滑り込んできた。

時刻は間もなく21・40時になろうとしていた。

すべては順調に進んでいる。

だが、奴らのシークレットベースの北側に向かった〝大尉〟からの連絡が遅い。何度かメールを送ってみたが、返信はない。

何かトラブルが起きたのでなければいいが……。

その時、アイフォーンが鳴った。

〝大尉〟からだ。

〝少佐〟はすぐに電話を取った。

「何かあったのか？」

――連絡が遅れてすみません。奴らの基地の周辺はラングラーで行き来するには道が細く、アイフォーンの電波がまったく通じないので……。それで、ラングラーを何とかUターンさせて電話が使える場所まで下りてくるのに時間を食いました――。

アイフォーンが通じないだって？

なぜ日本にそんな場所があるんだ……。

「それで、川の対岸はどうだ。行けたのか？」

――はい、橋が細いので我々の車では無理ですが、徒歩ならば可能です。奴らの基地の対岸あたりまで行ってみましたが、古い集落があり、いまはゴーストタウンになっています――。

「そこから川を渡って奴らの基地にアプローチはできそうか？」

――霧が深いので対岸の様子がよくわかりませんが、ロープが三〇メートル……いや、五〇メートルあれば渡河は可能かと思われます――。

「ロープならC班の車に積んであるはずだ。いま、そちらに向かわせる」

――了解しました。いま我々は、県道七四号と四二六号線の交差地点にいます――。

「わかった。そこで待て」

〝少佐〟は電話を切り、今度はC班の〝W―3〟に連絡を入れた。

命令を受けたC班のランドクルーザーが、フォグランプを煌々と照らして空地を出ていった。

時計を見た。

間もなく22・00時になろうとしていた。

おそらく予定どおり、23・30時には攻撃を開始できるだろう――。


土曜日だというのに、キャンプ場には誰もいなかった。

ただ雨と霧の中に、清水署刑事課の鈴木と大石のテントだけがポツンと残っていた。

「さて、そろそろ行くか……」

テントの中でランタンの灯を見つめながら、鈴木がいった。

「この雨の中に、本当に行くんですか？」

大石がいうように、テントのルーフは雨の音がドラムのように鳴り響いている。

「当り前だろう。そのために来たんだから。さあ、行くぞ」

鈴木はカッパを着込み、先に外に出てアルトの運転席に乗り込んだ。

後から大石が走ってきて、助手席に乗った。

エンジンをかけ、フォグランプを点灯し、ギアを入れた。ワイパーがフロントガラスを勢いよく行き来するが、広大なキャンプ場で方向がわからない……。

今日の午後にダムの方に行った時は、まだ雨も霧もこれほどひどくはなかった。

鈴木と大石は橋を渡って川沿いの林道を上流に向かい、村田という元自衛隊員の家まで行ってみた。だが、窓にはごく普通に明かりが灯り、家の前にジープとジムニー、軽トラの三台の車が駐まっているだけで、疑わしい様子は何もなかった。

あれから、九時間が経った。

「もう一度、風戸や宇賀神がいる家に行ってみて、もし何もなければ明日の朝は早めにキャンプを撤収して帰ろう……」

鈴木がいった。

「それより張り込みが終わったら、キャンプ道具はそのままにして町に戻りませんか。今夜はビジホにでも一泊して、ベッドで寝ましょうよ。キャンプ道具は雨が止んでから取りに戻ればいい……」

大石がそういってあくびをした。

「だめだ。あのキャンプ道具はまだローンが残ってるんだぞ。もしひとつでもなくしたら、女房におこられる……」

鈴木はフォグランプの光の中に見覚えのある目印を探しながら、みどり湖の橋へと向かった。

この時間に村で街灯が灯っているのは、村役場の周囲だけだ。

その明かりを目印に走り、そこからみどり湖に上がる道を探して、次は橋梁灯の光を目指した。何度も走っている道なのに、まったく違う場所にいるような錯覚があった。

やっと橋のたもとに辿り着いた。橋を渡り、林道の奥へと向かう。右手の斜面の側に軽トラックが駐まっていたが、人の気配はなかった。

「あの軽トラ、こんな時間に何をしてるんですかね……」

大石が助手席から背後を振り返る。

「故障でもしたんだろう。田舎じゃあよくあることだ」

「でもあの軽トラ、確か村田という男の家にあったやつですよ」

「わかったよ。帰りに車を停めて、様子を見てみよう。先に進むぞ」

鈴木はフォグランプの光を頼りに、林道の奥へと向かった。


宇賀神は斜面のタープの下で、眼下の様子を見守っていた。

22《ニーニー》・20《ニーマル》時――。

霧の中に車のフォグランプらしき光が双眼鏡の光の中に入ってきた。車はみどり湖に架かる橋を渡り、川の上流に向かって走り去った。

奴らの車じゃない……前にも見たことのある白い軽自動車だ……。

宇賀神は双眼鏡をトランシーバーに持ち替え、風戸と村田に報告を入れた。

「こちらハンミョウ……。たったいまポイントAを白い軽自動車が通過し、上流に向かった……。敵ではないと思われるが、正体未確認……。警戒せよ……」

すぐに二人から返信があった。

――了解――。

――了解……引き続き監視せよ――。

宇賀神は再び双眼鏡に持ち替え、霧の中にぼんやりと光る橋の周辺を見張った。

五分後――。

白い軽自動車は村田がいる古い神社の前を通過した。

村田は鳥居の陰に潜み、白い軽自動車が目の前を通過するのを見守った。

霧の中でも、車に乗っているのが二人の日本人らしいことはわかった。

あいつらこんな時間に、こんな雨の中を何しにきたんだ……。


鈴木と大石の二人は、間もなく村田の家に着いた。

ヘッドライトを消し、フォグランプだけで家に近付く。だが、家の明かりは消えていて、人の気配はない。

「車が一台もないな。あいつらこの雨の中を、どこに行ったんだ……」

鈴木が首を傾げる。

「やっぱりあの橋を渡った所に駐めてあった軽トラ、奴らのだったんですよ。やはり、何かあるんだ……」

嫌な予感がした。

しばらく待ってみたが、ただ雨が降り続けるだけで何も起こらない。

「戻ろう……」

鈴木はアルトをUターンさせ、林道を下った。


22・30時――。

〝大尉〟が率いるB班は、霧の中でC班と落ち合った。

雨の中で五〇メートルのロープを受け取り、C班と別れ、元日本兵たちの基地北側の林道に向かった。

今度はナビの画面にドットマークが残っていたので、霧の中でも迷うことはなかった。

ジープを土砂崩れの手前の分岐点で停め、運転手の〝上等兵〟一人を残し、〝大尉〟を含む三人が車から降りた。一人が五〇メートルのロープを担ぎ、他の二人がM4とGLOCKで武装して雨が流れる急坂を下り、細いコンクリートの橋を渡った。

タクティカルライトの明かりだけを頼りに牧場の跡地とゴーストタウンを抜け、大きな石がころがる川原に下りた。

先程、対岸に光っていた家の明かりは、すでに見えなくなっていた。

「全員、揃ってるか？」

〝大尉〟が呼びかけると、闇の中から二人の部下がそれぞれのコードネームで呼応した。

「〝伍長〟、前に来てくれ……」

〝大尉〟はノーラン・グエンを呼んだ。

ノーランはベトナム系のアメリカ人で、このチームの中では最も身体能力が高く、泳ぎも上手い。

「〝大尉〟、何でしょう」

〝伍長〟が〝大尉〟の傍らに膝を突いた。

「お前、この川を渡れるか？」

ライトで川の流れを照らした。

〝伍長〟が頷く。

「命綱があれば、問題ないでしょう……」

グエンが暗視スコープで見ながらいった。

「対岸に手頃な木がある。こちら側のあの木との間に、ロープを張りたい……」

「わかりました。やってみます」

グエンがすぐに行動に移った。

ポンチョと服を脱いで、下着だけになった。脱いだ服は防水のリュックに詰め込み、ブーツは紐で繋いで首から掛ける。

ロープを腰に結び、リュックを浮き輪がわりに抱いた。

息を吸って止め、暗い水の流れに身を投じた。


川に飛び込んだ瞬間、グエンは想像もしていなかった衝撃に恐怖を覚えた。

何だ……この全身を焼かれるような疼痛《とうつう》は……???

だが、次の瞬間、グエンはその衝撃が熱さでも痛みでもなく、〝冷たさ〟であることに気が付いた。

海兵隊時代にはオキナワやカリフォルニアの海で訓練を受けてきたグエンには、想像を絶する〝冷たさ〟だった。

体が……動か……な……い……。

この時季の古真立川には、甲斐駒ヶ岳《かいこまがたけ》、塩見岳《しおみだけ》、赤石岳《あかいしだけ》、光岳《てかりだけ》など三〇〇〇メートル前後の山々が連なる赤石山派——南《みなみ》アルプス——の雪解け水が流れ込む。

水温は、四度から五度くらいだろう。

そんな川にいきなり飛び込めば、どんな人間でも一瞬で筋肉が萎縮する。下手をすれば、心臓が止まる——。

だがグエンは、海兵隊で鍛え上げられた屈強の元兵士だった。全身を刃物で刺されるような流れに揉《も》まれながらも、仲間のいる川原に戻ることは考えていなかった。

一度、任務を与えられたら、命懸けで完遂する――。

海兵隊時代からそう叩き込まれ、その習性が身に付いていた。

グエンは本能にせき立てられるように、手足を動かし続けた。

川に流されて何度も岩に叩きつけられ、巻き込まれて水を呑み、それでも痙攣《けいれん》する手足を止めなかった。

どちらが上か下かもわからなかった。水から顔が出ても、暗くて方向がわからない。

自分は……ここで死ぬのか……。

そう思った時だった。

足と手が、川底の砂に触れた。

グエンは必死に手足を動かして冷たい流れに逆らい、川底を掻いた。

気が付くと体が半分以上、水から出ていた。自由に空気が吸えることがわかった。

グエンはしばらく川原の砂の上に倒れていた。低体温症なのか、寒くて歯が鳴るほど体が震えた。

それでもグエンは気力を振り絞って体を起こし、大きな石のころがる川の中を這った。

自分は、対岸に渡り切った……。

〝大尉〟にいわれた木は、もう目の前にある……。

グエンは、鉛のように重い体で木に辿り着いた。体を反転させ、木の幹に寄りかかった。

腰のロープを解く。

そのロープの一端を木に回して両側を摑む。両足で幹を挟み、ロープで体を支えながら木を登った。

手足がかじかんで、思うように動かない。

訓練ではいつもやっていたし、誰にも負けたことはなかったのに……。

それでも休み休み、何とか地上から三メートルほど上の木の叉《また》まで辿り着き、体をもたせかけて息を整えた。

ロープを木の叉に回し、トラッカーズヒッチの結び目を作り、固定した。結び終えたロープを引き、腰からタクティカルライトを抜いて対岸に光で合図した。対岸からも、ロープを引く合図があった。

任務を、やり遂げた……。

だが、意識が朦朧《もうろう》としていた。木から降りようとして、あと一メートルくらいのところから落ちて岩に背中を打ちつけた。

何とか岩に寄りかかったところで、完全に動けなくなった。

早く、誰か来てくれ……。

その時、霧の中から誰かの砂利を踏む足音が聞こえてきた。

闇の中に、LEDライトの光が揺れている。

間もなく、グエンの前に、迷彩のポンチョを着た男が立った。

「助け……」

そこまでいったところで男に濡れた髪を摑まれた。

次の瞬間、喉元に鋭い痛みが疾《はし》った。

頭と体が生き別れになる悍《おぞ》ましい感触の後で、グエンの意識が途絶えた。

風戸は足元にころがる首が落ちかけた死体を見下ろした。

愚かな奴だ。こんな冷たい川に飛び込めば、〝特戦群〟の隊員だって体が動かなくなる。

血と雨に濡れたBUCKのナイフを川の水で洗い、腰のシースに納め、頭上の木を見上げた。木の叉のところから霧の中に、対岸に向かっておそらくケブラー製のロープが対岸まで張ってあるのが見えた。

そういうことか……。

それならばここで待つとしよう。

風戸は足元に死んでいる男と同じようにタクティカルライトを振り、対岸の敵に合図を送った。

対岸からも、霧の中でライトを振るのが見えた。


〝少佐〟は、腕のタイメックスの時計を見た。

23・25時――。

そろそろだ。

目の前には橋梁灯に光る橋があった。

車に乗る隊員はすでにアーマーを着込み、M4カービンを携え完全武装で待機している。

〝ジュダス〟からは、ポイントAのトラップは無力化したという連絡も入っている。

――予定どおり、23・30時に行動を開始する。先頭はA班、続いてC班、D班の順で橋を渡る。

以上だ――。

C班の〝W-3〟とD班の〝E-9〟に最後のメールを入れた。それぞれから〈――ラジャー

――〉とひと言だけ返信があった。

B班の〝大尉〟はアイフォーンの圏外にいるために連絡は取れないが、同時刻に作戦行動を開始する手筈になっている。

23・30時――。

「よし、行こう……」

〝少佐〟が運転する部下に命じた。

先頭のジープ・ラングラー・ルビコンは、ゆっくりと橋を渡りはじめた。


宇賀神は、その様子をタープの下から見ていた。

霧でよくわからないが、先頭はジープのようだ。

後方から、黒いSUVが二台……。

霧が出ているので車間距離は詰めているが、三台一度に吹き飛ばすのは無理だろう。

一団は橋を渡り、突き当りを左折し、こちらに向かってくる。

先頭のジープがトラップの前に差しかかった。これは、やり過ごす。

ゆっくりと、数を数える。

1……2……3!

二台目が真下に差しかかったところでスイッチを叩いた。

だが、爆発が起きない。

なぜだ？？？

宇賀神は連続してスイッチを叩き続けた。

轟音！

五回目に爆発が起きた。

地響きと共に、眼下の斜面が吹き飛んだ。

凄《すげ》え！　やったぜ……！

宇賀神は頭を抱え、頭上から降り注ぐ土砂に耐えながら大声で笑った。


間近で突然、爆発が起きた。

爆風でジープが揺らぎ、助手席の窓が粉々に砕け散った。

何だ、いまの爆発は……？？？

〝少佐〟は顔中に切り傷を負ったが、痛みは感じなかった。背後を、振り返る。

山の斜面が土石流となって崩れ落ち、後方から続いてきた二台のランドクルーザーを谷に押し流すのを見た。

いったい、何が起きたのだ？？？

〝ジュダス〟は、トラップは無力化されたといっていたではないか……。


D班の〝E−9〟ことヘンリー・クラークは、最後尾から車が橋を渡った数秒後、右頭上から爆発音を聞いた。

さらにその数秒後、地響きと共に車の右側面に土石流の直撃を喰らった。

「WOOOOWWW……！」

全員が、叫んだ。

重いランドクルーザーは土砂に巻き込まれ、闇の中をころげ落ちていった。

車は、みどり湖に落ち、三人の隊員と共に冷たい湖底に沈んだ。


村田はジムニーの運転席に座り、アイフォーンで遊びながらのんびりと待っていた。

時計は間もなく23《ニーサン》・30《サンマル》時になろうとしていた。

そろそろ始まるころだが……。

そう思った時、目の前をまたあの白い軽自動車が上流から下流に向かって走り過ぎて行った。

あいつらいったい、何をやってるんだ……。

そう思って首を傾げてから、数秒後のことだった。下流の遠くから、爆発音が聞こえた。

よし、やったぜ！

村田は一人で、小さく拳を握った。

どうやら〝ESS〟の〝少佐〟は、〝ジュダス〟を名告った村田の偽情報を信じて無防備に侵入してきたようだ。

いまごろはきっと、トラップの直撃を受けて慌てていることだろう。

さて、次は俺の出番か……。

村田は体を伸ばして、ジムニーから降りた。


〝少佐〟は後部座席に乗っている二人の部下に命令を出した。

「後ろの二台がどうなったか、様子を見てこい。もし生存者がいれば、ここに集合させせろ！」

「ラジャー！」

二人の部下が、霧の中に走っていく。

〝少佐〟もジープを降り、ドライバーの〝W－5〟と共に車の陰に隠れてM4カービンを構えた。

だが、この暗闇で、霧が出ていたのでは何も見えない……。

見えるのは、ジープのフォグランプの黄色い光の中に浮かび上がる不気味な樹木の影だけだった。

これでは、狙い撃ちにされる……。


宇賀神はタープの下のタコ壺《つぼ》を出て、斜面伝いに第二のトラップの方角に移動した。

あらかじめ決めていた大きな岩の後ろに身を隠し、赤外線ナイトビジョンで下の林道の様子を探った。

雨と霧の中にジープが一台、停まっている。林道には土砂の山があるが、後方から続いてきた車は見当らない。どうやら二台は、谷側に落ちたようだ。

ジープから四人の男が出てきて、二人が後方に走っていった。あとの二人は、ジープの背後に隠れた。

四人とも、M4らしき銃を手にしている。

お前ら、本気か？

宇賀神はベルトのナイロンホルスターからGLOCKを抜き、三〇メートル先のフォグランプの光を慎重に狙った。

一発……二発……三発……！

三発で二つのフォグランプを割った。上出来だ。

そう思った途端に、敵が撃ち返してきた。

三点バーストの連続音が、森の中に鳴った。

M4カービンの223口径の弾丸が十数発、宇賀神の至近を掠めた。

身を隠していた岩に、正確に着弾した。

やべえ……奴ら、本気だ……。

宇賀神は銃撃が止むのを待って、また霧の中を移動した。


鈴木はブレーキを踏み、アルトを停めた。

「いまの音、聞いたか……?」

助手席の大石にいった。

「ええ、聞きました。銃声、ですよね……」

「そうだ。しかも、サブマシンガンか何かじゃないか……」

つい二〜三分前には、ダイナマイトのような爆発音が聞こえた。

そして今度は、サブマシンガンだ……。

いったい深夜にこんな山奥で、何が起きてるんだ……???

「どうしますか。行ってみますか?」

大石がいった。

爆発音も銃声も、林道の出口の方から聞こえてきた。

そこを抜けなければ、この山からは出られない……。

「よし、行ってみよう……」

鈴木はブレーキペダルの足をアクセルに移し、霧の中にアルトを怖々進めた。

〝少佐〟は銃撃を中断し、暗い山の斜面を見つめた。

撃ってきた方角から、だいたいの敵の位置はわかる。銃撃が止んで、敵が移動した気配も感じた。

その気配に向かって、霧の中にまた三点バーストで撃ち込んだ。

当ったか？

いや、手応えはなかった……。

そこに仲間の捜索に向かわせた二人の部下が戻ってきた。後ろからも、あと二人ついてきていた。

「二人だけ、か……？」

〝少佐〟が戻ってきた部下に訊いた。

「はい。D班の車輛は谷底まで落ちて湖底に沈んだようです。この霧の中では捜索は不可能ですし、乗っていた三人は死んでいるでしょう……」

何ということだ……。

「C班の方はどうだ？」

「車輛は林道から落ちて木に引っかかり、大破しています。乗っていた〝W-3〟と、新規の一人は車の中で重傷を負っています。救出は無理なので、動ける二人だけを連れて戻りました……」

部下の報告を、〝少佐〟は呆然と聞いていた。

数日前から幾度となく脳裏を掠めた嫌な予感が、ひとつずつ現実になっていく……。

その時、もうひとつの不安が脳裏を過った。

連絡が取れないB班の〝大尉〟とその一行は、どうなったのか……。

風戸は、退屈だった。

もう、時刻は23《ニーサン》・30《サンマル》時をとっくに過ぎている。だが、奴らはまだ川を渡ってこない。

こうして雨の中で待っているのも、楽ではない。

先程、山の向こうから宇賀神が仕掛けたトラップらしき爆発音が聞こえたが、それで対岸の奴らは警戒しているのか……。

それともこちらにいるのが味方ではなく、敵だということに勘付いたのか……。

風戸はもう一度、ライトを振って合図を送ってみた。

すると、直後、対岸からもライトを振る合図が見えた。

さらにその数秒後、霧の中に張られたロープが、大きく揺れた。

いよいよ渡ってくるらしい……。

風戸は木に飛びついて登り、二叉になっているところに座った。そこに縛ってあるロープに触れた。

伸びがないケブラーのロープが木の叉から水面に向かって斜めにぴんと張り、小刻みに動いている。その動きが、触れる手に伝わってくる。

来たな……。

風戸はポンチョの下のシースからＢＵＣＫのナイフを抜いた。

タクティカルライトの光を、張られているロープの方角に当てた。間もなく前方の霧の闇の中に、ロープに足を掛けて吊り下がる敵の姿が見えてきた。

二人、か……？

風戸は二人がちょうど流れの真上あたりまで渡ってきたところでロープにナイフの刃を当て、切断した。さすがにBUCKのナイフは、よく切れる。

――WOOOWWW――。

霧の中に悲鳴が聞こえ、何か大きな物が水に落ちる音がした。

悲鳴はしばらく聞こえていたが、下流に流されてすぐに水の中に消えた。

今日は雨で川の水量も多い。装備を背負ったままこの雪解け水の凍るような川に流されたら、いくら海兵隊で泳ぎの訓練を受けた者でも助からないだろう。

風戸はしばらく木の叉に座ったまま、対岸の気配を探った。だが、人が残っている様子はなかった。

ポンチョを広げて鳥のように木から飛び降り、腰のベルトからトランシーバーを抜いた。

「こちら本部……対岸からの攻撃を受けたが、片付いた……。オーバー……」

〝上等兵〟――ジョン・ペレス――は林道に停めたジープ・ラングラー・ルビコンの中でアイフォーンの画面を見つめていた。

だが、ここは電波がない……。

仕方なくアルバムを開いて恋人のヘレンの写真を探し、その水着姿のセクシーなポーズに見とれていた。

時計を見る。間もなく午前〇時になろうとしていた。

いまごろ、ヘレンのいるサンディエゴは、朝の八時ごろか……。

そう思った時に、運転席のガラスを〝コンコン〟と叩く音が聞こえた。

〝大尉〟たちが戻ってきたのか？

振り返ったが、雨で外がよく見えない。パワーウィンドウを下げると、ドアの横に見知らぬ迷彩服を着た男が立っていた。

「お前は……」

ジョンがそういいかけた時に、男が銃を向けた。

バン！

片目と脳が吹き飛び、ジョン・ペレスの意識が途絶えた。


麻衣子は闇の中で、片手に銃を握ったまま息を殺していた。

布団の中で、陽万里が穏やかな寝息を立てている。

窓ガラスに雨が打ちつけ、外には霧が流れていた。その霧の中にまた奇妙な光が交錯し、遠くで人の悲鳴を聞いたような気がした。

いや、錯覚だ。

きっと、風の音に違いない……。

それからしばらくして、突然トランシーバーが鳴った。

——こちら本部……対岸からの攻撃を受けたが、片付いた……。オーバー——。

トランシーバーの音を聞いて、陽万里が寝返りを打った。


宇賀神は霧の森の中を走りながら、トランシーバーから風戸の声を聞いた。

だが、いまは、返信できる状態ではなかった。

六人の敵が、M4カービンを撃ちまくりながら斜面の下から追ってくる。

銃弾が闇の中で至近を掠め、周囲の樹木に着弾する。

こちらはGLOCKが一挺と、背中のコンパウンドボウだけだ。まともにやり合って、勝てるわけがない……。

宇賀神は二番目のトラップを仕掛けてある穴に飛び込んだ。スイッチを摑み、叩いた。

斜面で、爆発が起きた。最初のトラップよりも、小さな爆発だ。

残念ながら、爆発は敵を一人も巻き込まなかった。だが、四人の敵の動きを止め、時間稼ぎはできた。

宇賀神は素早く移動しながらポンチョを脱ぎ、それを木の枝に掛けた。

タクティカルライトのスイッチを入れて地面に刺し、光を吊るしてあるポンチョに向けた。そしてまた、移動した。

背後で銃声が聞こえた。

だが、敵は宇賀神を見失っている。木に吊るした囮《おとり》のポンチョを狙って、撃ちまくっている。

一瞬でポンチョは穴だらけになり、木の枝ごと吹き飛んで地面に落ちた。

銃撃が止んだ。

――アイ・ディディット（やったぜ）――。

霧の中で、英語の声が聞こえた。

どうやら敵は、宇賀神を射殺したと思っているようだ。

敵が二人、一定の距離を空け、斜面を上ってきた。死体を確かめようというわけか。

教科書どおりだ。だが、それが仇《あだ》となることもある。

一人が宇賀神の方に近付いてきた。だが、気にしているのは穴だらけのポンチョの方で、すぐ近くに敵が潜んでいることには気付いていない。

宇賀神はコンパウンドボウを静かに肩から外し、矢をつがえた。

体を低くして待つ。敵のタクティカルライトの光が、数メートル先に見えた。

光が通り過ぎたところで、宇賀神はコンパウンドボウを構えて穴から立った。

敵が、驚いて振り返った。

その瞬間、目を見開く男の喉にアルミの矢を放った。

矢はかすかな風を切る音と共に男の喉を貫通し、背後の木の幹に突き刺さった。

男は声も出せずにその場に倒れた。

もう一人の男が、気付いた。

宇賀神は矢をつがえ、男に向けて放った。

矢は男の胸に当たった。だが倒れない。逆に、M4を連射してきた。

ちっ……あの男、アーマーを着ている……。

宇賀神は斜面に飛んだ。下生えの中をころがりながらGLOCKを抜いた。

敵は、宇賀神を見失って慌てている。その背後の地面から、アーマーに守られていない尻に向けてGLOCKを連射した。

霧の中に、悲鳴が上がった。

敵は股下から9×19ミリ弾を三発食らい、斜面をころがり落ちていった。

〝少佐〟は、斜面の下からM4の暗視スコープでその光景を見ていた。

視界が狭く、霧が出ているために、上で何が起きているのか正確にはわからなかった。

だが、仲間の悲鳴や交錯するM4とGLOCKらしき銃声から、先行する二人が何者かに無力化されたらしいことはわかった。

その〝少佐〟に向かって、急斜面を何か〝大きな物〟がころがり落ちてきた。

慌てて、避けた。

その〝大きな物〟は木の根に激突してバウンドし、路肩の石垣を飛び越えて林道に叩き付けられた。

ミンチのようになった部下の死体だった。

〝少佐〟は近くにいた〝五等准尉〟に命令した。

「全員、退却させろ！　ジープに乗り込め！」

「ラジャー！」

〝准尉〟がブッシュの中に立ち、一〇メートルほど上にいる二人の部下に命令した。

「全員、退却だ！　ジープに戻れ！」

木の幹の陰に隠れていた二人が立ち、後方に下がった。

突然、その一人の部下の頭を、何かが貫通した。

部下は声も出さずに急斜面をころがり落ち、林道に落ちた。

「全員、退却だ！　急げ！」

〝少佐〟は叫びながら、ジープの後部座席にころがり込んだ。続いて〝准尉〟が運転席に飛び乗り、生き残ったもう一人の部下が助手席に飛び込んだ。

「行け！」

〝少佐〟が命ずるよりも早く、〝准尉〟がジープのアクセルを踏んだ。

屋根に数発の銃弾が着弾しながら、真っ暗な林道を猛スピードで逃げた。

宇賀神は上半身裸で林道の上の斜面に立ち、逃げるジープを見送った。

腰のベルトからトランシーバーを抜き、風戸と村田に報告した。

「こちらハンミョウ……。いま、茗荷平からジープが一台、そちらに上っていきます……。敵の生き残りは三人……。あとは片付けました……。オーバー……」

――了解――。

――了解――。

二人から、短い返信があった。


00・00時――。

黒いジープ・ラングラー・ルビコンは、霧の中を闇雲に突進した。

フォグランプは敵の銃撃を受け、二つとも割れている。ヘッドライトも、片側しか残っていなかった。

そのうち、ラジエーターにも銃弾を受けていたのか、ボンネットの隙間から水蒸気が噴き出しはじめた。

「止まるな！　行け！」

〝少佐〟が後部座席から命ずる。

「ラジャー！」

〝准尉〟がアクセルを踏み込む。

ジープ・ラングラーは霧の中で蛇行し、斜面に片輪を乗り上げ、木の幹に激突した。

それでも止まらない。

〝少佐〟はこの時点で、敵の基地に川の対岸からアプローチする〝大尉〟とB班が、全滅していることを知らない。

アイフォーンで連絡が付かないのは、単にこの先の山の中がインターネットの圏外になっているだけだと思っていた。

今回の〝仕事〟の第一の目的は、〝バービー〟――マイコ・サガ――と娘の奪還だ。このまま敵基地まで行き着き、B班の四人と合流できれば、まだ体勢を立て直せると思っていた。

「急げ。とにかく、B班と合流するんだ」

〝少佐〟がそういった直後だった。突然、前方の霧の中から車のヘッドライトの光が現れた。

「うわぁぁ……」

〝准尉〟がブレーキを踏み、三人が同時に叫んだ。


鈴木と大石は、アルトで林道を下っていた。

爆発音が二回あり、その合間に数十発の銃声を聞いた。

いったいこの山の中で、何が起きているのか……。

恐怖のために、アクセルを踏む右足に力が入らなくなってきた。

なぜあの三ヶ日町の別荘地で起きた轢き逃げ事故が細江署の刑事課の担当になり、その捜査が県警に――もしかしたら政府に――握り潰されようとしたのか……。

理由がわかったような気がした。

「そろそろ携帯が通じないか？」

鈴木が訊いた。

「はい……4Gのアンテナが二本立ってますね……。助けを呼びましょう……」

大石がそういった直後だった。

前方のカーブの霧の中から突然、片目の巨大な鉄の塊が向かってきた。

「うわぁぁぁ……」

二人が絶叫した。

激突音と同時に、アルトが大破して止まった。


激突したのは、アメリカ製のジープだった。

ジープから黒装束の男が二人……いや、三人……降りてきた。

全員、外国人だ。しかも、M4カービンで武装している……。

鈴木と大石は、潰れたアルトのヘッドライトの光の中で展開されるその日本では有り得ないような光景を、車内に座ったまま呆然と眺めていた。

男が二人、M4カービンをこちらに向けて歩いてくる。車の両側に立ち、運転席と助手席のドアを開けられた。

二人に、銃口が突きつけられた。

「ウィーア、ポリス……。ポリス……。ポリスだ……」

鈴木が震える声でいった。

だが、頭に銃を突きつけられたまま、車から引きずり出された。

「ポリス……ポリス……ポリス……」

いくらいっても、無駄なようだ。

鈴木はアサルトライフルの銃床で顔を殴られ、蹴り倒された。

大石も、殴り倒された。

雨の中でごつい軍用のブーツで踏みつけられ、LEDライトの光を顔に当てられた。

動けない……。

相手は英語で何かいっているが、まったくわからない。

心底、英語をもっと勉強しておけばよかったと後悔した。

俺たち、殺されるのか……???

そう思った。


〝少佐〟はタクティカルライトの光で二人の顔を見た。

二人共、殴られて顔が潰れている。

日本人であることは確かだが、この二人が例の元日本兵であるかどうかはわからない。

「こいつら、何ていってるんだ?」

〝少佐〟が尋問している〝准尉〟に訊いた。

「さあ……。こいつら、英語がわからないようです……。ただ、先程からポリスポリスと繰り返しているので、警察官だといってるんじゃないですかね……?」

警察官だって?

そんなことがあるもんか。

こんな雨の日の深夜にこの山の中に警察官なんているわけがない。それにこいつらは私服だし、銃も持っていない。しかもこんな軽自動車に乗っている警察官など、いくらここが日本でも聞いたことがない。

「警察官というのは、嘘だろう……」

〝少佐〞がいった。

「どうしますか？」

〝准尉〞が訊いた。

後方に一人、元日本兵がいることはわかっている。あいつが追いついてくる前に、片付けた方がいい。

「始末しろ。ジープが走れるかどうか確認して、先に進む」

我々の第一の目的は、〝バービー〞だ。

「了解しました。お前はそいつを殺れ。俺はこいつを殺る」

〝准尉〞がもう一人の部下に、指示を出した。

二人が、ブーツで踏みつけた鈴木と大石の頭に銃口を向けた。

鈴木は、自分の頭が撃たれる時を見守った。

子供のころから憧れだった〝刑事〞になり、危険な稼業だとわかってはいたが、まさかこんな結末が待っていようとは……。

そう思った時に、鈴木は奇妙なものを見た。

自分を踏みつけて銃口を向けている男の額に、明るい小さな光が当った。

次の瞬間、男の頭が破裂して吹き飛び、ほぼ同時にどこか離れた場所で銃声が聞こえた。

直後に、もう一発、銃声——。

大石を踏みつけていた男の体がのけぞり、崩れ落ちた。

鈴木は慌てて体を起こし、潰れたアルトの陰に這って逃れた。そこに、大石もころがり込んできた。

霧の闇の中に、足音が聞こえた。

誰かが、歩いてくる。

一人……いや、二人……いや、三人……。

雨の中に、三方向から男が三人、姿を現した。

全員、陸上自衛隊の迷彩の野戦服を着ていた。手には、銃を持っている。

だが、フェイスペイントを塗っているので、顔がわからない……。

黒装束の指揮官らしき生き残りが、銃を捨てて両手を上げた。

体の大きな自衛隊員が、その男を後ろ手にロープで縛った。

その時、鈴木は気が付いた。

この男は、見たことがある……。

清水署に訪ねてきた元自衛隊員の内の一人、宇賀神だ……。

すると、あとの二人は……。

一人が、鈴木たちの方に歩いてきた。

タクティカルライトの光が、二人の顔を照らした。

やはり、この男は風戸だ……。

「あんたたち、清水署の刑事さんたちじゃないか。こんな所で、何をしているんだ……?」

風戸がライトの光を下ろした。

「す……すみません……。ちょっと……捜査で……」

鈴木は、なぜ自分が〝すみません〟といったのかわからなかった。

しかも、自分の声が震えている……。

「捜査って、まさか我々のことを詮索してたんじゃないでしょうね?」

「まさか、そんなこと……。まったく別件で……。なあ、そうだよなあ……」

鈴木が同意を求めると、傍らで大石が何度も頷いた。

「お二人とも、よく聞いてください。我々はいま、国家にかかわる機密任務を遂行中です。いま見たことは、この場ですべて忘れてください。いいですね?」

風戸がいった。

「もちろんです、忘れます……。なあ大石、もう忘れたよなぁ……?」

「はい、私はもう、すべて忘れました……」

大石も、同意した。

鈴木は、自分なりに理解しているつもりだった。

彼らは〝元〟自衛隊員なんかじゃない。

いまも〝現役〟の特殊部隊員なのだ……。

〝大尉〟――ダニエル・ホランド――は、川岸に漂着して目を覚ました。
体の半分はまだ冷たい水にさらされていたし、全身が氷のように凍えていた。

なぜ自分が生きているのか、考えてみた。

おそらくタクティカルジャケットの下に、私物のサーフィン用ウェットベストを着込んでいたからだろう。海兵隊時代からそうだったが、雨に濡れて体が冷えると思った日には、いつもこれを着込むことが癖になっていた。

冷たい海でサーフィンをする時もそうだったが、ウェットベストさえ着ていれば、上半身の体温だけは保つことができる……。

体は、何とか動く状態だった。手足を確認したが、大きな怪我はしていない。

装備も、肩に掛けていたアサルトライフルはなくしていたが、ベルトのGLOCKやナイフ、タクティカルライトは残っていた。

自分の班の仲間の隊員を捜しても無駄なことはわかっていた。

おそらく、全員死んだだろう……。

〝大尉〟は川から林道に出て、霧の中を歩いた。

このまま下流に向かい、〝少佐〟たちの本隊と合流しようとは思わなかった。

〝大尉〟は、〝バービー〟を捕獲することしか考えていなかった。

〝少佐〟と連絡を取るのは、それからでいい……。

〝大尉〟は、霧の闇の中を歩き続けた。

あの女は、絶対にこの霧の中にいるはずだ。

その時、奇跡が起きた。

突然、前方の霧の中に、ぼんやりと明かりが浮かび上がった。

家……だ……。

〝大尉〟は腰からＧＬＯＣＫを抜き、足を速めた。

迷《まよ》い家《が》に魅せられた旅人のように、家の明かりに惹《ひ》き寄せられていった。


麻衣子はやっと重い息を吐き出した。

たったいま、風戸からトランシーバーに連絡が入ったばかりだった。

――すべて終わった……もう明かりをつけてもだいじょうぶだ――。

麻衣子は陽万里を寝かせたままそっと部屋を出た。明かりをつけ、Ｗｉ―Ｆｉをつないだ。

これで、アイフォーンも使える……。

居間の座卓に座ってメールを打とうとした時、家の外から物音が聞こえた。

まさか……足音……？？？

麻衣子はアイフォーンを置き、かわりにＧＬＯＣＫを手にした。座ったまま、その手を座卓の下に隠した。

誰かが、家の周囲を歩いている……。

ドアの前で、止まった……。

突然、激しい音と共にドアが開き、銃を手にしたずぶ濡れの大男が家に入ってきた。

「マイコ・サガ……」

麻衣子は男がそういった瞬間に畳の上に身を投げ出し、両手で握ったＧＬＯＣＫを連射した。

轟音！

男の体は数発の銃弾を受け、ドアの外に吹き飛んだ。

麻衣子は体を起こし、ドアを閉めた。

銃声に驚いたのか、陽万里が起きてきた。

「ママ……どうしたの……？　いまの音、何なの……？」

「何でもないわ……。安心して……」

麻衣子は後ろ手に銃を隠し、片手で陽万里を抱き締めた。

陽万里をもう一度寝かしつけ、アイフォーンを手にした。


〈──こちらも、すべて終わりました──〉

メールを送信した。

終章　誰《た》がために君は行くのか

雨は夜明け前に止み、霧も森の中を流れて消えた。

東の南アルプスの稜線が白々と染まりはじめるころになると、どこからともなく自衛隊の一個小隊が村のみどり湖の周辺に集まりはじめた。

総勢、およそ三〇名。確かに全員が自衛隊車輌に乗り、自衛隊の迷彩の野戦服を身に着け、肩に階級章がついていた。だが、部隊章のない奇妙な小隊だった。

小隊はトラックや重機を持ち込み、人海戦術で戦場となった林道を片付けはじめた。宇賀神が爆破した土砂崩れの跡はものの数分で車が通れるようになった。その後は壊れたジープ、崖下や湖水の中に沈んだランドクルーザーを次々と引き上げてトラックの荷台に積み込み、森や川の中に点々と散乱する遺体を回収した。

時には早起きの村人が、みどり湖の橋のあたりまで様子を見に来ることがあった。だが、入口に歩哨が立っていて、その先には入れなかった。昨夜の大雨で崩れた林道の補修中だといわれると納得して帰っていった。

村田や宇賀神は、自衛隊員に付き添い、情況を説明していた。

風戸は橋の対岸の高台にジープ――73式小型トラック――を駐め、その運転席で作業を見守っていた。

助手席には、かつての上官の中島克巳二等陸尉が同じ迷彩の野戦服を着て座っている。

「中島さん、この小隊はいったい、何なんですか……?」

風戸が訊いた。

「まあ、深いことは追及するな。いってみればいま俺が所属する〝班〟の専属部隊といったところだ……」

中島が口元に笑いを浮かべた。

風戸は、それだけで納得した。

つまり〝別班〟配下の掃除屋といったところか。

「それより風戸、わかっている限りの確認戦果を教えてくれ」

中島が野戦服のポケットからメモ帳を出した。

「……宇賀神が七……村田が一……自分が三……麻衣子が一……捕虜が二……。全部で一四人ですね……」

風戸が指を折りながら数えた。

「ほう……宇賀神が良い働きをしたな……。それに俺の一人をたして、一五人か……。数は合っている……」

中島がメモを取る。

「それじゃあ、中島さんも?」

「ああ。林道の反対側の、土砂崩れの向こう側でな。ジープの運転席に座っていた奴を一人、殺った……」

中島がそういって、メモ帳を胸のポケットに仕舞った。そして、続けた。

「ところで、風戸。お前と宇賀神はこれからどうするつもりなんだ？」

「どうする、といわれましても……。まだ何も考えていませんよ……」

風戸は、なぜ自分たちが〝ＥＳＳ〟に命を狙われ、岩田や石井、久保田が殺されたのか、その理由を中島から聞かされたばかりだった。

あの二〇一六年七月一二日、風戸と村田がジュバのテレイン・ホテルで射殺した南スーダン政府軍の兵士三人は、全員がサルヴァ・キール大統領の親族だった。しかもその中の一人は、大統領の実子だった可能性もある……。

そこで元〝五班〟の隊員は、全員がブードゥーの呪いをかけられた。

〝ＥＳＳ〟は、いわばそのブードゥーの使者だった……。

そんなことを知って、これからどうすればいいのかなど考えられるわけがない。

どこに逃げても、また必ず追っ手がやってくる。そして命を狙われる。

「風戸、心配しなくてもいいぞ」

中島が、風戸の心を察したようにいった。

「なぜです？」

「今回の一件で、お前らは三人共〝死亡〟したことにしておく。風戸も、宇賀神も、村田もだ。少なくとも我々は政府にそう報告しておくし、政府は南スーダン側にそう説明するだろう」

つまり、もう命を狙われることはないということか。

「ジュバの〝事件〟は、もう終わったということですか……」

「そうだ。やっと終わったんだ。もし、痼《しこ》りが残っているとすれば長谷川麻衣子、彼女のことだけだ……」

その時、村の方から、二台の車が近付いてきた。

黒いキャデラックに、同じく黒のサバーバン……。

どちらの車にも、ボンネットに小さな星条旗が立てられていた。

キャデラックが橋の手前で停まり、助手席からスーツを着た男が一人、降りてきた。

日本人らしい。

「あの男は？」

「私の上官の戸井田という男だ……」

男は橋に立っていた歩哨と何かを話している。しばらくするとキャデラックの後部座席からもスーツを着た男が一人。サバーバンからも体格のいい男が二人降りてきて、橋に向かった。

キャデラックから降りてきた背の高い白髪の男には、見覚えがあった。

まさか……。

あの男は、第五五代シカゴ市長、バラク・オバマ元大統領の首席補佐官、現駐日アメリカ大使のラージ・マシューではないか……。

後方から体格のいい二人の男——おそらく大使のシークレットサービスだ——が進み出ると、自衛隊が〝ESS〟の〝少佐〟と呼ばれている男と、もう一人の負傷した部下を引き渡し、二人はサバーバンに乗せられた。

生き残ったのは、この二人だけだ。

この厄介な元海兵隊員たちを引き取るためにアメリカ大使館が動くことは理解できる。

だが、なぜ、アメリカ大使本人……ラージ・マシューのような大物が、この山間《やまあい》の小さな村まで出向いたのか……？

その理由も、間もなく明らかになった。

〝別班〟に保護された麻衣子と陽万里が自衛隊のバン——業務車1号——から降り、三人の自衛隊員に守られて橋に向かった。

橋の入口ではマシュー大使がそれに気付き、両手を広げて出迎えた。

麻衣子は陽万里を連れてその前に立ち、大使と握手をしてハグを交わした。陽万里も、ハグを受けた。

麻衣子はしばらく、なぜか親しそうに、マシュー大使と話していた。そしてやがて、大使にエスコートされるように、キャデラックの後部座席に向かった。

その時、麻衣子は立ち止まり、振り返った。

一瞬、風戸の姿を探したように見えた。

風戸と目が合うと、かすかに微笑み、キャデラックの車内に消えた。

「お前は、麻衣子さんが何者なのか聞いていないのか？」

「はい……聞いていません……」

「それじゃあ、ヒントをやろう。彼女の母親がアメリカ人であることは知っているか？」

「はい、父親が嵯峨誠一郎という元在米日本大使館員で、母親が留学時代に知り合ったユダヤ系のアメリカ人女性であることはネットで調べましたが、名前までは……」

「それならば教えてやろう。彼女の母親の名はグレイス……結婚前の名は、グレイス・ロックフェラーだ」

なんだって？

「ロックフェラーですって？」

「そうだ。アメリカの有数の名門であり、世界的な財閥の家系だよ。つまり彼女は、スタンダード・オイル創始者のジョン・D・ロックフェラーやナショナル・シティニューヨーク創業者のウィリアム・ロックフェラーの親族だということだ。彼女の家系についてそれ以上詳しいことは、私も知らないがね……」

詳しいことは知らないといいながら、中島はその後も麻衣子とアメリカ政府、そして日本政府との関係について興味深い話を聞かせてくれた。

アメリカ政府が南スーダンの内戦に介入した本当の狙いは、現地の石油利権にあったこと――。

中国の狙いも、石油だったこと――。

だから二〇一六年七月一二日にジュバのテレイン・ホテルをサルヴァ・キール大統領直属の警護隊が襲撃した時、アメリカも中国も手を出せなかった。

大統領警護隊は、大統領の親族で構成されている。

もしそこで戦闘が起これば、大統領の親族と殺し合いになる。そうなれば、アメリカも中国も南スーダンの石油利権を失うことになる。

その〝ジョーカー〟を摑まされたのが、日本のＰＫＯ部隊だった――。

黒いキャデラックは後部座席に大使が乗り込むのを待ち、〝少佐〟たちが乗せられたサバーバンを従えて走り去っていった。

「その中で、長谷川麻衣子のポジションは？」

風戸が訊いた。

「確かなことはわからない。ただ、私の上官の戸井田という男は、彼女は〝カンパニー〟（CIA）のスリーパーの可能性があるといっていた……」

麻衣子はアメリカの国籍を持っていた。

だが、高校を卒業しても自分だけアメリカに帰らず、二重国籍のまま日本に残って医師の資格を取り、MSF（国境なき医師団）に参加して石油利権の熱気が渦巻く内戦下の南スーダンに派遣された。

「もし彼女が本当にCIAのスリーパーだとしたら、完璧なカバーストーリーですね」

MSFの職員ならば、いくら政情不安定な地域でも、どこにでも入っていける。

「彼女の父親の誠一郎は外務省を定年退職後、〝DOE〟……アメリカ合衆国エネルギー省に入省した……」

「それは彼女から聞きました……」

「ならばわかるだろう。もし南スーダンの石油利権をスタンダード・オイルの系列会社が扱うシナリオだったとしたら、すべて一本の線で繫がっている……」

確かに、中島のいうとおりだ。

だが、想定外の事態が起きた。

麻衣子が南スーダンに派遣された直後の二〇一六年七月一一日、あのテレイン・ホテルの事件が発生。大統領の親族と確執が生じた麻衣子は南スーダンにいられなくなった。

その後、麻衣子は隣国のスーダンにMSFの職員として滞在し、再入国の機会を窺った。だが、最後までその目的は達し得なかった。

結果としてアメリカは南スーダンの石油利権を失い、麻衣子はスーダンの内戦勃発を機に日本に帰国した。

だが……。

「つまり我々は……ジュバで死んだ松浦も、岩田も、石井も、久保田も、国のためなんかじゃなく、アメリカや日本の石油利権の犠牲になったということですか……」

風戸がいった。

「お前がそうだというなら、否定はしない。しかし自衛隊に限らず、どこの国でも兵士などというのはそういうものだろう。みんな一部の支配者の利益を守るために、命を賭している。国や自由のために戦っていると信じているのは、兵士だけだ……」

「確かに、そうかもしれません……」

「まあ、いい。少し、考えろ。そしてもし気持がふっ切れたら、俺に連絡してこい。待ってるぞ」

中島はジープを降り、作業を進める小隊の方に歩き去った。


数時間後――。

風戸亮司は幌を外した73式小型トラックに乗り、南に向かっていた。

全身を吹き抜ける初夏の風が心地好《よ》かった。

一人だった。いまはただ、こうして風の中を走っていたい。そう思った。

自分はこれから、どこに行くのか。どうして生きていくのか。

それは風戸にもわからなかった。

初出
「小説宝石」二〇二三年九月号～二〇二四年七月号
（『イレイザー《抹消》』を改題）

柴田哲孝（しばた・てつたか）

1957年東京生まれ。日本大学芸術学部中退。2006年『下山事件 最後の証言』で第59回日本推理作家協会賞（評論その他の部門）と第24回日本冒険小説協会大賞（実録賞）、'07年『TENGU』で第9回大藪春彦賞を受賞する。'24年、元首相襲撃事件の真相に迫った『暗殺』が大きな話題を呼ぶ。著書に『蒼い水の女』『幕末紀 宇和島銃士伝』『GEQ 大地震』『ブレイクスルー』『殺し屋商会』などがある。

抹殺《まっさつ》

2024年9月30日　初版1刷発行

著　者　柴田哲孝《しばた てつたか》

発行者　三宅貴久

発行所　株式会社 光文社

〒112-8011　東京都文京区音羽1-16-6

電話　編　集　部　03-5395-8254

書籍販売部　03-5395-8116

制　作　部　03-5395-8125

URL　光　文　社　https://www.kobunsha.com/

組　版　萩原印刷

印刷所　堀内印刷

製本所　ナショナル製本

落丁・乱丁本は制作部へご連絡くだされば、お取り替えいたします。

ISBN978-4-334-10430-6